鸿雁飞越加勒比

古巴华侨家书纪事

黄卓才 著

中国文史出版社

图书在版编目（CIP）数据

鸿雁飞越加勒比:古巴华侨家书纪事 / 黄卓才著. -- 北京：中国文史出版社,2024.3

ISBN 978-7-5205-4534-1

I.①鸿… Ⅱ.①黄… Ⅲ.①回忆录－中国－当代 Ⅳ.①I251

中国国家版本馆 CIP 数据核字（2023）第 244664 号

责任编辑：胡福星

出版发行：**中国文史出版社**

社　　址：北京市海淀区西八里庄路 69 号　　邮编：100142

电　　话：010-81136606 81136602 81136603 81136642（发行部）

传　　真：010-81136655

印　　装：廊坊市海涛印刷有限公司

经　　销：全国新华书店

开　　本：787×1092　1/16

印　　张：19.5

字　　数：297 千字

版　　次：2025 年 1 月北京第 1 版

印　　次：2025 年 1 月第 1 次印刷

定　　价：68.00 元

黄宝世（Huang Baoshi）先生

古巴华侨领袖，本书 40 多封古巴家书（银信、侨批）的作者。1898 年 7 月 25 日出生于中国广东省台山县。1925 年旅居古巴中部大萨瓜（大沙华，Sagua la Grande）。初期做理发师、西班牙人管家，后来经营杂货店。以其德高望重，兼通中文和西班牙文，长期连选连任该市中华会馆主席，直至 1975 年 6 月 2 日终老。

本照片于 1952 年 3 月 1 日摄于古巴。

黄宝世先生家书剪影

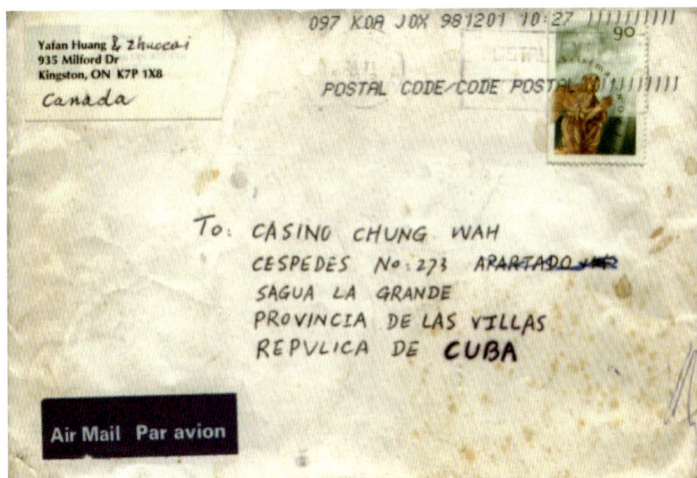

黄卓才 1995 年寄
古巴大沙华中华
会馆

2

黄宝世先生后人一行六人访问古巴。2014 年 6 月 5 日从中国、加拿大、美国来到了祖先的侨居地大萨瓜市郊

在大沙华中华会馆主席黄马里奥（左三）陪同下瞻仰会馆旧址（摄于 2014 年）

笔者拜访黄马里奥一家　　（摄于 2014 年）

笔者和儿孙访问哈瓦那大学　　（摄于 2014 年 6 月 4 日）

笔者和家属访问哈瓦那雷格拉港（Regla），寻找 1847 年 6 月 3 日首批中国人（契约华工）在这里登陆古巴的足迹 （摄于 2014 年 6 月 8 日）

2018 年 7 月，笔者和家属再赴古巴探亲，研究团队部分成员和朋友同行（摄于古巴海关）

笔者与家属、友人再访哈瓦那华人朋友。前排由右至左：吕美枝（华裔侨史专家）、邝秋云（古巴名画家）、玛利亚蔡（哈瓦那大学著名教授）、黄卓才、蒋祖廉（古巴洪门民治党主席）、何秋兰、黄美玉（古巴粤剧名宿）、侯素梅 （摄于 2018 年 7 月）

古巴友人赫尔梅斯（Hermes）回忆当年黄宝世先生热心帮助他父母和兄弟姐妹的情形。Hermes 的伯父塔蒂是黄宝世先生的义子，父亲尤西比奥曾在黄记杂货店工作，他本人也曾得到 Fernando 先生的关爱 （摄于 2018 年 7 月，哈瓦那）

笔者重访大萨瓜名为"Cuba"的私家餐厅。笔者给老板和职工赠送新著《古巴随笔》，书中有上次光顾的记载文章和图片　（摄于 2018 年 7 月）

本书中文第二版荣获全球性华侨华人文学大奖　（摄于 2011 年 11 月）

2016 年，中央电视台 1 台摄制、播放 20 分钟的《我有传家宝：侨批》访谈节目。图为著名主持人水均益与黄卓才对话

本书自 2006 年首次出版以来，各地报刊纷纷刊载报道和评论。这是北京《今日中国》杂志西班牙文版向西方读者讲黄宝世家书故事

2015 年，中国邮政发行《父子情 两地书》邮册，内有黄宝世家书

在第四届海外华侨华人研究与文献收藏机构国际会议上，笔者与美国、澳大利亚、古巴学者交流
（摄于 2009 年，广州）

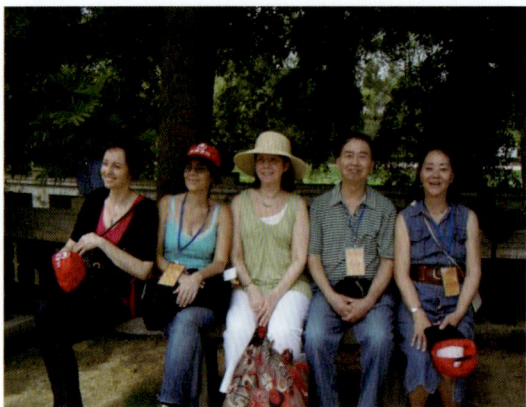

笔者与来自美国、法国、澳大利亚等
十多个国家参加国际会议的学者访问
广东侨乡，并陪同古巴华裔吕美枝
（Espinosa Luis Mitzi，上图左二）
到故乡新会寻根。右图为同行者美国
教授韦德强、胡其瑜 （摄于 2009 年）

2015 年，在哈瓦那，来自欧洲、美洲的学者在纪念古巴洪门成立的国际学术会议上就本
书进行讨论研究

笔者经常参加国际学术会议，与外国学者交流。这是他在中国和拉丁美洲国家经贸关系国际学术会议上发言 （摄于 2018 年，珠海横琴）

笔者和出席第二届智利及拉丁美洲华人移民国际学术研讨会的学者在一起 （摄于 2019 年 5 月，广州）

2017年，为纪念中国人到达古巴170周年，广东华侨博物馆举办古巴华侨历史和华侨家书展览，先后在广州、台山、江门、中山巡展，参观者五万多人次。黄宝世家书感动了许多观众

中华世纪坛《2018中华家风展览》在北京、天津举行。图为民间家书征集、研究专家张丁先生为青年学生讲述《华侨黄宝世》故事

中国华侨历史博物馆收藏和展出黄宝世先生家书 （摄于 2016 年，北京）

中国人民大学民间家书博物馆收藏及展出黄宝世家书和孙子雅凡的留学家书（摄于2016年,北京）

广东华侨博物馆收藏黄卓才教授捐赠的古巴华侨和侨乡文物。自 2009 年 11 月开馆以来，一直在展出。图为创馆馆长王明惠（左四）接待从古巴来访的华裔民间历史学者、画家吴帝胄先生（左三） （摄于 2014 年 5 月，广州）

笔者接受媒体的采访。图为《羊城晚报》的媒体记者在录像 （摄于 2018 年）

台山电视台录制的电视纪录片"家书抵万金"系列中，20分钟的故事纪录短片《你在我心上》，生动描述了笔者父与子的故事 （摄于2017年12月）

《故事FM》是一个"用你的声音，讲述你的故事"的汉语语音传播平台。2020年，它录制黄宝世父子的故事，配上文字和图片，首播三天收听、阅读人数已超过百万，感动了许多受众台山四九镇三益碉楼银信博物馆收藏了当地大量的侨批／华侨银信。这里又是黄卓才教授侨文化研究团队的基地　（摄于 2020 年）

笔者与当地文博工作者、团队成员访问台山古巴侨村进行移民文化调研

"烽火连三月，家书抵万金！"这何止是唐代诗人杜甫感时恨别的咏唱呢？这是世世代代背井离乡的游子发自内心的感叹！而在电子通信发达的今天，人们已经很少执笔写信。家书，不经意间，竟成了需要抢救的文化遗产！

从中学时代起，我就开始珍存父亲的家信。相隔半个多世纪之后，回过头来点数一下，还留下 40 多封，时间的跨度达 20 多年（1952—1975）。虽经时移世易，六次搬家，这些信件有点儿残缺、发黄，但毕竟保存下来了，成了传家宝，实属万幸。

我父亲黄宝世是一个古巴华侨、地方侨领。1925 年从家乡台山出国谋生，直到 1975 年在古巴逝世，他在地球另一边那个遥远的国度生活了 50 年，其间只于 1937 年回国探亲一次。在那漫长的 50 年里，他由苦工变成小商，以其艰辛的劳动，克勤克俭地赚取低微的收入养家糊口。他一生没有什么辉煌成就，但的确是老一代华侨中的优秀分子。凭着出国前只读过三年小学的文化基础、经常阅读书报的良好习惯以及聪明好学，他很好地掌握了中文和西班牙文。他见多识广、为人厚道、广交友朋、乐于助人，在华人社区威望很高，长期连选连任侨居地中华会馆主席，服务侨胞，死而后已。

这些家书发自同一个地点：古巴大萨瓜（大沙华）市——我父亲的侨居地。城市虽小，却是古巴中部的经济、文化和交通中心，以盛产农副产品和加工贸易而著名。1850 年起就有契约华工在此工作，自由移民高峰时期华侨有 7300 多人，占该市当时人口的 1/5。

40 多封家书（同时也是银信、侨批）是 40 多只翻飞的鸿雁。在 20 世纪50—70年代没有民用越洋电话、E-mail、微信，也没有别的通信渠道的情况下，只有它，从古巴凌云振翅，越过浩瀚的加勒比海，或越过太平洋，或辗转欧亚各地，历经大半个月甚至一两个月，然后来到中国，把天各一方的夫妻、父子和其他亲人联系在一起。

当我从古老的樟木箱箱底翻出这些陈旧的家书时，眼眶充满了泪水。当年，这些信我都是认真读过的，但那时候还年轻，好些事情未必能够深刻理解；而以后，工作忙碌，岁月匆匆，我竟顾不上多读两遍。直至退休了，才有时间把它整理出来，重新阅读，细心品味。这些家书，父亲是一笔一画十分用心地写下来的，内容丰富，文字简朴，书法秀美。每一个字、每一句话都是生活的真实记录，发自心底的肺腑之言。父亲信手写来，无拘无束，即使东拉西扯，也有一个主题贯穿全部家书的始终，那就是"回国"和"侨汇"，如果再加以浓缩，那就是一个字：爱！爱祖国、爱家乡、爱亲人，也爱古巴。落叶归根是老一代华侨萦绕终身的心愿。父亲身处特殊环境的古巴，这种愿望更为强烈。晚年，他朝思暮想、东奔西走，为的就是回国团聚；寄钱养家，以侨汇和捐助为兴业、强国添砖加瓦，是老一辈华侨自觉承担的义务。他竭尽所能，倾囊奉献，为的就是妻儿老小的幸福、祖国的富强。父亲家书的字里行间充分表现了老一辈华侨的崇高理念和可贵品质，为后辈树立了榜样。这是一份可以从中反映出一个家庭、一个时代的真实记录，一份可以交子传孙的宝贵精神财富！

如今无论是中国还是古巴，都已经发生了可喜的变化，改革开放成为两国共同的潮流。我们这个华侨家族由19世纪末第一代旅美先侨算起，历经百余年，逐渐发展、壮大，足迹分布更广。后来者居上，20世纪八九十年代出国的一代，即我的儿女一代，不但改变了祖辈从苦力起步的状况，以高学历直接进入侨居国社会的中上层，而且在事业上迅速崛起。这样，为家族、为祖国、为世界人类作出更大贡献也就成为可能。黄宝世的第二、三代，已经涌现出三名博士，还有教授、作家、科学家、记者、企业总裁等。尤其可喜的是，正处于中青年成长期的加拿大华人科学家黄雅凡博士，以其在国际上领先的作物抗旱保收方面的理论和技术突破，应邀于2006年4月4日登上了美国科学院的演讲台。第四代已有四人在读大学或从世界名校毕业……"谁言寸草心，报得三春晖。"先侨当年背井离乡的苦泪没有白流，他们的付出得到了很好的回报。我相信，这对于读者认识人生奋斗的价值也会有所启发。

家书本来是私密的东西。但古巴老华侨越来越少，数十万古巴华裔的中文程度有待提高，新移民多借助电子通信，来自这个遥远国度的中文家书变得稀缺。我想，如果把它稍加整理，可能就是一份有价值的华侨家庭生活史，一本尚少有人涉足的古巴当代华侨史。如果再多花点儿工夫描述背景，演绎有关的人物故事，则或许还会引起读者回忆往事的兴趣。中国读者可以随我神游古巴，海外华侨华人读者则可从中了解中国侨乡。它或可在"讲好中国故事"活动和中国古巴民间文化交流中发挥一点作用。于是就有了这本百年往事与鲜活现实互相穿越的非虚构作品——亦可称为纪实文学或报告文学。

本书是新近在西班牙出版西文版 *Padre & Hijo: Las memorias de un chino en Cuba y la trayectoria de sus cartas familiares*（《父与子：古巴华侨记忆与家书轨迹》）后，注入了新材料的中文最新修订版。其中，近年来到古巴广东侨乡进行田野调查的部分所得，收录在"延伸阅读"中，这应该是一个亮点。

感谢中国文史出版社及编辑们的精心设计和辛勤劳动，令本修订版（第五版）的面貌焕然一新，即使是前几版的读者，再读也不觉得重复。感谢手掌文化传播公司的真诚合作和大力推广。

黄卓才

2024 年 2 月

目录
CONTENTS

鸿雁飞越加勒比

古巴华侨家书纪事

与专家学者同访母校

2010 年 6 月，笔者与北美华侨华人历史学会的专家学者同访台山一中。这些学者来自美国、澳大利亚，和北京、广州、江门、中国香港等地。赵毅雄副校长（前排中）热情接待。

1. 读书人本色

1952 年 4 月，由古巴大沙华寄到中国广东省台山县五十区永隆村

接来手札，妥收一切，勿念。藉（借）悉汝春季投考中学，名列廿六，经已入学读书，闻讯之余，无限快慰。

我前信已经详细讲过，如进入每一间学校读书，是必（须）知道读书人的立场，求深造求上进，是为读书人的本色。对于金钱的用途，还须时时谨慎。况汝母亲在家身体多病，倘得时间许可，不时回家照顾为要。

我上月初旬由香港世赞处付上港银三百元，是否得收，来字报告。今再由香港世赞处寄上港银五百五十元，到步查收，以应学费和家用。此款我经向世赞说明，不可一次汇入汝收，成（诚）恐有意外发生，即系汝需要款项若干，即去信香港世赞兄付回，所余存留香港，较为妥善。据说汝外祖母年老壮健，可堪告慰。

汝千祈交多少佢（她）（做）费用为要。

我目前身体安好，请勿在念。

小儿卓才收读

父宝世上言

一九五二四月廿八

1952 年 4 月的银信，寄广东省台山县五十区永隆村。黄宝世托"走水客"带交 550 元港币。信封背面有"除汇费士担（stamp）费 20 元"字样。这封银信连同信封由北京中国华侨博物馆收藏。原件尺寸：信 180mm×210mm，封 740mm×165mm。

故事的开头，并不是 1952 年。在此之前的十多年间，父亲给母亲和我写过很多信，可惜未能保存下来。

这封信是 2006 年我回台山永隆村老家时发现的。它在古老木衣柜的抽屉里安静地睡了 54 年，让我唤醒过来了。信笺、信封齐全。信封是中式的，它没有邮戳，是一封托人随汇款带交的银信，也叫侨批。当时，侨汇大多是通

明信片中的古巴街景（2005）

黄雅凡寄自古巴首都哈瓦那。

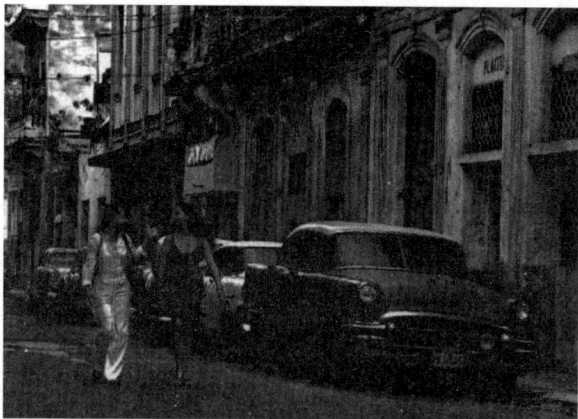

过商业银行寄送到香港的私人银号（钱庄），然后由银号派人带入侨乡，直接交给收款人。这一次，父亲是在古巴通过香港的黄姓兄弟世赞先生转来的，应该经过"走水客"之手。因为信封背面有"除汇费士担费（Stamp）20元"字样，而没有贴邮票（Stamp）。

这封信放在老家古老木衣柜的抽屉里安静地睡了54年，终于让我唤醒过来了。信封上留下了虫蛀的痕迹，信封、信笺字迹溶化过，显然经过水渍。这种种情况，使它显得非常珍贵。而且，它一下子把我带回到半个世纪前，勾起了我少年时代的回忆。

我的《古巴华侨家书故事》2006年出版后，适逢中国侨联筹建中国华侨历史博物馆，筹建处闻讯，派人前来广州找我。我即以本信及其他三封信的原件捐赠，我家这件传家宝也就成了中国华博的重要藏品和展品。

我父亲黄宝世，古巴华侨。

古巴是一个怎样的地方，古巴人是什么样子，小时候，我总觉得是一个谜。父亲为什么去古巴，而不去美国、加拿大、南洋，也是一个谜。古巴离中国二万公里，天涯远隔，直到现在，许多人对古巴还知之甚少，知道得越少就越觉得神秘。美丽的哈瓦那和独特的加勒比风情，更让游客趋之若鹜。

为了深入解读父亲的家书，了解古巴，我阅读了所有能找到的相关书籍、报刊文章和影碟，访问了知情人，开始研究古巴华侨的历史和现状。谜底露出了尖尖角，但没有全部揭开。正因为如此，我怀着极大的兴趣，在父亲家书的导引下，穿过历史的隧道，走进中、古两国几十年前那个特殊的年代，走进一个老华侨的生活领地和内心世界……

我父亲黄宝世，1898 年生于广东省新宁县（后改称台山县，现为市），名叫锡旋，"宝世"是他的"字"，也写作"保世"——按照我们黄姓江夏堂"道、德、尊、朝、廷；世、传、礼、义、重……"的辈分排列，他属于"世"字辈。而在兄弟中他排行老二。我们那个村子叫永隆村。现属四九镇上朗居委会，曾以盛产优质番石榴闻名。永隆村到处都有，倒是土名"黄泥头"既贴切，又独一无二。黄泥头是个宁静的小村庄。它离台城 8 公里，离北峰山旅游风景区更近。村中现时只有 20 户人家，有几户是古巴侨眷，而全家侨居美国、加拿大、菲律宾等国的则有七八户，是个典型的侨村。

我没有见过祖父，只从母亲的口中知道他属"廷"字辈，叫超廷，是一位教馆先生，当时村里最有文化的人。所谓"馆"，即指"书馆"，也就是私塾。"教馆先生"就是乡村教师。他有三个儿子、两个女儿。我父亲排行第二。三叔名平安，旅居南洋，但一去不复返，也无书信联系。如今在台山老家唯一可以纪念爷爷的，是一个便于肩挑的轻巧原木小书柜。据说这就是他用来装书簿，挑着到别村去教馆的行头。

家里穷，父亲只读过三年书，十多岁就出来做小买卖谋生。后来到离我村仅一公里的五十圩的一家药材店做伙计，一干就是八年。他勤奋好学，通过读医药书籍、看医生处方、拣中药，不但认识了许多字，而且写得一手好书法。他精通业务，待客如宾，很快被提升为掌柜。

父亲长得白净帅气，在乡间被称为靓仔。人又斯文老实，聪明好学，所以特别讨人喜欢。父亲 25 岁结婚。我母亲伍美意（别名美凤、金凤），时年 20 岁，出生于邻近村庄盘龙村（土名"炒米沙"）一个华侨人家。

1920 年，由美国华侨陈宜禧发起集资兴建的民办新宁铁路建成通车。铁路贴着我们村边经过，附近还有一个车站——

永隆楼　黄鹄 摄（2005）

大榕树下和祠堂是村人聚集玩乐的地方。祠堂门口书"星丽黄公祠"。"星丽"是本村开基老祖宗的名字，他于 1600 年左右（明朝万历或天启年间）由新会洞口陈山村迁来。经过 400 多年的子孙繁衍，到我孙子杰森一代，是第十三代。祠堂曾于 1989 年重建，更名永隆楼。乡亲公推我撰写了碑记，这篇百字碑记被刻石置于门首。

五十车站。来来往往、呼啸而过的火车，每天运载着许多来自海内外的旅客和货物，带来许多新的信息。西风东渐，洋气入怀，这里的乡下人不再闭塞，他们时刻思考着怎样寻找"出路"，于是就有了越来越多出洋谋生的华侨。

台山是中国著名侨乡，岳父又是美国归侨，这无疑都会对父亲产生深刻影响。结婚后不久，他以多年打工的积蓄，再向外家借了一点盘缠，与村人黄舜传（Fermin Wong）同赴古巴谋生。其时为1925年，父亲27岁。

父亲选择古巴也许不是没有道理的。据古巴驻华使馆旅游办事处提供的

右上人像为陈宜禧先生，右下图为陈宜禧先生纪念铜像。

新宁铁路五十车站旧照

    这座车站就在我们村边。父亲1925年出洋，应该就是在此上车的。台山是中国著名侨乡，父亲的岳父又是美国归侨，这无疑都会对他产生深刻影响。其时父亲27岁。

数据，"20世纪初，在古巴华侨华人有二三十万人"。当时之所以有这么多中国人（其中九成是广东人）去古巴，一方面是因为美国、加拿大正在排华，而古巴早已结束了"契约华工"的历史，并与中国政府（清政府）签订条约，对移入的华侨给予最惠国待遇；中国则允许古巴在华招募自由移民。另一方面是20世纪的两次世界大战，地处加勒比海的岛国古巴都没有受到战火的破坏，国际糖价上涨，糖产量居全球首位的古巴得益，城乡繁荣持续半个世纪。当时古巴正处于美国控制下，美资投入逐渐增多，经济发展迅速，就业机会多，古巴成为世界闻名的商业乐土、旅游天堂，也成为美洲华侨华人聚集的中心。因此，它对中国人，特别是正在寻找"出路"的台山人有很大的吸引力。面对中国侨民日增之势，古巴政府借机提高移民费，征收标准据说相当于中国的70银圆，等于父亲在五十圩两三年的工钱。虽然如此，台山赴古巴谋生的人还是很多，四邑（台山、新会、开平、恩平）地区甚至出现好些"古巴村"。比如台山三合镇的松咀村、端芬镇的东宁里广海镇的夹水村，新会沙堆镇的梅阁村、独联村等。这两个村子早在契约华工（"卖猪仔"）时期就有人去

20 世纪 50 年代哈瓦那的酒吧闻名世界
　　哈瓦那位于古巴岛的西北海岸，是古巴的首都，也是古巴的政治、经济、文化和旅游中心，化和旅游中心，人口超过 220 万。这座海港城市极具特色和韵味，古典与现代、新大陆与旧大陆、白色与黑色、阳春白雪与下里巴人，一切都在这个阳光明媚、生机勃勃的热带港口和谐地统一起来。如今，哈瓦那的美丽和古巴社会主义的独特、神秘，更让游客趋之若鹜。

古巴，梅阁村古巴华侨曾多达 2000 人，独联村则曾有 700 人。

　　父亲选择古巴，可能还有一个原因，就是侄子黄舜传的带引。黄舜传辈分低，年龄却比我父亲大，1920 年就去了古巴。

　　父亲到达古巴初期，曾经到种植园做工，当过理发匠、西班牙老板的私人管家，然后做杂货店小生意。他所起的西班牙文名字 Fernando Wong 是按照古巴人姓名的习惯，把名字放在姓氏的前面。我译作"菲那度·黄"，如果按普通话，可以译为"费尔

古巴科学院
　　古巴的西班牙建筑和美、英、法式建筑随处可见。古巴科学院雄伟美丽，因很像华盛顿的白宫而被称为"小白宫"，革命前是总统府。

南多·黄"。

古巴华侨、华人、华裔与其他国家的炎黄子孙不同之处，就是都有一个当地语言（西班牙文）的名字。这显示他们在保持自己民族传统的同时，与古巴民族的融合特别深。

写这封信的时候，父亲已经背井离乡 27 个年头了。

1952 年 6 月 1 日，古巴举行新的大选。当时古巴革命党（真正党）等三大政党分别提出了自己的总统候选人。民意测验表明，古巴人民党的阿格拉蒙特将有可能赢得胜利，而联合行动党的巴蒂斯塔没有希望。在这种形势下，20 世纪三四十年代曾经掌权的独裁者巴蒂斯塔，在美国的支持下于同年 3 月 10 日策动军事政变。政变上台后，公然再次实行独裁统治。巴蒂斯塔政权的倒行逆施激起了古巴人民的强烈反抗。1953 年 7 月 26 日，卡斯特罗等一批热血青年在东部城市圣地亚哥发动了攻打蒙卡达兵营的武装起义，试图推翻独裁政权。

而在中国大陆，此时广东的土地改革也正如火如荼。在我们乡下，农民很快发动起来，划出了一批华侨地主。台山人多地少，历史上是缺粮县，大约 1/3 的粮食要从东南亚进口，大部分华侨地主拥有的土地并不多。他们一般的情况是：经过 1942—1943 年大饥荒教训，台山人认识到粮食的重要性。抗日战争胜利后华侨纷纷汇款回家，或趁回国探亲的机会，买田置地自耕或出租，以求得粮食的保障。没想到事隔几年，就当上了"华侨地主"。这是历史的误会，好在后来努力落实华侨政策，给华侨地主、富农摘了帽。

我家的"阶级成分"，被定为"华侨工人"。这个家庭成分，在 20 世纪的数十年里对我有过微妙的影响，而最积极的影响是我念上了华侨学府暨南大学，从此终身与侨字结缘。

父亲信中说到的"投考中学"，是指 1952 年 2 月我考入台山第一中学初中部。台山一中原名台山县立中学，1920 年由旅加拿大华侨捐款加币 24.9 万元开始兴建。1936 年，旅美华侨又捐建了高中课室、宿舍和图书馆，使校舍更具规模。由于良师会聚，管理严格，教学质量好，成了远近闻名的侨乡学府。放榜那天一大早，我就从家乡锦朗乡永隆村步行 8 公里到学校去。高、初中 400 多人的录取名单用毛笔字端正地写在红纸上，张贴在公布栏。我到达的时候，已经围了好几层人。我钻过人墙，习惯地从榜首看起。看到第二十六名，"黄卓才"三个大字赫然入目。再细看几次确定无疑后，我抑制不住强烈的心跳，高高地跳起来，冲出人墙，向操场飞奔……初中部1500多人考试，我能排第二十六名，自己觉得相当满意。报考那天，我已经参观过校园，现在，我要为自己庆祝。于是我快步走出校园，来到城东路一家早已看中的单车出租店，租了一辆单车，骑回学校去。飞快的自行车绕着大操场兜风，一圈又一圈……突然，车子撞上了沙包，我从车上摔了下来，车把手在小腿上划出了一道血痕，给我留下了一个过度兴奋的教训。

回到家，我把喜讯报告了母亲。很快，消息在全村传开——黄泥头村出了第一个考入台山一中的"秀才"，这是一件大事啊！在这之前，还没有任何人能到县城去读书，更不用说是全县最高学府的台山一中了。村里的老人说："风水佬应验了！"据说老祖宗山坟前面有一个水潭，名叫"猫儿洗面"，风水师说是我家的好风水，要出人才。但我心里明白，祖宗的福荫固然重要，后辈的努力更不可少。我暗暗为自己加油。

在煤油灯下，我写信向父亲报告了被录取的喜讯。

父亲在回信中给了我三点教导。

首先是"求深造求上进"，是父亲所赞赏的"读书人本色"，它成了我的座右铭。经历过中华人民共和国成立前的战乱和大饥荒，我知道父母的辛劳，看到家乡的贫穷落后，也感受到国家的积弱，自小就有许多美好的梦想。果园里的番石榴卖不出去，掉落地上，本来香喷喷的味道变成了"臭猫屎"，我于是想当科学家，把它榨成果汁，制成罐头，远销各地；家乡景色美如画，童年故事很有趣，我于是想当作家……每天晚上，村里的小朋友欢蹦乱跳，在塘基和巷头屋尾嘻嘻哈哈，我却躲在房子里做功课、看课外书；每天早上，我总是天蒙蒙亮就上学，为的不仅是拿到一张盖有四方大校印、洋溢着红印油芳香的奖券，而且是能够在早读中把课文多读几遍。

父亲不是读书人，但深谙读书人本色。他后来在1969年12月22日的信中说："我青年时代住在农村，因经济问题无法求深造，我只读了三年书，我为着生活压迫出了国做工。"这不仅是他的感慨，也是老一代华侨共同的苦衷。台山华侨之所以源源不断地给台山一中捐款扩建校舍、增添设备、延聘名师，就是希望子孙后代"求深造求上进"。我如果不努力读书，不仅对不起父亲，也对不起所有的海外侨胞啊！

其次是"慎用金钱"。当时台山侨乡有一种依赖侨汇过游手好闲的"二世祖"生活的坏风气。我自小不屑于此，养成了节约的习惯，特别是注意金钱用得其所。半年前，即1951年秋季，我曾以"同等学力"考入台山培英中学。那是一间颇有名气的教会学校，收费较高。考完试之后，我才知道台山最好的学校是一中，因为是公立，收费也比培英低得多。我收到了培英的录取通知书，但毅然决定放弃。我相信自己一定能考取一中，不但可以为家里省钱，将来升学也有更多机会。父亲这一次汇给我港银550元，他交代暂存香港友人处，让我渐次取用。这的确是稳妥的办法。

最后是照顾身体多病的母亲。这是我不容推辞的责任。我是独子，我不照顾母亲谁来照顾？上初中的第二年，我就把母亲接到台城，在环城东路租了一处房子住下来。母亲是个非常节俭、聪慧、坚强的人。父亲出洋初期，她到新宁铁路去做"咕喱"（搬运工）挣钱帮父亲还"水脚"（旅费）。抗战胜利后父亲侨汇稍微宽裕一点，她精打细算，量入为出，竟然能买下一片屋地来种果树，买下一片薄田增加粮食，目的是避免再遭到1942年那样的饥饿。1950年，同村的叔婆移民菲律宾，把三块小小的水田交给母亲代租。土改时，就有村人想借题发挥，欲加"剥削"的莫须有罪名。好在当时土改工作队和农会的干部主持公道，她才避过一劫。其后，又有坏人造谣，说我母亲患传染病，企图不让她打井水。我即刻带她到人民医院取得健康证明，农会加盖大印，农会主席又签了字，才澄清了事实。总之，母亲这样一个弱女子，一个没有男人在家的侨属妇女，在农村，为几分薄田终年操劳而收获不足以糊口，常常受到各种莫名其妙的欺负，生存环境十分恶劣，与其在家激气受罪，不如早早离开。我上中学的第二年，熟悉了县城的环境，就在临近学校也临近人民医院的环城东路租了一处清静房子，让母亲迁出来住。母子互相照顾，我安心读书，回家可以吃上比饭堂好吃的饭菜；母亲很快与街坊交上朋友，闲来海阔天空地说笑聊天，开心使她少生病，不再那么消瘦，脸色也变得红润了。

侨汇是父亲家书的一项重要内容，与回国话题共同铸成家书一个突出的主题。他上个月才寄来300元港币，现在又寄来550元港币用于学费和生活费，在当时可谓数目不菲。父亲鼓励我读书的心意表露无遗。

华人移民古巴史

黄卓才

　　170 年前即 1847 年的 6 月 3 日，是古巴华侨史上一个饱含辛酸而又意义非凡的日子。那一天，从厦门起航的"奥肯德"号双桅帆船，经过 131 天漫长的航行，载着 206 名契约华工抵达哈瓦那港。检疫后，这些华工被陆续转卖到古巴各地，在白人庄园主、工厂主和黑人工头的严酷管制下于甘蔗园、制糖厂等从事超负荷的繁重劳动，中国人在古巴艰辛谋生的序幕由此揭开。而从古巴人的视角，这个日子也有特殊意义，它"标志着远涉重洋的华工成为我们古巴民族的一部分，他们将古老悠久的民族文明和丰富多彩的异国文化融进了我们古巴民族的怀抱"。其后一个半世纪，有 20 多万中国移民旅居过这个拉美岛国。从契约华工时期到自由移民时期，他们由原先没有人身自由、地位低下的"猪仔""苦力"，变成可以自由择业的劳动者，成为有一定经济能力的华侨小商小贩，实现了社会地位的蜕变和提升。作为古巴当年主要外来劳动力的十四五万契约华工，将自己的血汗、青春和生命贡献给这个西班牙殖民地国家，助力其发展成被誉为"世界最大糖罐"的产糖大国。

　　19 世纪末，华侨华人积极参与两次古巴民族独立战争，涌现了许多战斗英雄和可歌可泣的事迹，其中胡德上尉还在战后被古巴人推举为总统候选人。"在古巴的中国人，没有一个是逃兵，没有一个是叛徒。"华侨把古巴看成自己的第二个祖国，骁勇善战，忠义报国，深受古巴人民的称赞。

　　其后，赎回自由之身的契约华工与由美国加利福尼亚辗转而来的华侨，还有接踵而至的中国自由移民，在古巴首都哈瓦那市中心开辟了纵横 40 多条街道的大华区。高峰时期，哈瓦那华侨达 10 万人，华侨社团 140 多个。他们筚路蓝缕，众志成城，营造了拉美最大最繁华、可以媲美三藩市（旧金山）唐人街的华埠，为这座城市一跃成为"小巴黎"增添了无限的东方风情。与此同时，古巴华侨华人遍布 300 多个城镇，所拥有的商店、餐馆、工厂、农场等发展到 4000 家。这些中小企业活跃了古巴城乡经济，为当地居民提供了生活便利和优质服务。

　　摘自纪念中国人到达古巴 170 周年文集代序《沉舟侧畔千帆过》，黄卓才、袁艳编著《从契约华工到改革先锋》，中国社会科学出版社，2017.06

黄宝世和他的商店（1952）

　　杂货店内货物琳琅满目，反映了古巴华侨商业兴盛时期的情景。店址：大萨瓜市索里斯路（Solisy Albarran）259 号。

2. 生意没有起色

1957 年 12 月，寄到广州市法政路青年里 3 号，航空信

　　接来你的手札，经已读完了。同时知道致（志）和与你通信，讲及港方地少人稠，甚难生活，是事实的。但有一方面人士能生活下去，原因是有产业或商业；又有一方面的华侨，经济充足，购置楼业出租，以维持日常生活。其余侨居港地的人，想甚难为活。依据报张（章）所载大陆情形，粮食缺乏，穷饿交迫，故不得已去到香港，大不乏人。此种不是长久计。谓港方有新楼出卖，每层四五万元，问我与松德是否要买，此匹（笔）巨大的款，我无能担负。

　　你上信话来年考试，若能考上，自然是莫大的幸福。此语我未明白，是何种的幸福，来信解释原因为要。

　　关于姨母取养子一事，他已经逃回黄屋村去，我敢信无好结果。你虽（须）

航空信

1957 年 12 月，寄广州市法政路青年里 3 号。

原件尺寸：170mm×220mm，双面书写。

知少年的孩子，能生出这样的不良印象，如成年的时候更不知如何做。请着（其及）早放弃为佳。同时亦要据理追回此款，是我的主意。

现由香港九龙马碧荷处付上港币六百元，到步查收，以应家用。请分派多少与（予）姨母及祖婆为费用为盼。

我日前粗体安好，生意仍续做去，但没有起色，改作别种事业，因为年几（纪）过高，无能为力。

此致
卓才收读

父宝世字

一九五七年十二月十日早

时间一下子跳到 1957 年 12 月。中间几年的信没能保存下来，至为可惜。

写这封信的时候，父亲还不到 60 岁。他感叹"年纪过高，无能为力"，恐怕与生意"没有起色"有关。为什么没有起色?"近年以来,因为古巴政局不定,糖产对外销路不旺,社会购买力疲软,经济颇不景气,华商自然受到影响。加以大家各自为政,无法合资已作大规模的投资事业,而与其他外商相竞争。前途并不乐观,只要能够守成,已算不错。至于开创扩大,恐怕目前还谈不到。"

这段话引录于1957年台北海外文库出版社出版、宋锡人所著的《古巴华侨史话》。书中还有古巴华商杂货业的描述:"在1667家之中,全部是零售商人。其中50%在古京夏湾拿,其余散布全国各地,售卖米、面、油、盐、糖、干鱼、罐奶、罐装鱼果火腿、酒、烟、咖啡、肥皂等等。他们都须向西班牙人控制的批发商批进货色,这是一笔不太小的损失。他们差不多完全靠竭力节省几日夜工作以维持生计。普通商店店主,无论多大资本,自己的月薪只支60美元,最多90美元。99%都住在店内阁楼中,从不外出,毫无消遣,否则就无法维持。换言之,利润不多,只靠劳力积钱。"

我猜想,他是夜晚店铺关门谢客后,才在柜台上写这封信的。

1957年,古巴的巴蒂斯塔独裁政权已经岌岌可危。自从1956年11月,卡斯特罗率领81名战友乘"格拉玛号"登陆红滩,开辟了马埃斯特腊山区游击根据地以后,古巴各路革命队伍力量不断壮大,零星的战斗陆续发生。在这种革命过程的动荡局势下,生意虽然"仍续做去",但难有起色,信中显露了父亲内心的忧虑。但那时我还不知道古巴内情,也不懂得安慰他,这就是所谓"少不更事"吧。

我倒会为自己发愁。这从父亲的信中看得出来。

当时,我在广州第十七中学读高三。学校在登峰路,与北园酒家相邻。那是一所历史悠久、校园幽静、体育风气特别好的学校;更兼位于五层楼下,全市最大的越秀山运动场、游泳池,还有附近的中山图书馆、中山纪念堂、麓湖,都可以为我所用,是个读书的好地方。1955年我从台山一中初中毕业后,就决心到广州读书。我如愿以偿地考入这间中学,开始了一段快乐时光。为了我上学方便,当时母亲和我租住在离学校不远的法政路青年里3号。这封信就是寄到这个地址来的。

毕业在即,面临着一个前途出路问题,我的思想活动自然较多。

按照我当时的情况,唯一的出路是考试升学。我家庭出身华侨工人,虽然不是党、团员,但年年被选为班长、学生会干部,学习成绩好,在《广州青年报》发表过文章，又是学校排球队和广州市少年排球代表队的运动员，可以说德智体全面发展。在正常情况下，考上大学应当是没有问题的。

秋季开学不久，学校加强了政治思想教育。一方面大力批判资产阶级思想，批判"成名成家"，批判"万般皆下品，唯有读书高"，批判"学好数理化，走遍天下都不怕"；另一方面又号召我们毕业后"到农村去""到祖国最需要的地方去"。老师带领我们到附近下塘郊区农村去访问一位上届毕业没有考上大学的师姐，看她怎样"乐于回乡务农，安心生产"。然后把我们带到番禺县的万顷沙农场，让一位"自愿下乡"的初中毕业的小师妹向我们讲述她的先进事迹——她正是我租住的屋主家的小千金。政治课、语文课补充了好些有关务农的内容。种种迹象表明，学校要我们充分做好考不上大学的思想准备。也许，这不是没有道理的。当年的招生名额极其有限，能够考上的人实在太少。连我们心目中最优秀的师兄师姐，也一个个名落孙山。

在这种情况下，我觉得，能够考上大学，是莫大的幸福。我把这种希冀告诉父亲，他却不明白为什么。是的，他远隔重洋，不知道儿子正面临如此严峻的形势。

仁德堂 黄鹄 摄（2011）
仁德堂位于五十圩河南街。当年的精心设计、精良的用料，确保了建筑质量。优质青砖、英国水泥、南洋坚木坤甸的屋梁和桁、桷、门窗，使楼宇历久常新，至今仍可反映出中西合璧的台山侨乡建筑特色。

上届师兄师姐落第下乡的前车之鉴，令人警觉。我不能不多长个心眼了。

除了上大学，我还可以做什么……

去香港、出国？这是我首先考虑的，也许是出于一个侨乡人的传统思维模式。

那时候去香港并不难，只要有正当理由，申请一般可获批准。信中提到的马碧荷，是我的同乡姐姐，曾与我们在小北路小石新街租住过同一座房子，她就是不久前申请赴港的。还有我的几位男同学，包括和我一同来广州读书的并同租住一室的台山学友，申请手续都办得十分顺利。如果我步他们的后尘，成功的概率相当大。

当时，如果我申请赴港，还有一个有利条件，就是亲戚的关照。我的舅母李美珍和表兄伍致（志）和几年前从台山去香港，如今已在九龙买了房子。舅母和表兄来信说，给我留着一个房间，让我到香港读书居住。

父亲信中提及我与志和表兄通信的事，指的就是我写信向表哥询问香港的情况。看来，父亲强调的是香港谋生困难的一面，他并不赞成我去。这在当时，与我的想法是吻合的，我其实并不愿意到香港去。实际上，当时的香港不像现在这么发达，环境比广州还差。就读书、居住而论，并非理想之地。正因为如此，1957 年暑假我班上到香港探亲的同学都不愿留在那里。同时，我对在内地升学满怀信心。"家有老，不远游。"母亲体弱多病，也是我不能离开广州的理由。

到 1957 年，姨母已经 50 多岁了。姨母伍惠琼（别名惠平、锦平）。其丈夫黄松德，字世显，五十区璋背村人，1920 年左右赴南美洲秘鲁首都利马谋生。1924 年左右与伍惠琼结婚后，夫妻曾到广州度过蜜月。姨丈返回秘鲁后，姨母即被外家召回，让她在五十圩居住。1936 年在河南街买地建楼，一切由我的归侨外公伍于炳包办，建成后冠名仁德堂。姨丈旅居秘鲁，一去不复返，丢下姨母一个人在家，几十年守着一栋两层的大楼房，犹如守活寡一般，十分孤单凄苦。像她这样不幸的侨眷妇女，在台山不知有多少！

姨母身材高挑，容貌姣好，又出过省城，见过世面，家里数她读书最多，文墨、见识都不差。年轻时，独守空房，自然有男人追上门来。但她像许多侨属妇女一样，恪守妇道，把所有求爱者拒之门外。母亲和家姐的严格管教，封建礼教的束缚，更使她修炼得心如止水。她曾经多次收养儿女，希望聊解孤愁，年老也有个依靠，但均以养不熟而告失败。这一次，收养的是附近黄屋村的一个十岁农家男孩，花了一笔钱买过来，本以为可以送他入学读书。谁知他不习惯圩镇环境，天天思念村里放牛娃小兄弟和捉鱼摸虾的生活，终于伺机逃回家去。姨丈极少寄钱养家，姨母只在街上摆个档口，卖饼干糖果赚点小钱，以及收点铺租，维持生计。养子一走，人财两空，对于她又是一次沉重的打击。姨母无可奈何，常在家自唱"木鱼"解闷。

台山侨乡有不少"金山阿伯"发财的传奇，也有无数华侨、侨属凄凉苦楚的故事。当年流行一首歌谣："有女莫嫁耕田人，满脚牛屎满头尘。有女要嫁金山客，掉转船头百算百。"外汇的诱惑，封建思想观念的钳制，夺去了多少侨属妇女的青春，埋没了多少留守女人的一生。还有一首民谣，正是姨母一类妇女的写照：

> 青春守生寨，
> 千里遥遥难共话，
> 想来想去乱如麻！
> 细想他，
> 虽在天边云脚下，
> 三更还望佢回家。

无限苦闷中又幻想丈夫回家，这是许多侨属妇女矛盾心态的写照，也是我姨母孤苦伶仃的写照。她和许多侨眷少妇一样，正是在这种矛盾心态下遭受着痛苦折磨，无法自拔，而虚度了自己的青春，寂寂变老。父亲同情她，把她视为家中一员，时常惦记着她，所以寄钱时往往叮嘱要分派一些给她。

五十圩河南街　笔者 摄（2005）

永隆村史记

黄卓才

台山市四九镇上朗永隆村，土名"黄泥头"，开村至今已有400年历史。从中原远祖轩辕黄帝，到宋代粤北珠玑巷居正公，到新会洞口隐龙公，再到永隆村的开基祖星丽

永隆村（黄泥头）全景 摄（2005）

公及其传人，源远而流长。本村堂号为"江夏堂"，是因为古代许多黄姓的人曾聚居于湖北长江边的江夏郡而得名。

永隆村是一个典型的侨村。村人出洋谋生的历史可以追溯到19世纪末。最先有人分赴南洋的印度尼西亚和小吕宋（菲律宾）、其后有人去西欧的荷兰、拉美的古巴，20世纪五六十年代起又有人去北美洲的美国、加拿大。而旅居澳大利亚和南美洲的厄瓜多尔，则是90年代的事情。据统计，至今从中国大陆和香港出洋的华侨，包括分家的共50户，比现时留在村里的户数（9户）多4倍。他们在海外繁衍子孙，枝繁叶茂，第二、三、四代华裔已经茁壮成长。

在海外，有两位先人当过侨领。一位是黄宝世（锡璇），古巴大沙华市中华会馆终身主席。黄宝世及其儿孙的事迹和良好家风引起中外多种媒体重视，中央电视台和《人民日报》等报道评论很多，又在北京、天津、广州、江门、中山和台城举办过展览。另一位是黄安定，菲律宾侨领，在该国首都马尼拉拥有一座"新亚大旅社"，曾被台湾蒋经国"总统"聘为海外"顾问"。他终身未曾回乡，20世纪80年代曾给村里捐过款，送过电视机。

黄宝世（摄于1950年）　　黄安定（摄于1987年）

2013年，为方便日益增加的汽车、摩托车出入，村头修建了接通台瓶公路的水泥路，改善了交通条件。

2019年，立村400周年之际，村民和旅外乡亲再次热心捐款，集资改造村容村貌。建造排污系统。工程得到政府资助。

古巴华人记功碑　朱婉君 摄（2019）

镌刻着"没有一个中国人是逃兵，没有一个中国人是叛徒"的华人参加古巴独立战争的记功碑屹立在哈瓦那最繁华的街区。

3. 古巴新政府成立

1959 年 4 月，寄广州市龙津西路逢源地一巷 15 号，航空信

卓才小儿：

三月初八的来信，内夹你母亲手札及照片，一齐收妥了，祈勿念。同时知道你在家平安康健，我觉得无限快慰。

你几次来信问及我回国何时起程，我没有答复的原因有三。（一）我不是经济充足。我须（虽）年高，我日常仍抓住两餐。如到了祖国，长此下去，毫无生产，是成问题。（二）大陆情形非常坏，不但食品缺乏，而且没得到自由行动。[①]（三）你学业还未完成，一切仍靠我帮助。如未得你有职业，栖身安定，你个人生活解除我的负担，我不易回国。以上所讲是事实的。你须知由古巴回国的费用，统计用一千二百元。港府又不接纳我们居留。直回大陆较容易些。我所知有许多侨胞年老聋（龙）钟，积有三几千元不敢动程，其情可见。今又遇到古巴新政府成立，施行国家主义，他（它）对于外人诸多不利。同时竟向工商界加重税捐，连实业暂时冻结，未许出卖。

---

①　当时中国进入三年困难时期，食品供应紧张。其时大陆户籍管理严格，居民未经批准不得迁移。华侨回国探亲要报临时户口，这些措施容易被误认为行动不自由。

现由香港志和处付上港币伍百（佰）元，到时照收，以应家用。我目前身体安好，勿念。

此致

康健

父宝世上

一九五九年四月初三

航空信

1959 年 4 月，寄广州市龙津西路逢源地一巷 15 号。

1959 年 4 月，与上信相隔一年半，父亲写这封信的时候，古巴政局已经发生了翻天覆地的变化。1958 年 12 月，卡斯特罗等人领导的起义军声势越来越大，攻克了一个又一个城镇。1959 年 1 月 1 日凌晨，巴蒂斯塔总统仓皇逃往国外；同日中午，格瓦拉率领一个纵队攻克了父亲侨居地的比亚克拉拉省省城圣克拉拉。晚上，卡斯特罗攻克圣地亚哥，并宣布新政府成立，古巴革命胜利了。

古巴革命是一件震撼世界的大事。连西方社会也认为"不仅因为古巴将成为美洲半球第一个社会主义国家，而且在社会、经济和政治生活各个领域发生的变化以令人惊骇的方式使这个国家面貌焕然一新"。[1] 然而，父亲只是简略提到"古巴新政府成立，施行国家主义"的消息。我想，不是父亲不懂政治、不关心政治；恰巧相反，父亲每天看报，非常关心时事政治。但是，他与许多老一代华侨一样，不愿加入所在国国籍。不是古巴公民，政治上没有发言权，华侨当然也就"不问政治"。实际上，无论是中国革命或古巴革命，父亲的态度都是明朗的。19 世纪古巴的两次独立战争，华侨华人都与古巴人民一起，英勇投入战斗。1895 年的第二次独立战争，有 5000 多名华人直接参战，所有的华人官兵都表现得异常英勇，不惜流血与牺牲；而未直接参加战斗的华人，则通过出钱出物等种种方式积极支援前线，而不求回报。战争胜利后，有开平契约华工而成为古巴共和国总统候选人的战斗英雄胡德中校，就是华人英雄的代表人物；高高矗立在哈瓦那市区的"旅古华侨协助古巴独立记功碑"及其镌刻着"没有一个中国人是逃兵，没有一个中国人是叛徒"的名言，就是最准确的评价。20 世纪 50 年代末，卡斯特罗兄弟和切·格瓦拉领导一批游击队，挑战古巴独裁者巴蒂斯塔政权，许多华人参与武装斗争，其中邵黄将军（Sio Wong）、蔡将军（Armando Choy）、崔将军（Gustavo Chui）三位华裔因战功彪炳，革命成功后晋升准将，成为政坛明星。

遗憾的是，新政府上台后，实行了激进的国有化措施，直接损害了华侨的利益。华侨失去了赖以生存的职业，大部分人只好忍痛纷纷离开古巴。只有少数人留了下来，父亲就是其中一个。他还出任中华会馆主席，与新中国的大使馆交往密切。

2009 年，我的古巴华裔朋友、华侨华人研究专家 Mitzi（美枝）传来电子邮件，说我父亲有个义子，叫 Idalberto Revuelta Diaz（依达贝尔托·列沃

---

① 法国百地福旅游指南·古巴 [M]. 北京：当代世界出版社，2001：49.

达·迪阿兹），小名 Tati（塔蒂）。西班牙裔，是一位革命烈士。他有一个弟弟和三个妹妹。塔蒂自小跟随我父亲生活，达 16 年。学生时代课余就在父亲那间 Solisy Albarran 259 号的士多店里帮点忙。1953 年 7 月 26 日，菲德尔·卡斯特罗带领发动了一场由 150 多名革命热血青年参加的反对巴蒂斯塔法西斯统治的武装起义，对蒙卡达兵营发起了攻击。起义失败了，但民主革命的思想和行动纲领却获得了人民的支持，并由此揭开了反独裁专制，武装夺取政权的革命序幕。蒙卡达兵营就在圣克拉拉市，比亚克拉拉省的省城，离大萨瓜 45 公里。热血青年塔蒂受到的影响不言而喻。1957 年，他加入卡斯特罗领导的革命组织"7·26 运动"。1959 年 1 月 27 日，已经看到革命胜利的塔蒂却在与旧警察的枪战中牺牲。当时他只有 20 岁。

美枝说，塔蒂一家人都是我父亲的好朋友。弟弟 Eusebio（尤西比奥）曾继烈士哥哥之后在黄宝世商店工作过六年，后来改做建筑，现在病重住在大萨瓜医院。妹妹 Luisa（路易莎）住在哈瓦那。关注我父亲事迹的著名美国华人摄影家刘博智教授和古巴海归谭艳萍小姐急急赶到大萨瓜，与尤西比奥和他太太见了面，证实了烈士的事迹。

如此看来，父亲对古巴革命是有贡献的，但他从未向我提及。我想，这符合父亲沉着淡定的个性，也符合台山人不爱张扬的风格。

2018 年，我和家属、朋友与古巴华侨研究团队四位成员一起访问古巴时，在哈瓦那华区洪门民治党（古巴最大华人社团之一）总部见到塔蒂家族的一位后人赫尔梅斯（Hermes）。他是哈瓦那古巴时科学出版社的资深编辑和领导。他给我们讲了我父亲生前如何关爱他们一家的故事。他说 Fernando 叔叔每个星期天都会到他们家里煮一顿饭，教他们做中国菜；他出生时，还给他送了金链……他还说他们全家都希望有机会回报我们。家常故事和款款深情由亲历者说出来，特别真切。洪门民治党主席蒋祖廉先生亲自给我们翻译，令在场的人无不动容。

当年，古巴发生的政权更迭究竟意味着什么，全世界大概都还觉得是个谜。连邻近的美国也摸不着头脑，于是就有了 1959 年 4 月卡斯特罗友好访问美国之举。当时，卡斯特罗等人只是说反帝、反独裁，这就是民主革命吧，古巴劳动人民应该是高兴的，社会主义国家也应该是欢迎和支持的吧。我呢，只希望华侨今后在民主政府治理下，日子过得好一些，希望父亲的生活有所改善。这是一种良好的愿望，但父亲信中已经表露了他的担忧："施行国家主

依达贝尔托烈士

谭艳萍翻拍于大沙华

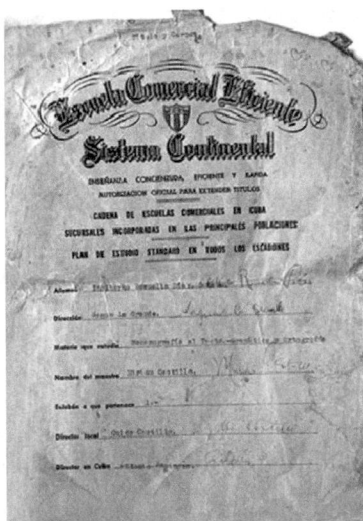

义，他（它）对于外人诸多不利。同时竟向工商界加重税捐，连实业暂时冻结，未许出卖。"他是有政治敏感的。

骨肉分离30多年，夫妻未得团聚，父子不能享受天伦之乐，我们母子俩迫切希望父亲叶落归根。但父亲所讲的三点，都是实际难处，不能不认真考虑。

首先，他到古巴虽然时间不短，但早期打工，后来做点杂货店的小生意，都赚不到什么钱；他一向乐于助人，寄钱养家之外，还不时接济失业的同乡和朋友。爱国捐款、慈善捐款也少不了他的份。有的同乡侨胞失业时，就到他的商店来"帮忙"，父亲一律收留。临到年老，他连一间房子也没有，更不用说其他资产了。手头极少积存，年事又渐渐增高，所以，必须"抓住两餐"。看来，父亲孤身在外，危机感是随时存在的。

其次，他说"大陆情形非常坏，不但食品缺乏，而且没得到自由行动"，大概是从当地报纸上获得的信息。信息自然不尽准确，但1959年"大跃进"运动过后，经济形势很差，粮食、肉类和副食品供应非常紧张，也是事实。所幸我们是大学生，得到国家特别保护，饭可以吃饱。但那年初冬，在学校挖湖劳动的时候，我们也尝受到了饥饿的滋味。我的散文《明湖之忆》记叙了当时的情景：

那阵子，头脑发热的"大跃进"刚刚过去，经济困难已经来临。饭堂里供应的菜式，不是吃怕了的"无缝钢管"（通心菜），就是莫辨其味的"杂锦酱"。鱼呢？肉呢？久违了，取而代之的"营养食品"，是一种叫作"小球藻"的东西。周末，挑灯夜战，赶一个"东方红"（通宵），每人发两个烤饼，便是最美的夜餐兼早餐了。烤饼是用番薯、蕉树干之类的杂粮材料做的，硬邦邦的。同学们开玩笑说，这种饼呀，掷在地上，地板烂了，它不烂。

（黄卓才. 水上仙境 [M]. 广州：广州出版社，2004：238.）

我们当年年轻，血气方刚，对经济困难无所畏惧。但父亲的忧虑是难免的，我只有写信解释，让他放心。

最后，"你学业还未完成，一切仍靠我帮助。如未得你有职业，栖身安定，你个人生活解除我的负担，我不易回国"，这也是非常负责的考虑。父亲无疑是一个爱国华侨。他的爱国，首先表现在爱家上。背井离乡几十年，家庭没有给过他多少帮助，而他却数十年如一日地寄钱养家，一直肩负起丈夫、父亲的责任。这是多么好的品质啊！我觉得，这就是老一代华侨优秀品德的典型表现，很值得晚辈继承和发扬。

延伸阅读

我见到了古巴蔡将军

黄卓才

一个非常和善的兄长，一条雄风犹在的蛟龙！这是他给我留下的第一印象。他就是古巴的华裔蔡将军。

我早就知道古巴有三位华裔将军，阿曼多·蔡、莫伊塞斯·邵黄、古斯塔沃·崔，都是卡斯特罗革命中在格瓦拉身边成长起来的英雄人物。

蔡将军第一次来华，到番禺寻根。我很想见到他。

在有关部门帮助下得偿所愿，见面的时间定在5月21日上午9时，地点：广州白天鹅宾馆。

我带去了《古巴华侨家书故事》，签名送给他。还有《我们的历史并未终结》中译本，刊登着他蒙特利尔之行长篇报道的加拿大《七天》报，以及我正在排版的新书《鸿雁飞越加勒比——古巴华侨家书纪事》的片段资料。这些书刊资料里面有我们共同感兴趣的话题。

好像久别重逢的亲人，我们的交谈无拘无束。我告诉将军，我的古巴

紧握手，好朋友　贺宇 摄
笔者与古巴将军的合影。左二为蔡将军，左一是蔡上校，右一为中国对外友协的王宏强先生。

西人义弟依达贝尔托1956年在大萨瓜参加"7·26"组织，投入革命，可惜1958年初就牺牲了。将军回忆起当年的情景颇为激动。他说其时正当革命高潮，青年踊跃参战，华人也很支持。他当时是上尉，队伍里就有6个华人。他不认识我义弟，但应是战友，曾一起在比亚克拉拉省的西恩富戈斯、大萨瓜地区并肩战斗过。

将军问我，邵黄是你的兄弟吗？我灵机一动，说："我们同姓，同为1938年出生，是远房弟兄。只不过我是台山人，邵黄将军祖籍在增城。"在场的中国对外友协王宏强先生、广东省对外友协贺宇小姐和翻译刘小姐都会意地笑了。将军和他儿子也天真地笑了。

蔡将军问我有没有去过古巴，他表示，我到古巴，一定带我到父亲生活过的大萨瓜去。我说，大萨瓜中华会馆历史悠久，曾经非常鼎盛，但现在人去楼空了。你是中华总会馆副主席，我希望你想办法保护好会馆房产，不要让它变成古巴居民住宅。将军说，你反映的问题很重要，我回去要开会研究……

谈话时，将军的儿子阿曼多·拉萨罗·蔡上校神情投入，但不多说话，只忙着帮助父亲翻阅书籍资料。一个有着华人孝顺基因的儿子。

临别，我们留下了很有意思的合照——四个人的手紧紧握在一起。此刻，我真切感觉到，中华血脉在跳动、在流通！

胡德的故事：从"猪仔"到总统候选人

当古巴独立战争结束后，成立临时参议院，对战功卓著的人，论功行赏，当时公认外国人都帮助古巴独立，功绩最大而有资格当选古巴总统的有两人，一是圣多明各（Santo Domingo）太子，一是胡德。古巴人称胡德为"何塞胡"（Jose Bu）。胡德是广东开平人，原名胡开枝，曾在恩平县城读过四年书，他父亲在县城开油糖店，在他17岁那年的盂兰节前夕，父亲命他送钱回乡"烧衣"

（送鬼），路经赤坎，途中被人诱骗入赌场，把手上的钱输光，还欠了赌债，被迫卖身作"猪仔"，至澳门上了西班牙"猪仔"船直往古巴。家中父母日夜盼望，但杳无音信，数十年后，有一日，家里突然收到他从古巴寄来的两万元，家人喜出望外，以为他在外洋做老板发了大财，谁知该款并非经商盈利，而是由于他在古巴独立战争中立了功勋，国会决议赏给他两万元奖金。胡德到古巴，初期也和其他"猪仔"华工一样，在蔗园当苦工。不久，由于蔗园主看他年轻体壮，相貌端正，便要他到家里当侍役。该蔗园主有糖寮多间，每间糖寮附设杂货店，供应工人伙食用品，又设有杂货总行向各店批发，通过杂货店的剥削，蔗园主又可以把发给奴隶们的微薄工资刮回到自己的腰包里。

后来，那蔗园主觉得胡德为人诚实可靠，又调他管理杂货总行。胡德积了些钱后便和一个土生的华裔女子结了婚。此时，适值清政府钦差大臣陈兰彬到古巴，向西班牙殖民政府交涉"猪仔"华工问题，胡德便乘机摆脱"猪仔"身份，辞去该杂货总行职务，自己在善灰咕（Cienfuegos）开了一间杂货店。这时正是古巴第一次独立战争之后，与西班牙签订了《沙康条约》，这条约是西班牙殖民主义者对古巴人民的欺骗，古巴人民对这条约极为反对，斗争仍在继续，当时昂美将军（Jose Miguel Gomez）等领导了这次反殖民主义的斗争，在汕打加拉省（Santa Clara）山林中展开活动，有华侨数百人参加了那个队伍。斗争非常艰苦，粮食缺乏，战士生活受到严重威胁。当时有个大财主在码头附近开设了一间规模极大的杂货批发行，专门供应各大蔗园的杂货总店。胡德虽然当苦工的时间不长，但他离开蔗园后仍惦记着同伴们的悲惨生活，他知道解救同伴们的最好办法是争取独立，因此他热情地支持独立战争，把自己的资本献作革命军饷，并以大批大批的粮食接济革命队伍，自己的本钱用完了，又用自己店的名义向该大杂货批发行赊销粮食。因为他曾替蔗园主管理过杂货总店，是那大杂货总行的老顾客，所以向该行买货赊货都很便利。初期是半买半赊，其后全部赊数，该行起初以为他生意好，货物畅销，后来发现他的销售速度惊人，便产生怀疑，而报告当局进行侦察，果然发现他在支援独立战争，便将他逮捕。革命军探得他被关在监牢里，就星夜出动，围攻监狱将他救出。胡出狱后，参加了革命队伍，共同对敌斗争，后来也将其妻接去参加了革命。胡德在革命军中十余年，受伤五次，升至上尉，死后被授予上校军衔。

（摘录自黄作湛《古巴见闻录》）

古巴华裔名人：弗洛拉·冯——邝秋云

古巴著名画家弗洛拉·冯

邝秋云（Floro Fong），古巴华裔，目前古巴最著名的画家，如果说林飞龙的作品糅合了许多非洲元素，那么邝秋云更多的是中国元素。古巴于1997年发行了"华人移民古巴150周年"邮票1枚，图案为邝秋云的作品《树林》，寓意华人在当地的发展如同树林一样逐步壮大。

据见过邝秋云的古巴海归朱霖介绍，邝秋云1949年生于卡玛圭，1970年毕业于哈瓦那的国立美术学院。1970年到1989年在圣亚历杭德罗美术学院做教师。哈瓦那国家美术馆、北京的人民大会堂都收藏有她的作品，在法国、西班牙、葡萄牙、日本、墨西哥、委内瑞拉、巴拿马、瑞士、韩国、美国的艺术馆和有关机构也都有她的作品。她曾经在北京的中国美术馆开过画展。

网上可以看到邝美云的彩色作品（http://www.cernudaarte.com/cgi-local/paints.cgi?aid=12）。

另据有关信息，邝秋云的父亲是台山市附城人，生前一直与乡亲保持联系。秋云本来随父姓邝（Kuang或Kong），但不知怎么却变成"冯"。

邝秋云早几年访问中国时曾向媒体表示，希望有机会到父亲的家乡举办展览。

2022年9月1日，邝秋云"疫情下的热带姑娘"画展在广东华侨博物馆隆重举行。笔者在古巴驻广州总领事丹尼斯的帮助下，现场以手机致电邝秋云，热烈祝贺她的展览如愿在家乡胜利开幕。

西关一角的龙津西　笔者 摄
可以挡雨遮阴的骑楼建筑，仍然保持着广州
街道的传统特色。

4. 结婚是终身问题

1959 年 4 月，与上封同寄，航空信

美凤贤内助鉴：

来信详悉一切，祈勿在念。

据说卓才近来结识一女朋友，爱情甚笃，将来或可与她结婚的话。我以为结婚是人生终身的问题，需要侦察其女子是否受过教育，品格端正而知妇道，是紧要的。贫富不成问题。

你说将来结婚要需用许多钱，我极不表同情。因为在文明的时代，新式婚姻须要简单，况您又住在城市，不是在乡间，凡事更容易办理。

关于我回国一件事，我经在卓才信内说明白了，毋容再述。

我日前身体如常，请勿念。

予宝世字
一九五九年四月初三

航空信

1959 年 4 月，
与上封同寄。

这封信是写给"贤内助"的，也是父亲家书中唯一能够保存下来的直接写给妻子的一封。当时我和母亲已经搬迁到广州市龙津西路逢源沙地一巷 15 号，这是我们用父亲的侨汇买下的房子。

在广州，我们第一次拥有了自己的房子，这是 1958 年的事。

1955 年秋季，我离开台山一中来广州读书时，除了有个担保人之外，没有一个亲人可以依靠，只好与一同从台山出来的同学合租房子。首先租住在中山四路榨粉街，不久迁小石新街。母亲留在台城，我和父亲都不放心，不久也让她搬出来；然后，我和母亲又租住法政路的青年里。这几处房子都很差。榨粉街那一间，是平房加建的顶层，低矮而闷热，我常要把头伸出屋顶外面去透气。每逢这时，我就会想起冼星海在巴黎所租住的房子，想起他把半截身子伸出天窗外面拉小提琴的情景，并引以为自慰自勉。青年里那一间，非常狭窄，190厘米长的标准床板要锯掉20厘米才能放得下，睡觉时脚不能伸直。而且又是板障房，不隔音。即使这样，每月还要交3元5角租金，这是一个人半个月的伙食费啊！高中毕业前夕，我越发觉得没有自己的房子实在不行了，于是壮着胆子给父亲写信，请他寄钱回来买房，也好为迎接他回国度晚年做准备。

父亲果然把一笔钱寄到香港，放在舅母处。那时广州房屋买卖只有房管局一处，它就在豪贤路，与我居住的法政路只相隔一条街。我和母亲到房管局看挂牌，然后去看了几处房子，很快就相中了逢源沙地一巷15号这一间便宜的砖木结构两层小楼。成交价1900元人民币，连手续费、纳税、登《广州日报》的广告费共花了2100元。

我和母亲为终于在广州有了一个立足之地而高兴。房子很小，每层只有30多平方米，坐向朝北，屋顶低矮，我居住的二楼夏天酷热难耐，只好搬到一楼活动，待秋凉才又搬上来，所以戏称为"候鸟居"。但它地处西关的荔枝湾，而且就在荔湾博物馆的同一条街，离著名的荔湾湖公园、泮溪酒家只有一箭之遥。西关是广州一个最古老、最有地方特色的街区，它承载着广州文明，西关大屋、西关小姐、西关美食、西关讲古、粤剧八和会馆、曾经中外商贾云集的十三行……是广州文化的标签，岭南文化的缩影。能在这里拥有一座房子，接受广州文化的熏陶，我非常感谢父亲！后来，我最先出版发行量近百万册的三本书——《作文病院》《全国中学生获奖作者谈作文》《作文获奖揭秘》和关于游记、散文、随笔、杂文写作的一批论文就是在这个斗室里诞生的。

因为有了房子，更因为父亲步入老年和处境的恶化，与父亲通信中，谈论他回国的问题也多了起来。

从20世纪初到50年代，是古巴华侨的鼎盛期，华侨人数达二三十万，在整个拉丁美洲占首位。卡斯特罗政府上台后，华侨汇款被限制，再也不可能寄一笔买房子的钱了。好像是命运的安排，让我们抓住了一个最后的机会，多么值得庆幸啊！

1958年秋季，我高中毕业，并考入暨南大学中文系。这一年，购置房子和考入大学，两件大喜事，我一定会向父亲报喜，父亲也一定有回应的。可惜的是，那些信件都遗失了。

1958 年的高考，可以说是皆大欢喜，一扫往年高中毕业生望大学之门而兴叹的怨气。不但各所大学增加了招生人数，而且一下子冒出了好几所新的大学，如北京的中国科技大学、广州的暨南大学等。这样一来，很多高中毕业生获得了升学的机会。我所在的广州市第十七中学高三丁班，40 多位同

暨南大学礼堂夜景　黄雅凡　摄

1958 年，广州暨南大学简朴而隆重的开学典礼在礼堂举行。2006 年，百年校庆时易地重建的新礼堂仿照旧礼堂的风格，"礼堂"二字也用原来字体，为老一辈暨大人留下了思忆的空间。

学近 90% 考上了大学，我也是其中之一。那一年，考上大学不算幸运，被录入意想不到的好大学、好专业，才是幸运；而不幸者，是那些学习成绩优秀、各方面表现也很出色的同学。他们之所以不被录取，全是因为家庭出身问题。

看到那些天真可爱、各方面都很优秀的同学失落的样子，我为他们难过，暗暗为他们掉过眼泪，但不知道该如何安慰他们。

当我收到录取通知书，知道被暨南大学录取时，颇感诧异。我没有报考这所大学，根本不知道有这么一所大学。原来它是复办的华侨性质的大学，以前设在上海，现在则在广州。入学后，我才弄清楚，我为什么被它录取，据说那是因为我是侨眷，是班长，新办学校很需要学生骨干……啊，我不知道自己交上了什么运！

无论如何，我是考上大学了。既来之，则安之，我很快就适应了新环境，全身心投入学习中去。第一年，我们的学习基本上是在"社会大课堂"里进行的。到郊区的江村北江边去炼焦，在学校里挖人工湖，外出采集"大跃进"民歌，小分队到全省各地去采访"岭南春色"，我还创作过电影剧本，发表过采访华侨工人的通讯，应执信女子中学的邀请到该校去给高三的学生讲民歌……劳动辛苦，生活动荡，遭遇饥荒，在大学一年级，我们失去了系统学习专业知识的机会，却获得了许多课堂上学不到的实际知识，锻炼了意志，提高了适应环境的生存能力，获益匪浅。尤其是，我们的系主任是著名作家、文学理论家萧殷。一开学，他就跟我们讲创作，这让我似乎看到了未来走上

我们的系主任萧殷教授

　　萧殷（右二）与同辈作家杜埃、周钢鸣、陈残云（由左至右）。

作家之路的希望。萧主任 1938 年投奔延安，就读于鲁迅艺术学院，历任《文艺报》主编、《人民文学》编辑部主任、中国作家协会文学讲习所副所长等职，曾获第一届鲁迅文学奖特别奖。他著作很多，其中《鳞爪集》《给文学青年》给我教益尤多。他性格耿直，创作道路和人生旅途并不平坦，他那句"文学是危险的事业"的肺腑之言，曾令我们学子深度震撼。

　　塞翁失马，焉知非福！这就是我当年入读暨大时聊以自慰的箴言。

　　收到这封信时，我已经在读大一，并且开始谈恋爱了。

　　我与素梅认识于 1958 年，当时我们在同一所中学读书。我是高三丁班班长，她是初二庚班班长。学校任命我为总领队，带领高、初中几个班的同学到解放北街道去宣传爱国卫生，我有机会跟她在一起。但我俩还小，只是互相认识而已；真正谈起恋爱来，则是我上了大学、她读了护校以后的事。

　　和所有的家长一样，父母对于我恋爱婚姻的关注是十分自然的。"结婚是人生终身的问题"，父亲以传统的观念教育我，从交女朋友谈恋爱开始就要严肃对待。信中表达了他选择对象的主张，强调"受过教育，品格端正而知妇道"，办理婚事的原则是简单节俭。我觉得父亲说得很对。不过，说到结婚，只是母亲因自己身体不好而抱孙心切而已。我自知年纪还小，没有独立能力，我会控制节奏的。

中西合璧的台山侨乡文化

黄卓才

走进台山，犹如进入活的华侨博物馆，一个中西交融的世界令人目不暇接，琳琅满目侨乡历史文化"藏品"叫人着迷。其中，独具特色的"侨墟"、侨村和洋楼三项，称雄全国，寰宇稀有，堪称中华瑰宝。

台山历史上曾经有过96座侨墟，现时较完整的，包括遗址，仍多达82处。墟，多指农村集市，今通作圩。侨墟，则是指华侨集资兴建或输入侨资改造过的农村集市。台山侨圩主要诞生于20世纪二三十年代。建筑大都有西洋文化色彩，而且这些集市又大多是商贸、文化的交会点，以通邮、通汇、通商和货运往来等方式与海外交往，是海上"丝绸之路"的起点或重要节点。如今大多数侨圩已经衰落，但作为侨乡一种独特的文化现象，海上"丝绸之路"的物证，在"一带一路"倡议之下，极具保育、研究和开发利用价值。

台山侨圩中有几处出了名。一个是台城，台山的中心城市。拥有1000多间商铺，街道纵横，四通八达，人气旺盛，曾有小广州之称。冈宁圩，电影《让子弹飞》拍摄地，一个被姜文、葛优"发现"的侨圩……

五十圩特别值得一提，它是一个历史悠久、现代集镇功能齐全、华侨文化底蕴深厚的侨圩。300多栋中西合璧的商住楼宇蜿蜒有致，骑楼街道风韵犹存，可以想见当年的繁荣。逢五逢十的圩期一次不漏，商贸活动仍有活力。它离台山中心城市只有几公里，是唯一有河流从中间流过、又靠近古兜山国家自然保护区和北峰山旅游区的侨圩，周边田野风光和美。这个"藏在深闺"的侨圩已经引起国内外华人研究专家学者的关注。

今日五十圩　居委供稿

5. 古巴政府禁绝侨汇

1961年5月，寄广州市龙津西路逢源沙地一巷15号，航空信

卓才吾儿看：

　　三月十三号发来手札，我经收妥了。同时知道你们在家安好，感到无限快慰。关于祖国的情形，我略明白。昨适有侨胞从广州市复回古巴，顺便问及祖（国）的情（形）。据他称说，政治非常安静，建设方面亦大有进展；但谓粮食方面，因物质缺乏，虽有钱未易买得到粮食。难解共产政府经十余年的奋斗，及尽量促进生产，仍未达到人民丰衣足食，感觉奇怪。

　　我许久没有信给你，事因古巴政府禁绝外汇，虽用黑市，亦甚难寄出。尤其向商人种种抽税，损失甚巨。目前生意出卖，甚难找得人承受。现在有许多侨胞欲返回祖国或香港居住，但因财产不能出口，是成问题。

　　我今由志和处从黑市付上二百五十元，如收到，祈速来函报告。

航空信
1961年5月，寄广州市龙津西路逢源沙地一巷15号。

　　并祝

平安

父宝世字
（一九六一年）五月十四日发

时间一下子跳到 1961 年 5 月。

古巴新政府上台后，进行了一系列的民主改革，包括土地改革、对本国和外国企业实行国有化、实行全民享有社会保险、免费医疗、免费教育等。

古巴革命者虽有良好愿望，但怎么个革法，实际上不是事事心中有数。1959 年春，卡斯特罗访问美国时仍强调古巴革命既不是资本主义，也不是共产主义，而是橄榄绿色的人道主义 [1]。这就是当时他们所设想的第三条道路。新政府决心发明一个"新社会"，建设一个新古巴。它推行的政策颇有惊人之举和浪漫色彩：房租降低 50%，农民可以随意进城免费入住哈瓦那豪华宾馆；以前只有外国人才能享受、长期与本国穷人隔离的海滩向所有人开放……这些狂欢庆典式的改革虽然受到贫苦大众一时的欢迎，但超过了国家经济的承受能力，有的则破坏了经济秩序，打击了生产积极性。这就为后来的政治安定、经济发展和人民生活带来了麻烦。

古巴革命前，美国自 20 世纪 20 年代起一直控制着古巴的政权和经济命脉。据肖枫等著《古巴社会主义》（人民出版社，2004），"在巴蒂斯塔统治末期，美国资本控制了古巴糖生产的 40%，铁路的 50%，电力的 90%，外贸的 70%，100% 的镍矿和 90% 的铁矿。银行和金融业也基本上操纵在美国资本手中"。[2] 古巴革命的深入触动了美国的利益，所以，这个强大邻国一直以"第二只眼睛"死盯着"后院"岛国的动静。

1960 年古巴与苏联、中国的关系亲密起来，而与美国的关系则迅速恶化。2 月，苏联答应向古巴提供 1 亿美元的贷款，并在 5 年内每年购买 100 万吨古巴糖。7 月，古巴同中国签订贸易协定，同时颁布征用美国人在古巴财产的法律，将价值约 15 亿美元的 400 多家美资企业全部收归国有。这些举动，都为后来古巴形势和国际形势变化埋下了伏线，古巴被卷入了大国斗争的旋涡……

9 月，中古建交。10 月，美国宣布对古巴实行禁运。11 月中、古签订经济技术合作协定，规定中国向古巴提供 6000 万美元无息贷款，中国还向古巴提供军事援助。

1960 年 11 月，古巴领导人格瓦拉率领经济代表团访华，两国签订了第一个经济技术合作协议。12 月，中国首任驻古巴大使申健走马上任。

---

① 肖枫，王志先. 古巴社会主义 [M]. 北京：人民出版社，2004:27.

② 肖枫，王志先. 古巴社会主义 [M]. 北京：人民出版社，2004:33.

在大沙华，我们和古巴孩子们在一起 小飞鱼 摄（2014、2018）

1961 年 4 月 16 日，卡斯特罗宣布古巴革命是社会主义革命——古巴的社会主义终于被美国的敌视逼出来了。次日，发生重大事件：1400 多名雇佣军在美国飞机和军舰掩护下，在古巴拉斯维亚斯省西南部的吉隆滩（又叫猪湾，现属于马坦萨斯省）登陆，武装入侵古巴，企图颠覆古巴革命政府。

此事引起了全世界的关注，许多国家人民都反对美国的所为，用各种方式对古巴反击入侵表示支持。我当然站在古巴一边。"要古巴，要古巴，不要美国佬！……"我和同学们一起参加了示威游行，高呼口号，放声歌唱，对古巴人民给予热情声援。

好在这场政治风波很快过去，卡斯特罗总理亲自出马指挥战斗，经过 72 小时激战，入侵者就被全部歼灭。这就是历史上著名的吉隆滩之战，或称猪湾事件。

美国从此更加敌视古巴，长期封锁禁运，千方百计搞垮古巴；而古巴人民的反美斗争也从未放松过。

自 1992 年以来，联合国大会每年都通过要求美国结束对古巴经济封锁的有关决议，但美国置之不理。直至 2009 年 3 月，美国参议院才通过一项关于部分解除美国对古巴制裁的议案，允许美籍古巴人每年回古巴探亲一次，并放松向古巴出口食品和药品的限制。2011 年 1 月，奥巴马政府又决定取消对古巴汇款的所有限制，增加美国直飞古巴的机场数目，并扩大获准直飞古巴的旅客范围。这些都被认为是美国逐步改变对古巴政策的积极信号。

古巴沉浸在反入侵的胜利气氛中，但政治上、军事上的胜利不等于经济上的好转。实际上，由于经济政策的不当，加之美国的禁运，古巴国内困难重重。父亲这时已经感到了生存环境的不利。

首先是侨汇难寄。"事因古巴政府禁绝外汇，虽用黑市，亦甚难寄出。"

根据报纸的信息，此时的中古关系是不错的。1961 年 9 月，古巴总统访华，双方非常友好。中国自己虽然日子也不好过，仍然慷慨同意购买古巴 100 万吨糖，并贷款 6000 万美元用于技术和设备援助。令人难以理解的是，一方面中国给古巴送钱、送援助，另一方面是古巴"禁绝"华侨汇款。

禁而绝之的政策和做法，虽然主要是因为古巴形势不好、外汇紧缺，可对社会主义兄弟国家也这样，确实过于薄情。但"你有张良计，我有过墙梯"。父亲寄来 250 元，是从黑市汇出的，他克服了多少困难，冒了多少风险，可以想见。

"尤其向商人种种抽税，损失甚巨。目前生意出卖，甚难找得人承受。现在有许多侨胞欲返回祖国或香港居住，但因财产不能出口，是成问题。"古巴华侨的处境十分艰难，父亲正在痛苦的煎熬中。

而大陆家乡，情况也好不到哪里去。回广州探亲的侨胞给他的信息是"政治非常安静，建设方面亦大有进展"；但"物质缺乏，虽有钱买不到粮食"。父亲"难解共产政府经十余年的奋斗，及尽量促进生产，仍未达到人民丰衣足食"，他"感觉奇怪"。

1959—1961年，也就是三年困难时期，自然灾害较多，"虽有钱买不到粮食"的情况的确存在。华侨有外汇，可以到华侨大厦吃顿饭；侨属有侨汇券，可以到华侨商店买点粮油和副食品，普通老百姓就毫无办法，到饭店吃饭要排几个钟头的队，买一斤所谓"高级饼干"要花14元（比大学生一个多月的伙食费还要多）。我记得当时的广州市民，为了买一只鸡、几个鸡蛋，一点什么别的副食品，要远远地跑到黄岐等郊区地方去。黄岐虽属于南海县地头，但它就在珠江大桥南脚，离市区（特别是西关一带）本来并不远，但那时没有公共汽车相通，所以有人步行，有人骑自行车，一去就是大半天。暨大饭堂供应的是加水发大的"双蒸饭""无缝钢管"（通心菜）和代用品煮成的"杂锦浆"。我们的老师、同学因为营养不良，纷纷患上肝炎、水肿、肺病。老师上完课，要平躺在床，把肿得像小水桶似的脚腿放在叠高的棉被上，让"水"倒流。有的同学因病读不下去，只好退学或停学。大学师生的粮食定量比较高，一般有30斤（15公斤），平均每天有一斤。后来响应"节约"号召，减了几斤，也还有20多斤，一般市民就要少一些。因为

1961年的黄宝世
在父亲当年填写的古巴中华总会馆会员登记表上，贴的是这张照片。

油水不足，肉类缺乏，常常吃不饱。

　　但我所处的环境是大学，条件比农村好得多。特别是暨大，学校领导梁奇达采取了种种保护师生健康的措施；后勤部门专为华侨、侨眷学生开设了"南洋馆"小饭店，让他们可以凭侨汇证加点菜，吃顿有鱼有肉的好饭。遗憾的是，这样的好领导后来被打成"右倾"，免了职。

延伸阅读

华人华裔在古巴革命中的贡献

　　在古巴民族独立战争中，上万华工参战。他们与古巴人民同心同德，并肩作战，在战场上抛头颅、洒热血。其英勇善战，不怕牺牲的精神获得古巴人民的赞扬，哈瓦那大街上的纪念碑上写着："中国人没有一个是叛徒，没有一个是逃兵。"

　　其中救治了许多士兵和老百姓的"中国神医"陈黄阳，参加过两次独立战争并屡立奇功，从而比按宪法规定获得总统候选权的战斗英雄胡德、赖华等等更为著名。根据古巴共和国法律，独立战争胜利后，退伍战士可以领取俸禄，但数千名中国人参战官兵中只有30多人前去登记，绝大多数都不居功，仍然回归就业自食其力。1902年古巴独立，至少有成千上万名的华工参加过起义军，当独立政府颁布法令，华人战士可以得到退休金时，总共只有44人来登记，其他人都选择了自食其力。他们的无私奉献受到社会赞誉，从此契约华工挺直了腰杆，顺利地融入了古巴社会，这就为他们的后裔的生存和发展扫清障碍。

侨汇券

　　"侨汇券"于1959年发行，到1994年退出流通领域，历时整整35年。它是全面反映我国特定历史时期社会、政治、经济情况的缩影。这是盖着"台山中国人民银行侨汇证明章"、1965年11月至1966年10月有效的侨汇券。10元面额券，可买粮食6斤4两、豆面1斤6两、食油4两、食糖半斤、肉类3两、购物券3张（可买饼食、香烟、工业品等）。1966年7月至1967年6月有效的10元面额，可以买粮食7斤、豆面1斤、肉类3两、棉布2尺、侨汇购物券2张。可见，当年政府对华侨、侨眷是十分关照的。

古巴中华总会馆的清朝牌匾　笔者　摄

像这样的古巴华侨文物，在哈瓦那和古巴各地都有很多。古巴老侨越来越少，又没有多少新移民接班，如何保护、收藏这些文物，亟待研究和采取抢救措施。

6. 回国手续如何办理

1962 年 5 月，寄广州市龙津西路逢源沙地一巷 15 号，航空信

……房屋清洗迁徙非常烦闷。我四月份往湾京一行，便中访候许多旧友和兄弟。在黄江夏堂住了几天，在长谈短论中知道黄传丁先生住在广州市。我将他的地址夹上，你如有时间许可，你按地址前往拜候，同时请他指示关于回国手续如何办理较为善后和迅速，求他帮忙一点。传丁先生历任古巴中华总会馆财政一职位，素来与使馆和各有关部门成员感情甚深。

我不久将来或可能向各方面活动，事后如何，再行报告。

我目前身体强健，祈勿远念。

顺祝

大小平安

（一九六二年）五月十日予宝世上言

将信封寄惠平姨收

航空信（断片）

1962 年 5 月，寄广州市龙津西路逢源沙地一巷 15 号。

这封信残缺，只剩断片。落款没有年份，但信中所说的往事，我还历历在目。

1962 年，我读大学四年级的时候，接到父亲这封信，我即按址到广州市观绿路去拜访黄传丁先生。

传丁先生是一位和蔼长者，他热情接待了我，告诉我许多关于古巴华侨的情况。虽然他原侨居湾京，即哈瓦那 ①，与我父亲不同一地，但他是中华总会馆干事，对我父亲非常了解。传丁先生告诉我，虽然要排队轮候，但你父亲要回来并不难，因为他是当地中华总会馆主席，条件很有利。只是他风格高，总是说自己身体好，可以再等等，先让别人回去。

信中提到的黄江夏堂，是古巴华侨社会的一个姓氏团体会馆。华侨身在

① 台山华侨称古巴为阿湾是从"哈瓦那"的译音而来。也写作"亚湾"，台山话阿、亚同音。

笔者访问中华总会馆，与时任会长伍迎创和财务赵文立先生合影

异乡，需要团体组织形成一种集体力量，以便守望相助。血缘姓氏团体就是其中一类。

黄姓开始于轩辕黄帝，历史悠久。黄氏祖先的发展历史，具有可贵的开拓精神。据专家研究，传说中，当初黄人由华北燕山地区一个崇拜黄鹂鸟的狩猎小氏族向东南远徙，后来异军突起成为地位很高、势力很大的黄鸟氏族，并建立了黄国。黄国被楚灭亡后，又南征北战，演变成秦汉时期著名的江夏黄氏。公元951年，邵武大始祖黄峭山分家，送子出征。这位伟大的黄姓先祖说："池内之鱼，远逊云间之鹤。好男儿不必恋此一方故土，而应志在四方，放眼天下！"这是非常有远见的开放观念，不像孔子的"父母在，不远游"那样保守自闭。他还写下《别子诗》："策马登程出异疆，任从随处立纲常""勒马奔程自主张，男儿随处可开疆""年深外境犹吾境，日久他乡即故乡"。其言辞慷慨激昂，豪迈雄壮！这也许就是后来向海外发展并且"落地生根"的海外华侨华人的思想基因。他还告诫儿子们："漫云富贵由天定，三七男儿当自强。"指出了开拓者应有的自立发展素质。正是这种开拓精神，使黄峭山的子孙从邵武走向闽粤，散布中华大地。也正是这种开拓精神，鼓舞着无数炎黄子孙，从东南沿海地区拓展南国，走向海外，将黄氏族姓的种子，撒播于全世界。我们永隆村一个小村子，20户人家中就有12户是侨户，华侨分布于加拿大、美国、菲律宾等好几个国家。而我一家，就分布美国、加拿大、古巴、泰国几个国家，可算典型。

正因为如此，世界的每一个角落，有华人聚居的地方，大抵都可以找到黄江夏堂，包括古巴在内。

由于中华总会馆事务工作或个人的需要，父亲不时会到哈瓦那去，入住中华总会馆或黄江夏堂，探访旧友和同乡兄弟，或者拜候中国驻古巴大使馆的官员、中华总会馆的会长干事。在异国他乡，能与三五老友"长谈短论"，

哈瓦那黄江夏堂　朱霖　摄

浅斟满酌，也是人生一乐了。

我把排球队友的照片以及素梅划船的照片寄给了父亲。

我和素梅都是体育爱好者。1962年，是她运动生涯的辉煌时期。她是中国第一代皮划艇运动员，担任广州市划船队队长已经多年，比赛成绩斐然，本可向专业运动员方向发展。可惜由于当时的环境所限，没有参加国际大赛的机会。值得欣慰的是经过半个世纪几代人的努力，中国划船运动员在奥运会等世界性大赛中屡获殊荣，拓荒者的汗水没有白流。

我的排球竞技状态也不错，我们中文系男子排球队荣获全校系际比赛冠军。

古巴情结和排球风气的影响，使我从小就与排球结缘。此项运动19世纪末诞生于美国。古巴作为美国邻国，大量涌入的美国人让小小岛国得风气之先。到20世纪五六十年代，古巴排球已经享誉世界。1914年左右，这项运动也由旅美华侨带回家乡台山，并因受群众喜爱而蓬勃发展，每个圩镇、乡村都有排球场。到我读小学、中学时，台山出身的排球运动员、教练员已经被聘请到全国各地担任主力，形成"全国排球半台山"的强势。台山因此被誉为"排球之乡"。

我的排球缘分始于高小阶段。当时学校有一个排球场，而一出校门就是圩镇的排球场，四乡的排球赛就在这里举行。每逢比赛，总是人山人海，人声鼎沸。排球落地的咚咚响声和运动员"喊打喊杀"的欢叫声震天动地。这时，我在课室里再也坐不住了，就跑出去看球。一次，一个虎背熊腰的青年农民主攻手一锤重扣，皮球落地开花，满场掌声、喝彩声、欢呼声如狂风暴雨。"一个新波被阿强打爆了！"他的英雄形象在我的脑海里刻上了永远的印记。于是，在体育课上，在课余假日，我也学起打排球来。

1955年，我15岁，成了广州第十七中学排球队队员，征战全市各兄弟学校；1957年，被广州市体委选入广州少年队，备战将在北京举行的全国少年排球赛。岂料几个超龄队员纷纷跑回乡下写证明改小年龄，我和几位符合年龄的队友名额反被挤占。上京美梦破灭了，第一次尝到了挫折的苦涩。

1958年，加盟暨南大学校队。整个大学阶段，排球都是我的运动主项目。

参加工作以后，我虽然退出了赛场，但仍然是排球迷。随着古巴女排和中国女排的崛起，我更成了追星一族。我特别喜欢古巴女排，她们除了技术、战术、意志、团队精神，还有矫健的身材，高翘的"古巴屁股"，以及名将路易斯、托雷斯、阿奎罗等的弹跳和朗笑，无不令人叫绝。而古巴情结，恐怕也是重要因素。

延伸阅读

古巴中华会馆

古巴中华总会馆是古巴华侨全国性最高组织，1893年创立，其宗旨是维护侨胞利益，为侨胞服务。总会馆设在哈瓦那华人街，当年集资4.6万余美元购置馆址并修建两幢楼房，作为总会馆产业和会员活动场所。在古巴各省设有分会馆。其总理（后改称主席）、书记等均由各侨团、各商号代表选举。早期曾由中国国民党和中国洪门民治党驻古巴支部管理，1959年古巴革命后改由华侨组成的新领导机构管理。中国抗日战争期间，改由全体华侨普选，选举事宜由中国国民党政府驻哈瓦那总领事操办。

古巴中华总会馆致力于华侨慈善、福利、文化和教育事业。1915年以3.35万余美元创建颐侨院，专门收容60岁以上贫苦无依的老华侨入院颐养天年，收容人数达170名。又开辟中华义山，作为华侨坟场。1931年九一八事变后，该会立即派代表回国向政府请命，要求政府派军事教官和拨运枪支在国内设立训练场所，以便组织华侨青年回国接受训练和参加抗日战争。主席李元亨发起创立旅古华侨抗日后援总会，积极募款支援中国抗日斗争。1935 年创办中华学校，使华侨子弟得以学习中华文化。1937 年七七事变后，旅古华侨抗日后援总会又恢复抗日募捐活动，直到 1945 年 8 月中国抗日战争胜利结束，古巴华侨共捐献 230 万美元，为抗日战争胜利作出了贡献。

1959 年古巴革命胜利后，选出新的领导机构，从此，会务发展迅速，活动更为活跃。每逢古中两国重大节日，会馆均举行庆祝活动；平时负责处理侨务，领导中华药店、中华书店、《光华报》，管理中华义山、举办汉语班、办理华侨回国及各种福利事务等。历任主席先后有吕戈子、苏子伦、李巨元、段克诚、关绍坚、周一飞、李生、伍迎创、崔广昌等，现任主席是邝启宏。

古巴的侨团

古巴大型侨团除了中华总会馆外，还有古巴洪门民治党（又称古巴致公堂），它是中国洪门民治党驻古巴总支部，也是古巴第二大侨团。古巴洪门民治党总部设在哈瓦那，另在圣地亚哥、关塔那摩和谢戈德阿维拉市设有分部。古巴洪门民治党重视兴办公益福利事业，并致力于团结古巴华侨、华人，维护他们的合法权益，以及促进古巴与中国的友好关系。民治党开设有老人食堂，每天为困难者免费提供早午两餐，已坚持数年。

古巴华侨社会主义同盟是古巴第三大侨团。社盟注重文化事业，办有一小型中文图书室，大部分为我驻古使馆赠书，也自行收集各类中文书刊报纸。

其余社团有黄江夏堂、李陇西公所、九江公会、龙岗公所、余凤彩堂、安定堂、朔源堂、至德堂、陈颖川堂和中山自治所等，各有自己的楼宇为办公地址。其中龙岗公所也办有老人食堂，免费为困难老人提供午餐，已有十几年。除总会馆和九江公会外，其余侨团都经营中餐馆，作为社团发展的经济来源。

大萨瓜100年历史的老建筑 笔者 摄

7. 处境与愿望

1963年4月，寄广州市龙津西路逢源沙地一巷15号，航空邮简

卓才：

来函收妥了。信内一切建议是你们青年人的思想，不过您要随机应变，把握机会就是将来光荣的出路。

说及付函香港转来粮食，你切不（可）多费手续。我未被没收以前，我仍是配粮的主人，无论如何足够我食用，无容担心。又使我从香港致和处转寄您费用，我久耐没有通讯，我又不知有无存款在香港，我不想骚扰人家。一有机会定必设法寄你费用。我日前身体安好，勿念。

素梅贤媳 [1]：

早几个先（星）期付来手笺及照片，经已收到了，勿念。尤其知道你们

---

[1] 贤媳，贤惠的儿媳妇。台山人称呼儿媳妇为"媳妇"。

航空邮简内文

在祖国大家康健，我感觉无限快慰。老早在卓才信中说你是一介职业女子，在某医院服务。像你们的奋斗和努力，值得令人钦佩。还望你们青年人忠诚服务，不断深造，就是人生光荣出路。我年老了，又遇到不良环境当中，我不知点（怎）样打算，在我唯一理想，就是有机会返回祖国去与我家人团聚，是我的愿望。

　　祝你

康健

予宝世付

一九六三年四月廿八

航空邮简外封

　　1963 年 4 月，寄广州市龙津西路逢源沙地一巷 15 号。

原件尺寸：265mm×185mm。

　　航空邮简是邮局印制发行的一种简便的通信载体，邮费比航空信便宜，我和父亲都喜欢采用。

　　这封信写于 1963 年 4 月，距离上信一年多，其时无论是国事、家事还是个人事，都发生了很大变化。

　　1962 年，美苏在对古巴关系问题上矛盾激化，终于爆发了"古巴导弹危机"。

　　面对美国日益严重的威胁，古巴要求苏联提供武器装备。这一年 5 月，苏联建议在古巴装备中程导弹，古巴同意。8 月起，苏联开始在古巴安装 42 枚中程导弹，运来伊尔 -28 中程轰炸机，并派来 43000 名苏联军人。这些军事行动被美国发现，10 月 22 日，美国总统肯尼迪宣布武装封锁古巴，要求苏联在联合国观察员的监视下，迅速拆除和撤退在古巴的进攻性武器。23 日，肯尼迪又宣布从 24 日起将拦截可能前往古巴的舰船，勒令这些舰船听候美国人检查。美国先后出动了 83 艘军舰封锁古巴海面。一时间，加勒比海乌云密布，危机四伏，战争一触即发。

　　那一天，我从广播中听到这个消息，彻夜未眠，为父亲的安全，也为古巴的命运担心。

10月24日，苏联去古巴的船只开始全部掉头返航。28日，苏联最高领导人部长会议主席赫鲁晓夫致函肯尼迪总统，表示已下令撤除在古巴的核武器，并同意联合国派代表到古巴去核实。赫鲁晓夫此举并未征求卡斯特罗的意见，卡斯特罗当然很恼火，他即发表声明，提出5个条件，要求美国保证不入侵古巴，并拒绝联合国代表入境核查。其后，就有11月初的苏联领导人古巴之行，苏方跟卡斯特罗说了些什么，不得而知。11月8—11日，苏联从古巴撤出全部42枚导弹，在公海上接受美国军舰"船靠船的观察"，赫鲁晓夫丢尽了面子，卡斯特罗的气也只好往肚子里吞。11月20日，肯尼迪宣布撤除对古巴海面的封锁。

看到报载消息，我也松了一口气。

事隔几十年后，我在网上看到一幅解密照片，显示了在导弹危机中大萨瓜也布置了苏联导弹，这在《赫鲁晓夫传》也有记载。原来，父亲的侨居地，在这次危机中已经悄悄地被推到了风口浪尖。

1963年，中国大陆的经济困难略有减轻，而古巴那边，却又遭饥荒。

查看历史，我们知道：由于生产萎缩、经济失调、物质缺乏，古巴从1962年起对居民的基本生活消费品实行定量供应。大米、糖、咖啡、肉类、食油、黑豆、面包、鸡蛋、香皂、牛奶、食盐、卫生纸等，都在限量之列。

"说及付函香港转来粮食，您切不（可）多费手续。"肯定是父亲来信中谈到过有关情况，我才为他的生活担心。我刚刚经历过饥饿，知道物质缺乏的滋味，所以想请在香港的舅母和表兄帮忙，寄去粮食、油糖和肥皂等用品。三年困难时期，舅母就曾多次寄东西到广州来给我们，甚至连毛巾也作为包裹包装寄来。暨南大学地处石牌，当年是市郊农村地方，入城区只有两路公共汽车，一个钟头才来一班车，乘车往往要排两三个钟头的队，有的老师同学只好步行进城，苦不堪言。星期六下课后，我都要回西关看望母亲，没有一辆单车实在不行，我就请舅母在香港给我买。她寄过来的，竟是出口的"永久"。

对于由香港转寄粮食的建议，父亲的回答很决断，叫我"切不可多费手续"。他说"我未被没收以前，我仍是配粮的主人，无论如何足够我食用，无容担心"。

所谓"配粮的主人"，我的理解就是附近居民粮食的配给，是经由他的商店办理。看了此信，我稍为宽心。

在此期间，我还办了一件大事，所以才有父亲写给"素梅贤媳"的信。

1962年夏季，素梅已经毕业，被分配到广州市一家大医院工作。按照暨大原定的四年学制，我本应也同时毕业。但因为我们这一届在入学初期遇到"大跃进"，劳动时间过多，教学计划无法完成，教育部决定把学制延长一年。这样一来，在这一年秋季，我升上大学五年级。

我已经24周岁了，按照乡俗"落地占岁"的算法，已经25岁，当时算是晚婚。母亲不时催促我结婚，说"望到眼眉毛都长了"。我本来打算毕业后工作一段时间再说，但母亲身体很差，常闹胃痛，她希望早日为我完婚，抱上孙子。怎么办呢？母亲含辛茹苦几十年，在父亲长期离家的情况下，把我抚养成人，我不能逆她的意，否则就是不孝了。况且，我们相恋五年，瓜熟蒂落，也是水到渠成。这时，素梅已参加工作一年。于是，我向班主任和系领导汇报了情况，取得他们的理解，办理了结婚登记。

结婚仪式简单而热闹。就近在泮溪酒家摆了两桌，与亲友吃了一顿饭，就算喜酒。晚上，暨大的、护校的20多位同学来我家，为我们开了一个Party，表演了好多精彩节目。我的老师、名记者和名作家曾敏之教授担任主婚人，给婚礼增添了光彩。

1962年底，中国作家代表团访问古巴。这件事之所以引起我的关注，不单是因为父亲在古巴，我想更多了解古巴，还因为代表团中有著名作家秦牧在。我是秦牧的崇拜者，不久之前我和几位爱好文学创作的同学还到过他在广州东山启明二马路二号的住处访问过他。我希望他能带回来更多的古巴消息。果然，他回国后陆续在报刊上发表了《哈瓦那的风格和情调》《英雄城市圣地亚哥的风物》等好几篇散文（后收入《潮汐和船》散文集）。后来，秦牧还写了古巴题材的长篇小说《愤怒的海》。

与散文大师秦牧合影

1989年初，笔者与艾治平（左二）、翁光宇（左一）合作的《秦牧评传》在花城出版社出版时，与传主秦牧先生（左三）留影。

　　想不到，学生时代认识了秦牧，也就结下不解之缘。"文革"期间，我在中山纪念中学曾经被大字报指称为"小秦牧"。时隔 20 多年之后，我竟然成了《秦牧评传》的作者之一。而其间，他又当了暨南大学中文系的系主任，虽然一直是兼职，不来坐班，仍是我的顶头上司。1993 年和 2006 年，先后应人民文学出版社和广东教育出版社的聘请，我两度担任《秦牧全集》编委。在广东省作家协会的秦牧创作研究会，我是常务理事。2004 年，我的散文集《水上仙境》出版。大学同窗好友、著名诗人秦岭雪（李大洲）赐序，说我的散文有"秦味"……这些，也许都是缘分。

延伸阅读

大萨瓜（大沙华）

　　大萨瓜（华人译为大沙华），地处古巴中北部，属比亚克拉拉省（La Provinciade Villa Clara）。它位于大萨瓜河畔，离河口 24 公里，东南距省会圣克拉拉 45 公里。面积 661 平方公里，人口 5 万多。电话区号 53-422。大萨瓜港是世界有名的大港口，被收入多种国际地理、海事词典。附近三角洲历史上一直是农、畜产品的集散地和加工中心，产品经此港输出。工业有制糖、冶金、化学、酿酒、纺织、罐头食品等。它又是铁路枢纽。海轮也可循大萨瓜河上溯至此。

　　大萨瓜 1812 年建城，1842 年设县，下设以下几个街区：巴伊雷（Baire）、钦奇拉（Chinchila）、东部（Este）、诺达尔塞将军（General Nodarse）、伊莎贝拉（Isabela de Sagua）、胡马瓜（Jumagua）、马尔帕埃斯（Malpáez）、西部（Oeste）、小村庄（Sitiecito）。该城建筑古旧、车辆少，环境非常宁静宜人。

　　大萨瓜的世界级历史名人为画家林飞龙（Wilfredo Lam，威尔弗雷德·拉姆，1902—1982）。

中山纪念中学的逸仙堂　校办供稿（2006）

8. 要节俭、勤奋

1963 年 10 月，寄到中山县翠亨村中山纪念中学，航空邮简

卓才吾儿：

九月九号付来手札妥收无误，所讲一切情形，我经明白。对于 41 元薪金，事实确不能够一家用途。唯一办法，减省一切小费，或可勉强维持下去。

你现在初期服务，当然要做好工作，（完）成（为）一个好教师，从此可以改变你的环境。

关于古巴灾情，你们在祖国报纸上看得清楚，风区离我甚远，可算侥幸。这场飓风物业摧残甚巨，生命损失二千余，农产品不计其数。在此粮荒期间，政府非常吃力，非经过长久时期不能恢复原状。

我日前身体康健，请勿远念。

予宝世字

十月廿号 1963

航空邮简

　　1963 年 10 月，寄中山县翠亨村中山纪念中学。

　　这是父亲第一封寄到翠亨村给我的信。

　　这封信是用航空邮简写的，之所以缺了一块，是因为当时喜欢集邮的同事要我把古巴邮票撕下来送给他。下面还有好几封信，都有这种情况，其中有的缺字，甚至无法填补，留下了永远的遗憾。

　　广东省中山市翠亨村是孙中山先生的故乡，著名的省重点中学中山纪念中学就在村后的山坡下。

　　1963 年 8 月，我大学毕业，参加了毕业分配，来这里当教师。

　　暨大在广州复办，我们是第一届毕业生。先前下达的分配方案听说不错，班主任老师喜形于色，料想弟子们会皆大欢喜。谁知，形势风云突变，分配方案改了，大多数要到农村去，到外省去，华侨、港澳学生也不例外。听说这是陶铸校长的指示："这是我们的第一届毕业生，让他们到基层去，到艰苦的地方去锻炼锻炼。"陶校长其时虽已辞去校长职务，但他是广东省委第一书记、中南局书记，一言九鼎，必须执行。新任校长是著名教育家、前岭南大学校长陈序经教授，但在我们的毕业证书上盖章的还是陶铸。

　　个人的命运也是一日三变。我最后被分配到中山县。临行前，我们中文系的杜桐副主任在明湖边拍着我的肩膀说："卓才，你先下去，三年内我一定把你调回来。"

大学毕业照（1963）

暨南大学中文系 1958 级入学时 90 人，分三个小班。经历三年困难时期，1963 年毕业时只有 61 人，系主任萧殷教授也已调走。副主任杜桐（前排左六）、书记张德昌（左七）和师生合影留念。

我说了谢谢，觉得主任话里有话，但不敢多问。因为，按照当时的观念，服从分配是我们的天职。不久，"文革"来了，暨大被解散了，连校园也被军医大学占了，我回校任教的事情自然没有下文。几年后我终于知道，我的留校名额是被人占去的。

老师们纷纷安慰我。印象最深的是曾敏之、陈芦荻教授的谆谆教导。他们说中山是孙中山先生的故乡，富

明湖荡漾牵文思

四十年后，曾敏之教授为我们的聚会题诗："四十年来历世尘，春风回首忆师门。明湖荡漾牵文思，海宇分飞忆友情，解识青山讥俗态，还从流水证知音。衔杯休诉浮沉感，珍重驰骋报国心。"

饶美丽的鱼米之乡，著名的侨乡，是一个很有文化内涵的地方，鼓励我下去之后坚持创作。作家、诗人特有的热情和乐观感染了我，给了我信心。

不懂得安慰怀孕中的妻子，我背着"糯米鸡"（背包），就勇往直前出了门。乘船经一夜航行到了中山县城石岐。

石岐真是名不虚传，即使在那个肚子不时会叫的年代，它仍然不失富裕侨乡和鱼米之乡的风范。散发着肉香和药材当归香气的"龙虎凤"炖品、油光闪亮的腊味糯米饭、一尺长两斤重的大只咸肉粽、铺满油炸花生和葱花香菜的肉丸粥、夹着甜肉的绿豆杏仁饼……数不尽的美食满街飘香。但我的心思不在此，竟然错过了第一时间疯狂猎食的机会。

上班时间一到，我就持介绍信到县委组织部报到。接待我的是一位40来岁的干部。他说我是中文系的，不符合他们的需要。他拿出一份报表，十分有力地证明他们要求的毕业生是农、林、水专业的。这对于我无疑是当头一棒。糟了，怎么是这样呢，我该怎么办……

沉闷的数分钟过后，干部问："你有什么要求？"我说可不可以让我到文艺、新闻单位去。他笑了笑，说："文艺单位有两个，一个是中山粤剧团，一个是县文联，那里都是些老伯父、老太婆，他们没有什么文化，你去不合适；新闻单位嘛，原有《中山日报》，但最近停了刊。"

初出茅庐、毫无社会经验的我，脑子里顿时一片空白。

又是沉闷的数分钟过后，干部说："你先到旅馆住下来，一个星期以内，我们会为你联系单位，然后通知你，你耐心等等吧。"

那一晚，我住在岐江河边的一家旅店，感到从未有过的孤单和无助。一个星期，将是多么的难熬啊……

出乎意料，第二天上午就来了通知，叫我立即到组织部。

还是那位干部，他问我愿不愿意当教师。如果同意，就到教育局去报到。

无可奈何，我到了教育局。中山纪念中学的一位姓张的总务主任早已等在那里。简单的手续之后，他就把我带到离县城老远的翠亨村。我记得，乘了26公里的公共汽车之后，我们来到翠亨站，然后，张主任雇了一辆载客单车，把我载到山边非常冷清的教工集体宿舍。

我就这样来到久闻大名的翠亨村，当上了教师。

中山纪念中学果然不同凡响。走进校门，依山势而构成梯阶式层次布局的，就是一个红砖墙、蓝琉璃瓦的民国时代建筑群，中西结合而又富于民族特色的设计风格与广州中山纪念堂非常相近。一打听，果然同是建筑大师吕彦直的作品。六座器宇不凡、庄重实用的楼房，每座都高高挂着一个牌匾，分别写着逸仙堂、寿屏堂、皓东堂、鹤龄堂、庆龄堂和慕贞堂。"逸仙"就是孙中山。"寿屏"是孙中山的胞兄孙眉，字寿屏，资助孙中山求学和革命。"皓东"是指陆皓东，孙中山的幼年好友，革命战友，青天白日旗的设计者。"鹤龄"是指杨鹤龄，孙中山的同乡和革命战友。"庆龄"就是孙中山的妻子宋庆龄女士。"慕贞"呢，孙中山的原配，孙科的母亲卢慕贞。

啊，我明白了，我走进了一个活的辛亥革命博物馆了！这里将有丰富的历史知识等待我去学习，将有革命和人生的许多问题让我去思考……

几十年后回望走过的人生之路，我当年被分配到中山，虽然吃过苦，尝过艰辛，但总的来说还真是三生有幸！作为一个书生，我首先以拥有这样一个文化蕴含深厚的第二故乡为荣！退休后我每年都要回去几次，探亲访友，参加学生聚会，喜看建设新发展，接受香山文化的熏陶。以近代维新思想家郑观应、民主革命先行者孙中山和上海大新、先施等四大公司创办者为代表人物的香山文化博大精深，内容包括方言文化、商业文化、华侨文化、民俗文化、洋务文化、名人文化和思想文化等，是岭南文化的重要组成部分。浸染其中，乐趣无穷！

父亲说，"对于41元薪金，事实确不能够一家用途，唯一办法，减省一切小费，或可勉强维持下去"。国家规定，教师有一年的见习试用期，本科毕业生在当地的工资标准是41元，我如实告诉了父亲。他对我的低微收入深表同情，但仍然鼓励我"初期服务，当然要做好工作，成为一个好教师"。

10月，儿子雅凡在广州出生。家庭开支更大了。好在不到半年，学校就因我的突出表现破例提前给我转正，工资升到55.50元。

大学毕业了，参加工作了，我还没有独立生活能力，令父亲牵肠挂肚，我深感惭愧。

同样令我们牵肠挂肚的，是古巴发生了一场严重的风灾。报纸报道语焉不详，更增加了我们对父亲安全的忧虑。

每年 6—11 月，尤其是 9 月、10 月，是古巴的飓风季节。

对于飓风，古巴人叫作"乌拉坎"，这是古代印第安人留下来的称呼。

1963 年 10 月的"乌拉坎"来得特别凶猛，当时驻古巴记者庞炳庵先生是这样描述这场名为"弗洛拉"飓风的：

> 10 月 4 日，"弗洛拉"席卷加勒比海上空，并且逼近古巴。它经过的海峡，浪高达四米……深夜开始，"弗洛拉"飓风经由海地袭击古巴……"弗洛拉"夹带着特大的暴风雨在古巴东部的奥连特省南海岸登陆。它在这个省转了一个大圈，离开西海岸，7 日晚又从邻近的卡马圭省南岸登陆。然后又转回奥连特省，最后改变方向，转向东北方面，终于在 8 日中午从奥连特省的北海岸离开古巴。"弗洛拉"在古巴岛的东部（特别是奥连特省）的广大地区整整肆虐了五天。古巴主要河流考托河和其他许多河流决口泛滥，广大地区暴雨成灾，形成一片汪洋……①
>
> ——庞炳庵《亲历古巴》

这场风灾令古巴损失惨重。"物业摧残甚巨，生命损失二千余，农产品不计其数""在此粮荒期间，政府非常吃力，非经过长久时期不能恢复原状"。父亲信中所说的，与我后来在新闻报道中看到的相吻合。我当时实在弄不清楚古巴省份的位置，反正，古巴很小，在那里发生的一切事情，我都觉得与父亲有关。这样一场风灾，不能不牵动我的心。

延伸阅读

古巴桥

黄卓才

广东省江门市新会区沙堆镇有一座"古巴桥"。

古巴桥坐落在沙堆镇那伏村村口，S269 号公路边。原名"那伏长堤桥"，但村民更喜欢叫它作"古巴桥"。

这是全国独一无二的由古巴华侨捐款建造的百年老桥。此桥于 2012 年被江门市政府公布为第三次全国文物普查调查登记的不可移动文物。它是古巴华侨历史和华侨精神的见证。

---

① 庞炳庵. 亲历古巴 [M]. 北京：新华出版社，2000：402.

2021 年 12 月 20 日，是古巴文化日。古巴共和国驻广州总领事丹尼斯女士一行驱车莅临古巴桥，拉起古巴国旗与当地干部和侨属合照。这是一个历史性场面，标志着这座百年老桥从此连通了古巴，成为中、古两国人民友谊的象征。

2022 年 10 月 20 日，古巴文化日，古巴驻广州总领事丹尼斯（左六）、先生汉斯领事（左二）和母亲、女儿，由黄卓才带领，登上古巴桥，与随行人员和当地领导、侨属合影。

那伏村是个 2000 多户籍人口的著名侨村。据该村长者、乡亲联谊会会长高光荣先生提供的数据，村里历史上去过古巴的华侨 130 人——光是在《碑记》刻着捐款人姓名的，就有 113 人。现今宗谱上有名字有家人（侨属）的 60 人。

古巴华侨爱国爱乡，贡献良多，《碑记》所说的"曾捐的款附存于香港商号"，有一段古巴华侨支持辛亥革命和家乡建设的掌故：清朝后期，那伏不少村民为求生计远赴古巴谋生做苦工，日夜操劳如骡马。他们得知孙中山先生发动推翻清朝的革命，群起响应，主动参加同盟会。大家捐出血汗钱，筹集款项，准备交付给孙中山作为革命经费。但没有门路将钱交上去，于是变作储备款，暂存于香港某商号，以应村中不时之需。（参见 2015 年版《那伏乡土志》163 页高杜芳文。）

2023 年 10 月，总领事和汉斯领事再次光临，喜见古巴桥已经修葺一新，成为中古两国人民友谊的见证。右图中为那伏村侨委副主任高光荣（左二）。

暨大师生参观孙中山故居

　　1987 年冬，笔者带领侨干班学生瞻仰孙中山故居。历经百多年风雨的这座两层赭红色楼房，多次修葺后依然完好如初。

9. 古巴蔗糖减产

1964 年 4 月，寄到中山县翠亨村中山纪念中学，航空邮简

卓才吾儿：

　　上两个月你母亲给我（一）封信，报告你获添麟儿，取名雅凡。欣闻之下，万分高兴。随后家（庭）的费用未免逐渐提高了，你所得微薄的薪金，是否能够维持家庭，是成问题。

　　我现汇一百元你母亲收为家用。今年侨汇比较去年更加审慎，事因有许多侨胞借用别人之名登记证，或起（启）用经已去逝（世）的登记证来冒充汇款。今年办法不同，需要附属社团函信证明属实，方能汇寄。旧日侨胞每每借用汇款的办法，今后失掉效力了。

　　古巴局势仍未好转，糖产减低百分之三十。现在每人每月只能配给四磅糖。素称世界糖产（国）的古巴已成过去。

　　目前我仍在处工作，精神甚好，请勿挂念。

父宝世字

一九六四年四月五号

航空邮简

1964年4月，寄中山县翠亨村中山纪念中学。

儿子雅凡出生后，家庭经济并未感到太大压力。我和妻子虽然收入仍然微薄，但古巴侨汇恢复。有父亲的侨汇支持，母亲也有点积蓄，不需要我供养。我全身心投入工作，孩子降生时也未能陪伴妻子身边。好在妻子是学医的，在实习期间也有了接生经验；还有两位母亲照顾，她们是那样渴望抱孙，一定会尽心尽力照顾，这也令我稍为放心。

孩子一周岁，素梅抱他到广州儿童公园去玩耍，并在附近的儿童摄影店拍照。取相后即寄了一张给爷爷看。有趣的是，摄影店把这张照片逐级放大成8种规格，作为样板在玻璃橱窗展出。当时没有版权意识，我们见到后，只是要求展过之后把照片送给我们，经理答应了。这张照片也就成了家庭摄影集里的经典。

翠亨村是中山一个景色秀丽的小村庄，已有300多年历史。现在的中山市以前与珠海、澳门同属香山县。1911年，出生与翠亨村的孙中山先生发动和领导辛亥革命，推翻清封建王朝，建立中华民国，被推举为临时大总统。1925年，孙先生逝世后香山县易名中山县，翠亨村天下闻名。它位于珠江三角洲南部，离中山市城区石岐镇20多公里。这里傍山濒海，林木葱茏，鸟语花香，气候宜人。翠亨村北距广州约100公里，南距澳门约30公里，隔珠江口水域与深圳、香港相望，陆地与珠海市毗邻。特殊的地理环境，便捷的水陆交通，不少村民到港澳和海外谋生，山窝里的翠亨村并不闭塞。

翠亨村的确是风水宝地。它坐落在中山市东部的南朗镇，背山面水，田野虽不开阔，但交通便利。它所背靠的五桂山是一个延绵百里的山脉，犁头尖峰高高崛起，站在山顶可以眺望浩浩荡荡的珠江口。村前有条小溪，名叫兰溪，清澈的溪水由石门缓缓流下来，绕过金槟榔山丘，汇入珠江流向南海。地灵必有人杰，这里果然培育出孙中山、孙眉、陆浩东、杨殷 [①] 这样的一代英雄人物。

孙中山先生故居是一栋中西合璧的两层楼房，在翠亨村的旧式农村民房群中，显得别具一格，十分抢眼。如今翠亨村已是著名旅游区，村里除故居开放供人参观外，还有公园和纪念馆。村中的古民居，村后山坡上的陆浩东烈士墓，出于 20 世纪 30 年代著名建筑设计师吕彦直手笔的中山纪念中学红墙蓝瓦建筑群，以及校内的寿屏公园等，都令中外游客心驰神往。

有机会在翠亨村这样一个世界闻名的人文环境中工作，在中山纪念中学这样一个名校教书育人，而这里又有那么多长辈名师可以请教，有那么多才华横溢、朝气蓬勃的年轻同事和聪颖可爱的学生，我感到非常欣喜。我很快就爱上了这个地方，爱上了自己的工作。我写下了一首诗，登在《纪中校刊》上，记得其中有两句是：

> 日啖盐花两三颗，
> 亦愿长作翠亨人。

这两句诗，很快传遍了校园。有人拿来表达内心的共鸣，有人拿来做宣传工具，有人把它当作考验我是否真心诚意的锤子……

当时我对工作的确卖力。我担任初三年级一个毕业班的语文课，备课十分认真，我的教案一开始就是"免检"的。科组长和教导主任听完我的课，除了点头和讲些赞赏、建议的话，少有批评意见。对比其他教师，我似乎特别幸运。有一次，我们语文科组的一位女教师，教案几次送教导主任审阅都过不了关，还挨了批评，她哭鼻子了，可怜兮兮的。教导主任竟拿我的教案去做示范，这使我深感不安。那位女教师已经有两年教龄了，而我才来了几个月啊！

---

① 革命家杨殷于 1922 年秋加入中国共产党，先后参与发动和领导了震惊中外的"省港大罢工"和"广州起义"，最高任职中央政治局常委。1929 年牺牲，时年 37 岁。

笔者与早期学生同贺中山纪念中学 75 周年校庆

由左至右为吴远航、黄卓才、陈卓幸、罗南燕、黄向农、欧文占。黄向农（曲辰，私立华联大学教授、校长顾问兼旅游学院院长）特地穿上自己参与设计推广的休闲中山装前来参加庆典。

我获得这种赏识，大概与试教课给领导和同事们留下的"第一印象"有关。

试教课上，教导主任、科组长、老"教头"们都来了，整整坐了半个课室。两节课下来，大家露出满意的微笑，教导主任拍拍我的肩膀，说："黄老师，你以前教过书吗？"我知道，这就是肯定、就是赞许。

1963—1964 学年，我在工作上取得的成绩是比较明显的。有几件事让我出了点小名。

1964 年初夏，母校中文系 64 届的师弟师妹在石岐一中实习，抽出一天到纪念中学来参观，并指定要听我的课。那一天，带队前来的是张德昌书记，还有好几位教过我的老师。江士葵校长、龙正明教导主任和语文科组的部分老师陪同暨大师生听课。课室里密匝匝地坐满了人，但我并不紧张，学生也显得特别兴奋。我讲《小石潭记》，朗读讲解，思考练习，有问有答，师生互动，课堂气氛轻松活跃。在课后的座谈会上，校领导充分肯定，张书记说我为母校争了光。从此，我得了"会讲课"的好名声。

第一件事是我培养了一个升高中考试的语文科状元。

我上语文课，结合班主任的思想教育工作，让学生每天写《新日知录》。我告诉他们，《日知录》是明末清初著名学者顾炎武的代表作品之一，内容丰富，贯通古今。顾炎武先生每天读书思考，"稽古有得，随时札记，久而类次成书"。

知识需要一天一天地积累，文笔需要逐日逐日地磨炼，我们每天读过什么书，有什么感受，有什么评论；或者遇到什么事物，什么问题，有什么印象，有什么想法，就记录下来。哪一天觉得没有什么好写，抄一段书也好，反正是天天动眼，天天动脑，天天动笔。我们要像顾炎武先生那样，日日将新知记录下来。内容保密，我不检查；字数不限，长短由人，能否坚持全靠自觉。我还告诉学生，我读大学时，按照老师的指导，天天写《生活笔记》，五年下来，写满了七本日记本，有30多万字，很好地培养了我爱读书、勤观察、喜欢写作的习惯，同时也锻炼了意志。希望他们也能这样做。

学生绝大部分都听进去了，果然坚持不懈天天写，有的还主动把自己的"得意之作"送给我看。这样，一年后，我所教的这个班，竟然出了状元——在全县的高中升学考试中，我班的一位女生语文成绩名列第一。

第二件事是我在报纸上发表了一篇散文。

到了中山之后，我一直记住自己是学文学的，记住离校前老师的嘱咐：坚持创作。第二个学期，我就写出了一些散文、诗歌、歌词，以及一个话剧剧本。我把其中的一篇散文寄给曾敏之老师，他把题目《红笔妙趣》改成《红笔小传》，交给了《南方日报》文艺副刊主编关振东先生。7月4日，作品见报。第二天，报纸一到，就被张贴在教工俱乐部，消息很快就传遍全校。这个学校大概多年没有发表过文学作品了，于是引起小小轰动。

这件事的直接影响，是学校领导立即把校刊主编的任务交给我。那时候，中山纪念中学校刊还是油印刊物，无所谓注册，无所谓审查，登什么不登什么等一切可以由我做主，又有两位总务处职员协助刻印，所以我不觉得负担太重。在大学时代，我担任过多种形式报刊的主编——中文系系刊《战鼓》的主编，蜡版刻写和印刷，曾由我一手包办；校学生会手写刊物、20米大型黑板报《暨大学生》主编；校学生会铅印杂志《暨南园》副主编……这些经验使我当起一个中学校刊主编来更感驾轻就熟。

第三件事是演话剧。当时全国热演话剧《年青的一代》，许多老师感兴趣。我是语文教师，又是话剧爱好者，立即回广州，到南方戏院看了演出。是否可以自己排演，让这些山旮旯里看不到戏剧演出的师生开开眼界？我鼓动音乐教师，联合提出动议，立即得到校长、主任和工会的支持。校长以其音乐专长指导排演，教导主任则亲自出马担任导演。我被定为男主角，演肖继业。此剧在学校礼堂上演，一举获得成功。于是再接再厉，排演《南海长城》时，我的角色变成了导演。意犹未尽，学校又举办了文艺比赛。我赶写了话剧《在我们身边》，让我们班的学生排演，在评比中一举获得创作奖和表演奖。

第四件事是代表学校给宋庆龄写信。1965年夏天，一场强烈的台风刮过翠亨村，刮过校园，由于预防措施得当，并未造成人员伤亡事故，但台风刮倒许多树木，毁坏了不少房舍。其中尤为严重的，是位于校园中枢的主体建筑"逸仙堂"（礼堂、图书馆），蓝色琉璃瓦的飞檐斗角被打坏，需要修理。学校领导让我赶快以学校名义起草一封信，向时任国家副主席的中山先生夫人宋庆龄报告。其时学校没有专职秘书，我是语文教师，代行一点文秘事务，本来是很平常的。但在同事眼中，这却是"领导重用"的表现。

现在看来，大概是这几件事吧，使我在青年教师中迅速冒尖，工会副主席、教工团支部书记等头衔相继而至。据说，教师私下称呼我为"三剑客"之一。我从校门到校门，工作上、生活上缺少经验，政治上非常幼稚，根本不知道光环的后面已经隐伏着危机。这种危机，经过一段时间，在某种气候土壤条件下就会暴露出来，令我吃尽苦头。

"古巴的局势仍未好转"，父亲信中所指的，主要是经济方面。翻开历史可以看到，1963 年 10 月，古巴政府颁布第二次土地改革法。这次土改共征收了超过 5000 户富农 201 万公顷的土地。这样一来，加上 1959 年的第一次土改，国有土地占到了 70%，小农和合作社只占 30%。农村中的大庄园制度和富农经济被消灭了，国营农业的管理不善和效率低下问题也突显出来。新政府急于改变古巴单一的经济结构，大幅度削减蔗糖生产，提出了实现农业多样化和短期内实现工业化的目标。1963 年，甘蔗种植面积比革命胜利前的 1958 年减少 25%，蔗糖产量从 1961 年的 677 万吨减少到 382 万吨。父亲说"糖产减低 30%"是比较准确的，相信是他勤于读报所得。父亲身在古巴，与我们在大陆一样忧国忧民，在"素称世界糖产国的古巴已成过去"的感叹中，表现了他个人及古巴人民群众的忧虑。"每人每月 4 磅糖"，对于中国人来说也许不算少，但对于习惯大量用糖的古巴人却远远不够。从 1962 年起，古巴城市居民的基本消费品就非常缺乏，大米、面包、黑豆、肉类、鸡蛋、鱼、白糖、咖啡、植物油、牛奶、盐、肥皂、香烟、雪茄、卫生纸等实行凭本本定量供应，衣服、鞋子则实行限量分配。一个以"蔗糖之国""世界糖罐"著称的国度缺糖，一个以雪茄闻名的国家却限量供应雪茄和香烟，诸如此类似乎令人不可思议的事情，却实实在在地发生了。

父亲信中告知寄来 100 元家用。他说："今年侨汇比较去年更加审慎，事因有许多侨胞借用别人（名义）登记，或起（启）用经已去逝（世）的登记证来冒充汇款。今年办法不同，需要附属社团函信证明属实，方能汇寄。旧日侨胞每每借用汇款的办法，今后失掉效力了。"一方面是古巴政府千方百计地限制华侨侨汇；另一方面是侨胞们想方设法多给家属寄点钱，双方有着潜在矛盾。当时，中古关系处于一个较好的时期，中国给予古巴的援助为数不少，按道理，古巴对华侨不应太过苛刻，但因为穷，也就不讲道理了。华侨遇到的种种不公平待遇，又何止在古巴呢！但他们无论在世界哪个角落，爱国爱家之心总是不改。父亲离家几十年了，儿子成家了，他还是不断地寄钱。父爱无私，崇高似青山，圣洁似玉石，温暖似阳光，宽广似海洋！而我，除了书信传去的问候，精神上的交流沟通，又能给他什么呢？他没有享受到一点家庭的温暖，没有得到儿子一点的孝敬，但他就是那样持之以恒，矢志不渝，如涓如滴，永注不停。这就是父亲和老一辈华侨的了不起之处！

这一年冬天，家里还发生了一件大事：母亲去世……

延伸阅读

古巴糖进入中国

据中科院古巴研究专家记述："当时，古巴处境很困难，美国在经济上对古巴实行封锁，军事上进行威胁，外交上实行孤立。中国政府除在政治上、道义上对古巴支持外，在物质上也对古巴给予有效的援助。1959 年 12 月，中国同古巴签订了贸易协定，向古巴购买 5 万吨原糖。1960 年 7 月，由外贸副部长卢绪章率领的中国政府贸易代表团访古，双方签订了为期五年的贸易协定、贸易支付议定书、文化合作协定和科技合作协定，还签订了总额为 1300 万英镑的贸易合同。根据达成的协议，中国方面购买 50 万吨古巴原糖，古巴则从中国进口大米和日用消费品。"（徐世澄．古巴 [M]．北京：社会科学文献出版社，2003:292.）这在当时的中国来说，一方面是为了支援古巴的社会主义建设，尽国际主义义务；另一方面，也是为了解决本国对糖的需求。因为正值三年困难时期，粮、油、肉、糖等群众生活的必需物资十分缺乏。于是我国从 1960 年开始进口古巴糖，次年起实际增加到每年 40 万吨。从此，古巴糖走进了亿万中国人的生活。

古巴雪茄

古巴文化深深地扎根于醉人的烟草香味之中。古巴人每年吸 2.5 亿支雪茄，其他 6500 万支"哈瓦那"雪茄出口国外。大部分雪茄都是手工卷制的，以保持其上乘的质量。许多"老烟枪"都认定"哈瓦那"雪茄是全世界最好的雪茄。古巴现存的雪茄品牌有 35 种，品种有 500 多种。一些雪茄厂只做某些特定香味的雪茄，而有些厂则只做某些特定型号的雪茄。2006 年 10 月，一种名为"Behike"、为庆祝 Cohiba 牌雪茄诞生 40 周年而生产的 4000 根雪茄，在西班牙市场每根售价 471 美元。品尝古巴雪茄，参观雪茄工厂，别有一番情趣。

在欧洲有人认为只有古巴产的烟叶和雪茄才是最好的。于是从 1510年开始，古巴成批量地向欧洲出售雪茄。古巴烟厂很多，但著名品牌雪茄烟厂家都在哈瓦那。哈瓦那雪茄代表着古巴雪茄的最高水平，成为古巴雪茄的代名词。雪茄的制作方法有两种：机器卷制和手工卷制。一般来说，手工卷制的雪茄要好于机器卷制的。卷烟工是真正的艺术家。要制作哈瓦那雪茄，必须先选择最佳的烟叶。此外，卷烟工还必须全身心投入，凭灵巧的双手，精巧地切割烟叶，熟练地展示卷烟技术，恰到好处地收尾……每当制作完成一根雪茄后，卷烟工总是自豪地、自我欣赏地凝望着自己的杰作。

要感受吸雪茄烟的舒畅和韵味，要先把雪茄烟送到唇边品尝一下。还有检验雪茄烟的其他标准：烟叶的产地、烟盒和制作程序。尽管雪茄烟价格很高，但讲究的烟民只需要哈瓦那雪茄烟。能吸上哈瓦那雪茄烟是一种自豪，是一种享受。人们都说，一个哈瓦那雪茄的好烟民，只在嘴里品尝雪茄烟的美味，而不把烟吞到肚子里。嘴里品尝后，再把烟缓缓地吐出，吐出的烟逐渐形成各式各样美丽的图案，心醉神迷地望着吐出的烟雾随风冉冉地或飞快地升起，白色的烟、蓝色的烟、灰色的烟或三色的烟，形成谁也无法遐思的各种形状。

大沙华华侨胞庆祝中国国庆

1964 年 10 月 1 日，大沙华中华会馆热烈庆祝中华人民共和国成立 15 周年。中国驻古巴大使馆、中华总会馆代表和当地官员出席。黄宝世主持庆典。

10. 人生终有一别

1965 年 2 月，寄到广州市龙津西路逢源沙地一巷 15 号，航空邮简

卓才吾儿：

正月初九日先(星)期四接到你手札，报告你亲爱慈母十二月十八日逝世了。我正在工作中，得到这个不幸消息，我当时精神上受到了刺激，但我仍能保持镇静，继续工作下去。回想做了几十年妻子，一旦永别，似觉伤心。但事情不由我们想象，今后为你们青年的家庭着想，你们二人在外工作，雅凡需人料理，是成问题。你千祈妥善处置为好。

你母亲去年来信说及尚有三千三百元存在香港妗母处，欲想汇回广州银行存储，未知实行否。你速致函致和表兄询问，如此笔款仍在香港，请他汇回广州储存银行。以免令人保管麻烦。

目前侨汇处仍未批准汇款，一候通告，定当寄上为费用。

我目前身体康健，请勿念。同时希望你们勿因此事而伤心，人生终有一别，你要向着未来前途迈进，调整快乐家庭，是所愿望。

随后汇款指明地址寄来。

予宝世上言

一九六五年（正月）初十日付

航空邮简
1965年2月，寄广州家中。

1964年12月19日，犁头尖山下寒风凛冽，中山纪念中学校园里的树木落叶飘零。我早上抱着教案走向课室，右眼眉突然频频跳动，我预感到有什么不妙的事情发生。果然，还没到下课，学校办公室的职员就来通知，说"刚接到你爱人电话，要你即回广州……"我一下子意识到，母亲不行了……

母亲年轻时历尽辛劳，生我时又是高龄难产，留下不少后患，身体一直瘦弱多病，特别是胃病长期折磨着她。这一次，因胃出血入院，经奋力抢救无效而去世。

我立即写信向父亲报告。父亲得知噩耗，已经是次年农历正月九日。他当即执笔回信，翌日（正月初十，公历 2 月 11 日）寄出。

父亲当时精神上受到的刺激是可想而知的："回想做了几十年妻子，一旦永别，似觉伤心。"看似轻描淡写的一句话，里面包含着多少伤悲！父母结婚 42 年，在一起生活的时间不过三四年，真的是聚少离多。但父亲是那样悉心照顾家庭，爱护妻儿老小，除了抗战时期因日军封锁太平洋那段时间无法通信之外，他每年总是那么依时依候写信、寄钱，从精神上和物质上支撑着家庭。而母亲则绝对忠实于丈夫，含辛茹苦地守着这个家，全身心地抚养我、栽培我。万水千山总是情，一日夫妻百日恩，他们一起生活千余日，那就有十多万日的恩爱了，这样算来，如果人生能不老，父母亲的恩爱也许真能维持几百年！

读着父亲的信，我再次沉浸在对母亲的追忆中。她一生经历了许多侨属妇女和那个时代特有的坎坷。

结婚后不久，父亲出洋，留下母亲一人在家，一个 20 来岁的少妇，其孤单可想而知。我读宋朝女词人李清照的词《点绛唇》："寂寞深闺，柔肠一寸愁千缕。惜春春去，几点催花雨。倚遍阑干。只是无情绪。人何处？连天芳草，望断归来路。"我觉得，词人的伤春之情、伤别之绪，简直就是母亲在无限寂寞中思念丈夫的写照。甚至，比之词中的深闺思妇，母亲有过之而无不及。

小时候，我曾经问过妈妈，为什么不跟爸爸到古巴去。妈妈说，没有女人去。

现在我阅读史料，情况的确如此。早期"卖猪仔"的契约华工，固然是清一色的男性，就是父亲出洋那个时代，也没听说附近农村有哪个女人去古巴的。台山侨乡有两句歌谣："家里贫穷去阿湾（古巴），去到阿湾真艰难。"男人去"挨世界"也就罢了，难道还要女人也去受苦吗？妇女留守在家，也就成了理所当然。听妈妈说，1937 年父亲回来时，曾问过他在那边有没有"妾侍"（今人所说的"二奶"）。父亲说养不起。不要说养一个西方女人，就是养她的指甲（化妆），也养不起，因为她们很会花镭（花钱）。

我小时候，台山流行《金山婆自叹》《侨妇怨》之类的民谣。还有乞讨者穿街过巷演唱。但我母亲从来不唱，她只知道自己是侨属，从不以"金山婆"自居。在父亲没有侨汇时，就自食其力。其意志毅力，令乡人起敬。

查阅户口簿，母亲生于 1903 年 7 月 22 日，终于 1964 年 12 月 18 日，她才走过 61 个春秋，行色过于匆匆。我必须记下这两个日子，让将来分布于不同国家的子孙后代纪念祖先。

延伸阅读

台山民谣《侨妇怨》

八月十五是中秋，中秋赏月上高楼。团圆月照人欢喜，照我思夫双泪流。八月十五是中秋，年年赏月年年忧。冷月照奴闺中苦，阿哥何日转船头？

别乡井，去外洋，十年八载唔思乡。柳色青青陌头绿，闺中少妇想断肠。

船期催紧板，夫婿去金山，当初只话闹风繁，谁料新婚生拆散、该阵间，离情无限恨，君话出门去且慢，免教寂寞怨红颜。

自君游异地，百事有心机，闺房终日锁双眉，万种思绪愁莫已，暗伤悲，孤枕难成寐，恼煞隔墙笑彻耳，亏奴独自叹凄悲。

国庆照片背面

照片背面有打印及手写文字记录。右第一人是黄宝世，他的西文名字：Fernando Wong。

延伸阅读

古巴的华裔

据估计，古巴华侨华人与当地的白人、黑人或混血人通婚者，约占 20%。还有一些人是采取同居的形式，没有正式结婚，他们生下众多的混血儿后裔。古巴这种现象，在海外各国华人社会中特别突出。个中原因，与特殊的移民史有关。

1847—1874 年到达古巴的契约华工，几乎是清一色的男性。他们社会地位与奴隶无异，穷愁潦倒，自身难保，遑论结婚生子？但男大当婚，中国人把成家立业、传宗接代视为天职，无以为家哪能安心工作？传说，西班牙殖民者庄园主为了稳定华工阵脚，就给他们配黑人老婆。但，美丑不得挑拣，只能用麻袋罩着头，让男人指认。

据史料记载，1854 年《华工条例》准许华工在获得主人同意和接受天主教洗礼的前提下结婚。但由于华工的处境悲惨，能结婚者不多。1868 年的一项统计列出了 30591 名苦力男性和 16 名苦力女性，只有 237 人结婚，另外 30 人列为鳏寡，未提及性别。古巴华工呈词特别提到，张长贵娶白洋女，佣工尚足糊口。又有何锡、庄文明、伍阿灵、陈秀、何丹桂等数人，娶黑洋女及半黑白女人，均属华工中所仅见者。后来获得自由的契约华工通过打工、经商，有了钱，结婚的逐渐多起来。古巴民族独立战争为契约华工提供改变身份的机会，特别是到了自由移民时期，约有 20% 的旅古华侨华人与当地人结婚或同居。女方主要是欧洲裔白人（以西班牙后裔为主）、非洲裔黑人和穆拉托人（多重混血人），于是出现了大量混血华裔。

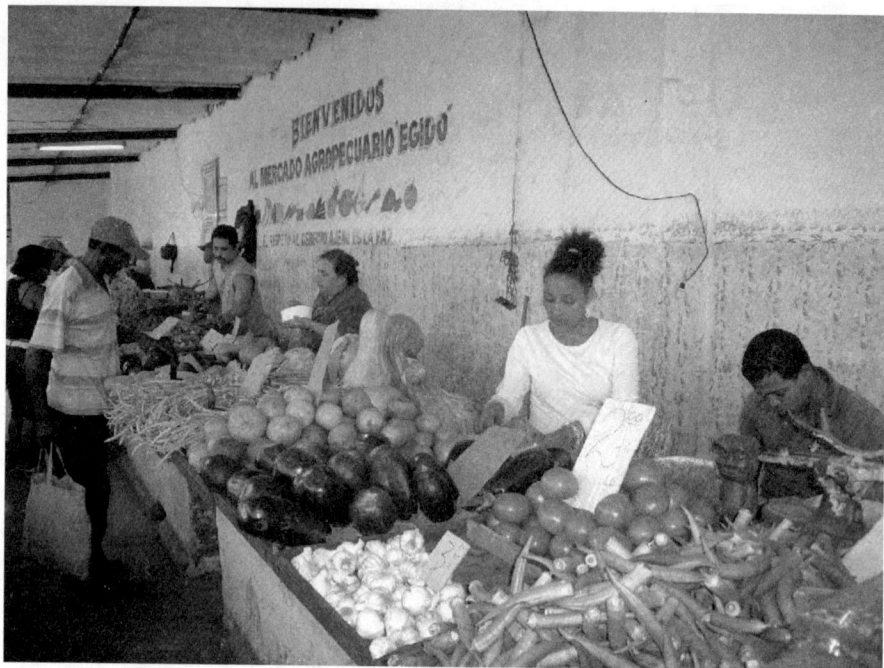

古巴农贸市场 李佳蔓 摄（2015）

在今日的古巴农贸市场，水果、蔬菜、肉类和鸡蛋等供应充足。随着政策逐步开放，黑市不需要再"黑"，但购物最好用美金兑换的红比索。

11. 今年古巴糖造丰收

1964 年 4 月，寄到中山县翠亨村中山纪念中学，航空信

正月初旬接你来函，报告慈母逝世消息。我经迅速地给您回信，料必收到了。无需（须）再述。近日侨汇处通知，侨胞汇款今年可多汇廿元，即每人能够汇一百二十元。我经将款汇出，到步查收，以应家用。

二月间又接平姨由五十圩寄来手札，我亦去函答复，及问候岳母康健。您要时刻与她们联系为要。

今年古巴糖造①丰收，但世界糖价市场惨跌，船只来古载糖甚少。目前存糖甚多，对于经济情况大受打击。粮食方面、鱼肉等类非常渴市②，除买黑市

---

① 糖造，糖作物收获季节。造，是指作物的收获季节及次数，如早造、晚造。

② 渴市，台山方言，意思是市场上的货物供不应求，犹如口渴缺水一样。

航空信

1965 年 4 月，寄到广州家中。

外，无法够用。生奶① 是古巴人主要食品，因今年天旱，生产下降，无法供应市场。除小孩每天得到半磅外，成年人每天不能得到半杯。民众对于古巴环境异常失望。

我目前身体尚好，望勿远念。

此致

小儿卓才收读

父宝世字

一九六五年四月廿七

---

① 生奶，即鲜奶。

时隔两个多月后，父亲信中再提母亲去世的事，可见他的怀念之情。父母亲夫妻一场，但关山万里，聚少离多，望穿秋水，徒叹奈何！难能可贵的是，长相别，不相忘。

父亲这一次给我寄钱，比去年多了20元。就是这20元，却清楚地表明了父亲的苦心。因为从去年（1964）起，古巴对华侨的汇款已经限制在100元的额度。无论是古巴政府政策松动也好，是中华会馆与古方艰难交涉的结果也好，是父亲千方百计也好，总之，多付这20元肯定十分不易。

父亲信中报道古巴的情况，既报喜，也报忧，令人喜忧交杂，忧多于喜。"糖造丰收"值得欣慰，但市场不景气，经济大受打击，直接影响到民众生活，影响到华侨的生活，就颇为令人失望了。古巴土地肥沃，热带雨林气候，没有冬季，日照时间长，雨水充足，利于作物生长。但在计划经济体制下，大片良田荒芜，农民没有生产积极性。

"渴市""黑市"的市场情景，我很容易理解。不要说三年困难时期，就在1965年，中国大陆还有许多东西供不应求，粮食、肉类、鱼、布等还是凭票证限量供应。古巴、中国，在物质缺乏方面，可以说是彼此彼此。

"船只来古载糖甚少"，原因是多方面的。现在稍微回顾历史，就可以知道，吉隆滩登陆失败后，美国对古巴的仇视有增无减。在美国的策划下，1962年古巴被排除出泛美国家体系；1964年，美国决定禁止向古巴销售药品和食品；同年美洲国家组织通过决议对古巴实行"集体制裁"。前来古巴买糖较多的，只有苏联和中国了，古巴的对外贸易处在逆境之中。这个时期，由于中、苏两党公开论战，卡斯特罗站在苏联一边，公开批评中共，要求中、苏两党停止公开论战。虽然1963年2月和1964年12月，中、古连续签订了两个贸易协定，但两国关系紧张，贸易往来在1965年达到高峰后便迅速减少。糖当然是甜的，但地球上肯吃、能吃古巴糖的人太少了。即使苏联、中国各买了100万吨，也不能完全解决问题。外贸生意不好做，一向靠出口糖换取他国商品的古巴人生活怎能不苦！

父亲问及在香港的存款。我应已作答复。我知道，父亲历年的汇款，有点积存，都是换成港币，托在港的舅母李美珍存入汇丰银行。由于母亲去世，

1965 年的侨汇物资供应证票凭单
拿着这份侨汇证凭单，本可随时支取票证。但在不久后发生的"文革"中，它却化了水。

舅母建议汇回广州，以我的名字存储银行。我考虑到她和表兄、表妹即将移民美国，再麻烦她打理也不好，便同意寄回来。我记得当时的汇率很低，只换得一千多元人民币。一千多元当时相当于我们夫妇俩一年的工资，本来还是可以买不少东西的。但我们没有投资意识，更没有投资门路，只会考虑存储银行，以便随时弥补家庭开支。当年利率较高，存款似乎收益不少，但实际上，人民币不断慢慢贬值，后来这笔钱也就在不知不觉中贬掉了。等到20世纪八九十年代，懂得一点投资常识时，悔之晚矣。在家庭理财方面，几十年来多次错失良机，我觉得很对不起父亲。只有把教训留给下一代，让他们少犯错误。

延伸阅读

"古巴村"：江门市沙堆镇独联村

黄卓才

古巴是独联村先侨主要的落脚点之一。据《独联侨刊》提供的资料，该村最早去古巴的是 19 世纪应聘签约或被"卖猪仔"的契约华工。他们去到古巴做苦力、开荒牛。有的被西班牙殖民者资本家或农场主招去种植甘蔗、咖啡、胡椒，有的去筑路、建楼房。第二、三代移民为共和国时期的自由移民，多数在首都哈瓦那的洗衣店、餐馆、杂货铺打工。他们艰苦奋斗，省吃俭用，有的积累了小资本做生意，开杂货店、小工厂。

　　侨眷刘惠贞收藏了林柏合1965—1972年从古巴寄给林社业的几封银信（侨批）。那时古巴华侨自己的温饱也成了问题，侨汇又受限制，但他们还是千方百计寄钱回来。从银信中可以看到，社业的表兄柏合按非直系亲属只能寄120元或150元（古币），他在信中嘱咐表弟以十元、八元、五元不等，分派给几位亲人。浓浓的亲情固然感人，这虽然不多的侨汇，在那个物质缺乏的年代，亦可让亲人一慰饥肠。

独联村的加勒比风光　笔者　摄（2021）

台山汀江圩　笔者 摄（2011）

12. 关心岳母妻妹

1965 年 5 月，寄到中山市翠亨村中山纪念中学，航空邮简

　　上两星期给你（一）封信及汇上百二十元，料必收妥。昨又接到四月二日发来手札，亦经收到了。说及舅母未将此款寄来，迟早不成问题。若收到此款请交祖婆及平姨每（人）五十元为费用，所余款项用你的名字存储银行，较为妥当。如没有急需，不可提支。

　　此致
小儿卓才收读

予宝世上
一九六五年五月十日

航空邮简

1965 年 5 月，寄翠亨村
中山纪念中学。

古巴由于物质缺乏，当时早已实行生活必需品凭证限量供应。供应物资由国家定价，价格低廉。父亲的杂货店没有什么可卖的，代政府出售的限量商品，也无利可图。父亲自己的处境已经相当困难，但他就是这样一个胸怀博大、慈悲为怀的人，他还是一如既往地关怀祖国的亲人、关心当地生活困难的侨胞和身边的古巴朋友。

父亲的汇款是古巴货币比索。当时在中国大陆，古巴比索与美元的比价是 1：1，换成人民币，就有 200 多元。按当时广州物价，可以买不少东西。如凭证供应的猪肉每斤 1 元，米每斤 0.14 元；自由市场每担（100 斤）1.20 元，鸡鸭蛋每只 0.10 元。正如台山民谣所说的"金山钱，唐山福"，就是指"汇水"（汇率）高。而我和妻子两人的工资只有 90 多元人民币。父亲的侨汇对于帮补家庭非常重要。

舅母为人忠诚老实，父亲知道她未将存放在香港的汇款寄回广州来给我，认为"迟早不成问题"。

舅母名李美珍，虽然出生农村，是一个识字不多的普通家庭妇女，人也长得矮小，但性格疏爽豪气，乐善好施，孝敬公婆，在亲戚、邻里间威信很高。她对我一向关爱有加。有一次，屋子里人很多，舅母招呼大家入席吃饭。她把我抱到高凳上，摸着我的头，然后捻着我的耳朵，忽然有所发现，大声说："你们看，卓才两只耳仔上边都有一个洞。他前世一定是菩萨，这两个洞是插过香的。"舅母一向菩萨心肠，其实她自己才是活菩萨。特别是后来，大饥荒时期，舅母每次由香港回来看望家婆（我外婆），都用扁担挑个一大担子，里面油、糖、衣服、布料、肥皂、香皂、毛巾等紧缺的生活必需品一应俱全。外婆哪里用得了那么多，大部分是用来分给亲戚和邻里的。她人矮，担子重得几乎坠地。人人都劝她少挑点，但她说她挑得起。在我心目中，舅母简直就是个奇女子。

我们同在家乡台山时，两个村子间相距不过二三里，彼此来往密切，亲戚关系融洽，感情深厚。表兄志和大我两岁，我们曾在两所小学做过同学，上学放学同出共进，就像亲兄弟一般。特别是 1949 年春夏间，家乡解放前夕，兵匪一家，盗贼猖獗，打家劫舍，城乡一片混乱；一到傍晚，就枪声大作，火光冲天，旧政府无能力收拾残局。我们"黄泥头"这个小村子势单力薄，随时会遭洗劫。为安全起见，母亲把我送到外婆家去读书。外婆的村子叫作盘龙村，土名"炒米沙"，是个人口较多的大村，人心齐，更夫多，枪械足，防贼能力强，况且学校与外婆家只是一墙之隔，上学十分方便；又有舅母操持家务，饭热菜香。这样，我每天和表兄一起读书，一起玩耍，更加情同手足。后来我们分住省、港两地，但常有通信联系。

父亲叮嘱分派 50 元给外祖婆。我当时一个月的工资 55.50 元，父亲给岳母妻妹每人 50 元，差不多是我一个月的工资。虽然钱不多，但也可以买不少东西了。

我外婆名叫饶随娣，是个非常贤惠的侨眷妇女。

1957 年的时候，外婆大约 77 岁，外公已经去世十七八年了。他们都有一段人生传奇。

外公伍于炳生活的年代，是 1870—1940 年。我懂事后从母亲口中知道，他是个美国华侨，曾在纽约谋生，干的是洗衣活。那时候纽约华侨洗衣用的烫斗①是用生铁铸造的，粗大笨重，要放在煤炉上烧热，才用来熨烫衣，干起活来汗流浃背，工作时间又长，非常辛苦。有美国华侨诗歌为证：

> 一把烫斗八磅重，十二小时手不闲。
> 一周干满七天活，挣来一点血汗钱。
> 拣到洗，烫到叠，为了一碗活命饭，
> 辛苦劳累在"金山"。

——［加］黄兆英. 华人历史细说：八磅生涯［A］. 五邑华侨华人史［C］. 广州：广东高等教育出版社，2001：89.

外公的晚年在家乡度过。据说，是因为在纽约中了马标（跑马彩票），被人追杀抢劫，不得不连夜潜逃，躲避回乡。那时他还不到60岁。

纽约，世界第一的繁华之都，是他的伤心地，但他还是把儿子伍时欢送去了。台山华侨就是这样不怕艰险，前赴后继。

外公对内外孙子同样疼爱。他给表哥和我各做了一辆木制的小型鸡公车，手工非常好。这两辆鸡公车成了我们童年主要的玩具。

我还听妈妈讲过一个关于外公和他父亲的故事：炒米沙村以前相邻有个客家小村庄，在清朝同治年间台山"土客械斗（本土人与客家人械斗）"的时候，两村之间斗得翻天覆地。有一次，一家人正在吃饭，忽然听到鸣锣叫喊："客家佬来了，客家佬来了！"妇女起身准备逃跑，外公的父亲却镇定自若，把大家按坐下来，说："吃啦，吃啦！阿嵩，怕乜（什么）啊！"原来，他早已在村口安装了一门假大炮——用麻竹竹筒做的，刷了黑色的米麻油。他相信，客家人一见这门大炮，一定会被吓得魂飞魄散。果然，寻衅者不敢入村。

我长大以后，一直想寻找当年械斗的痕迹，印证祖先的聪明和机敏。有一次，在客家村边的地里帮外婆种花生，看到客家村早已被铲平——据历史记载，清同治六年（1867），土客械斗由广东巡抚主持议和后，实行分治，客家人集中迁到台山海边的田头、赤溪去了。我们锄地时，老人提醒，注意听听有没有"嘭、嘭"的声音，因为地底下可能还埋藏着客家人来不及带走的瓦罐，里面有金银珠宝。据说的确有人发掘过，并且挖出一罐铜钱。

---

① 烫斗，广州方言词语，即熨斗。

台山"土客械斗"历经12年，斗得相当惨烈。我对这段历史没有深入研究，但我觉得，那只是农村族群之间为抢夺生存空间而发生的内斗而已。实际上，所谓"土"人，并非台山土著，而是宋代由中原南迁，经南雄珠玑巷分支开来的老客家。那些真正的越人土著（原住民）早已因生产、文化落后、势单力薄而被赶走，向广西、贵州迁徙了——据民族研究专家考证，现在贵州的布依族等少数民族，他们的祖先就是广东的越人。而所谓"客"，是指当时的新客家。他们来得迟，要蚕食、侵占已经成了"土"人的领地，当然会引起老客家的不满，从小摩擦到大纠纷，械斗也就不可避免。可贵的是，这场斗争以"土客分治"和平解决。我们的祖先从中吸取教训，后来一直友好相处。台山人再也不好斗，反而养成了平和谦让的性格，这就是广泛分布在海内外的200多万名现代台山人广受欢迎的原因之一。

外婆是最后一代不幸的小脚女人中的一个。她扎过脚，后来遇到辛亥革命，男人剪了辫子的同时，女人也"放脚"了，但骨骼已经严重变形，脚已经无法复原。作家冯骥才有本小说，叫《三寸金莲》，写的就是我外婆这代人的苦痛。外婆虽然放了脚，不再缠裹脚布，依然步履维艰，但她每逢圩期，总要沿着乡间的小路摇摇晃晃地到五十圩去趁圩。所以，五天一次的圩期，也就是"仁德堂"最热闹的日子，母亲和我在这里与外婆、舅母、表哥、姨母等亲戚团聚。外婆很勤劳，80多岁时，她还到自己屋前的园子里去斩竹，然后开篾，编织竹篮、竹箩、粪箕等竹器，手工十分精细。她家、我家以及我姨母家所用的竹器，全部是她手织的。到了90岁，她还能自己煮饭。

外婆的福气在于丈夫的疼爱和儿子的孝顺。外婆过冬用的被子是外公从美国带回来的鸭绒被。试想外公逃离纽约，已经是十万火急，但他仍然冷静机智，不忘记要给妻子带一件好东西。舅舅不避艰险，又去纽约谋生。他陆续寄来侨汇，让外婆吃穿不愁。我记得，外婆的床头，摆放着五六个糖果罐，零食不断。父亲每逢寄钱，总惦记着她老人家，不时要给她点钱买东西吃，表示孝心。在当时的条件下，对于远隔万里的游子来说，这大概是唯一尽孝的方式了。

还有一点可以告慰外婆，在她去世几十年之后，我有机会把她手织的小竹篮捐赠给广东省华侨博物馆，它正在展出呢。

父亲还吩咐分50元给姨母，对于没有什么收入的她，可以应付四五个月的伙食费了。这无疑是雪中送炭，最为实际的体贴和关怀。

姨母的生活来源，主要依靠铺租。抗战胜利后，华侨纷纷回国探亲、置业、结婚，家乡百业兴旺。据史料记载，1946 年的台山县城——台城"有 22000 多居民，城内有金铺 31 间、银号 26 间、苏杭（布匹）铺成衣店 162 间、茶楼酒馆 299 间、旅店 20 间、戏院 2 间等"。

在我的记忆中，抗战胜利后到解放初期，五十圩也非常繁华，河南街、河北街所有店铺家家开门营业、生意兴隆。生隆茶楼早午晚三市座无虚席，杏和堂、广芝林药行深夜也开小窗口卖药。每到农历逢五逢十的圩期，总是车水马龙、人如潮涌。连接一河两岸、只有四五块石板宽的桥上，行人拥挤，要互相侧身避让。但到 20 世纪 60 年代，五十圩已经开始衰落。商铺纷纷关门，仁德堂铺面租金大幅度下降，只有 5～7 元。姨母的生活也就越来越没有保障。

现在的五十圩还不够兴旺，但它交通方便，生态保护良好，五六公里外的台城和四九圩已经发展起来，附近的古兜山省级自然保护区、北峰山森林公园也已经成为旅游热线景点。北峰山下一带有望成为台城的后花园，一个最适宜居住的高级住宅区。五十圩的新生相信为期不远了。

延伸阅读

台山汀江圩

台山汀江圩，又叫梅家大院，珠江三角洲最美侨圩之一。坐落在台（台城）海（广海）中段的端芬镇汀江河边。这个圩市是由梅姓华侨在 20 世纪 30 年代建成的。现在已经失去圩市功能，只有少量侨眷在居住。但当年繁华的痕迹随处可见，令参观者浮想联翩。

台山市是一个自然形成、内涵丰富的华侨博物馆。光是像汀江圩这样洋楼林立的侨圩就有 30 多个。碉楼的数量比开平还要多（3000 多个），而美丽整齐的侨乡古村落更加数不胜数。此外，还有"丝绸之路"古港广海港、侨资民办新宁铁路遗迹，以及众多侨校和亭台桥梁等大量文物古迹。

大沙华中华会馆当年会场一角　黄马里奥供稿

　　本照片年代不详。会场可见中华会馆往昔的鼎盛。两位女子有西人或中西混血特征，还有黑皮肤的古巴男子，与当年报道情景吻合。

13. 古巴局势仍未转好

1965 年 9 月，寄到广州市龙津西路逢源沙地一巷 15 号，航空邮简

　　现据侨汇处报道，今年除汇出一百二十元外，仍每个侨胞可能再汇三十元。我经办妥手续，不日将行汇出，到步查收，以应费用。

　　目前古巴局势仍未转好，物质粮食依仍（然）缺乏。今年古巴糖产最高，但世界市场糖价惨跌，销流迟滞。国内人民购糖不比去年限制，可能自由购买。今年七月份本埠杂货行没收了十八间，华侨占三间，但我未被其没收，想不久亦同一命运。

　　对于香港存款如何处置，顺为报告。我照常工作，康健甚好，望勿远念。

　　此致

卓才吾儿收

宝世上言

1965 九月廿八日

航空邮简

1965 年 9 月，寄广州家中。

本信原件由中国华侨博物馆收藏。

　　侨汇限额又有放宽，每个侨胞可以再多汇 30 元，今年加起来就是 150 元，比上一年增加了 50%。虽然限制侨汇本身就是一种不合理的制度，而且额度之低，也是世界罕见。但在意识形态激烈斗争的风口浪尖上，在中古关系紧张和本国经济困难重重的背景下，古巴政府尚能采取通融的做法，也是对中国人一种友好的表示。

　　父亲告知"目前古巴局势仍未转好"，首先物质缺乏，粮食供应不足的问题依然存在。20 世纪 60 年代，与中国"大跃进"时期的"超英赶美"口号相似，卡斯特罗也头脑发热，宣布要"在短短几年内，我们就把人民的生活水准提高到美国人和俄国人之上""达到高于一切国家的生活水准……"

　　1960 年，古巴政府把包括外资糖厂的所有外国企业收归国有。同年，美国予以报复，决定不买古巴糖，随后与古巴断交。以前，美国是古巴糖的最大买家，也是糖厂设备和零配件的供应地。现在，美国不但不买糖，不供应设备、零件，还派飞机轰炸古巴的糖厂和蔗田。

　　1963 年，古巴蔗糖产量一度由 1958 年革命胜利前的 586 万吨下降到 380 万吨。1964 年，古巴专门成立糖业部。到次年（1965）果然出了成绩，这就是父亲信中所说的"古巴糖产最高，但世界市场糖价惨跌，销流迟滞"。蔗糖失去了传统的国际市场，苏联、中国买得也不多，只好"出口转内销"，于是老百姓有了口福，"国内人民购糖不比去年限制，可能自由购买"。民以食为天，这总算是坏消息中的好消息吧。

"今年七月份本埠杂货行没收了 18 间，华侨占 3 间，但我未被其没收，想不久亦同一命运。"古巴的国有化政策已经殃及小商店和服务业，华侨华人的生存空间越来越小，父亲已经感到直接的威胁了。

我真为父亲担心。但大势所趋，个人是无能为力的。古巴，将来会为这些做法反思吗？

在父亲写这封信的 20 多天前，1965 年 9 月 3 日 [1]，大沙华中华会馆举行了一次隆重的大会，纪念抗日战争胜利 20 周年。在大会上发表激情演讲的，正是我的父亲黄保（宝）世。9 月 11 日出版的古巴《光华报》作了详细报道，全文如下：

大沙华埠中华会馆举行全侨大会
纪念抗日胜利二十周年

大沙华消息，本埠中华会馆于昨三号召开本埠全体侨胞大会，纪念我国抗日胜利廿周年。事前该会馆选出筹备大会职员，预先布置，是日到会参加男女，极形踊跃。各埠仔派来代表者，沙华海口埠代表四人，生耶咕埠代表三人，兰佐维罗埠代表三人，弱打埠代表二人，建毛埠代表二人，试宽地埠代表四人，应故试他埠代表一人，统计中西男女，数达百余人之多。该会馆礼堂虽大，各侨胞企立参加者亦极多，一种欢乐愉快之气氛，为大会中所罕见。至九时正，宣布开会。该会馆主席黄保（宝）世先生，讲述开会的旨趣。黄君大意谓"自从一九三七年，卢沟桥事件发生，日本帝国主义以横蛮无理之残忍手段，侵略我国，惨杀我国同胞，幸得中国共产党和毛主席领导第八路军和新四军，及全国人民共同抗战。其中经过几许艰辛，立下辉煌战绩。直至一九四五年的今日，打败了日本侵略者，迫使其接纳无条件投降。"（鼓

---

[1] 9 月 3 日是新中国成立前，国民政府法定的抗日战争胜利纪念日。1945 年 8 月 14 日，日本天皇颁布停战诏书，接受《波茨坦公告》；8 月 15 日，日本天皇广播诏书；9 月 2 日，在美国密苏里号巡洋舰上，日本政府代表在投降书上签字，日本无条件投降，徐永昌代表中国政府在日本投降书上签字确认；第二天，也就是 9 月 3 日，中国举国欢庆，当时的国民政府确定这一天为纪念日。

掌）黄主席继续讲话，"对日抗战已胜利了，但蒋介石发动内战，卒至为全国人民所不容，逃往台湾。解放战争取得完全胜利，建立了中华人民共和国。全国人民同心协力进行社会主义建设，直至现在各项事实，出现了在我们的眼前，以前家家户户所用的品物，不是日本货英国货便是美国货，现在已一扫而空，转用国货。我们的国货还大量出口。事实胜于雄辩。以前所谓列强霸占我们的市场、侵夺我们的权利，现在已走回老家去了。我国现在不独在农工商务上已取得杰出成功，在科学上伟大的成就，举世皆知。认为国防最为重要的核子武器，我国已一再试炸成功。消息爆出，惊动全球，帝国主义瞠目结舌。我们可以自豪地说句'中国哪一样不能及得外国人？'抗战胜利了，中国建设的伟大成就，这是中国共产党和毛主席英明领导下的丰功伟绩，所以值得我们今日的庆祝！"（全场鼓掌）黄君讲话毕继而讲话者潘兑求、吴亮廷，及古巴来宾多名，直至夜深十二时始散会。

　　本书的初版《古巴华侨家书故事》2006 年底出版后，得到许多专家和读者的热情关注和真诚帮助。2010 年秋，南开大学历史学院博士生袁艳在北京国家图书馆珍藏的古巴《光华报》上，发现了 45 年前的一篇报道。文中不仅有我父亲黄保（宝）世的讲话，还有开会情况的具体描述，资料非常珍贵。

　　我初步分析，它至少反映了下面几个问题。

　　一、大沙华（大萨瓜）中华会馆当年非常鼎盛，当地华侨华人很多。报道中列出参加会议的代表，来自本埠及下属 7 个埠仔，"统计中西男女，数达百余人之多"。据我所得调查资料，其时当地华侨有 1000 多人。这 100 多位代表，大概就是在 1000 多名华侨华人中产生的。大沙华中华会馆历史悠久，它的建馆时间比哈瓦那的中华总会馆还早。20 世纪 80 年代之前，当地华侨经常聚集在会馆及其周边街区进行各种商业、文化、娱乐活动。会馆一带，有不少商业和文化娱乐场所，都是为华侨华人服务的。每逢中国国庆和新年，会馆必有隆重集会庆祝。

二、古巴华人非常爱国。我父亲的讲话，热情回顾祖国抗日战争、解放战争的伟大胜利，歌颂中国共产党和毛主席的英明领导，歌颂社会主义建设的辉煌成就。他的讲话得到"全场鼓掌"，反映了侨胞的共鸣。据史料记载，在抗日战争中，古巴华侨爱国热情高涨，早在1931年，九一八事变发生后，由古巴中华总会馆主席林元亨发起成立"旅古华侨抗日后援总会"，当时捐款数万元，分寄马占山、蔡廷锴为军饷。1937年7月7日卢沟桥事变发生后，该会再度活跃，在全古各省设立59个抗日后援分会，广泛发动和接纳华侨募捐。在中华总会馆的领导下，积极捐钱捐物和购买爱国公债，支援祖国抗战。抗战8年期间，古巴华侨捐款总计240万美元。这里面，自然有大沙华华侨的一部分。20年前，当抗战胜利的消息传到古巴后，中华总会馆同其他侨团一道，举行了盛大的庆祝活动，舞狮舞龙，广大侨胞敲锣打鼓，手持彩旗游行，整个华区一片欢腾。今年是抗战胜利20周年，又是一个大节日，当然是"极形踊跃"、极其自豪的。

三、当年大沙华中华会馆与当地西人的关系很好。这次开会，出席者中有"中西男女""古巴来宾多名"，他们与华侨代表一样，由上午九点钟开会，"直至夜深十二时始散会"。可见热情之高，关系之融洽。

四、也可以从中看到黄宝世作为会馆领导的组织能力和他的影响力、亲和力。

举行了这么一次成功的纪念会，父亲却没有在家书中提及。他就是这么一个人，做了许多事情，都觉得只是自己的本分。也因此，这篇报道被埋没了45年。直到2010年，才被南开大学袁艳博士在北京国家图书馆发现。

古巴华侨购买的航空救国券

古巴《光华报》

　　《光华报》创刊于 1928 年 3 月 20 日，一直是古巴华侨华人了解世界、了解古巴和中国大事的窗口，为团结华侨华人、传播中华文化和古巴革命的胜利作出了贡献。该报原名《工农呼声报》，1944 年改称《光华报》。最初为秘密报纸，地下发行，宣传革命道理，介绍古巴革命和中国革命的情况。1959 年古巴革命胜利后，《光华报》才公开发行。1960 年，董必武为它题写了报名。

参观《光华报》报社旧址　黄鹄 摄
　　2014 年 6 月，笔者由《光华报》总编辑赵文立（肇商）老先生陪同参观报社旧址。这台印刷机是 1900 年的产品，美国华侨送的。已经尘封很久了。

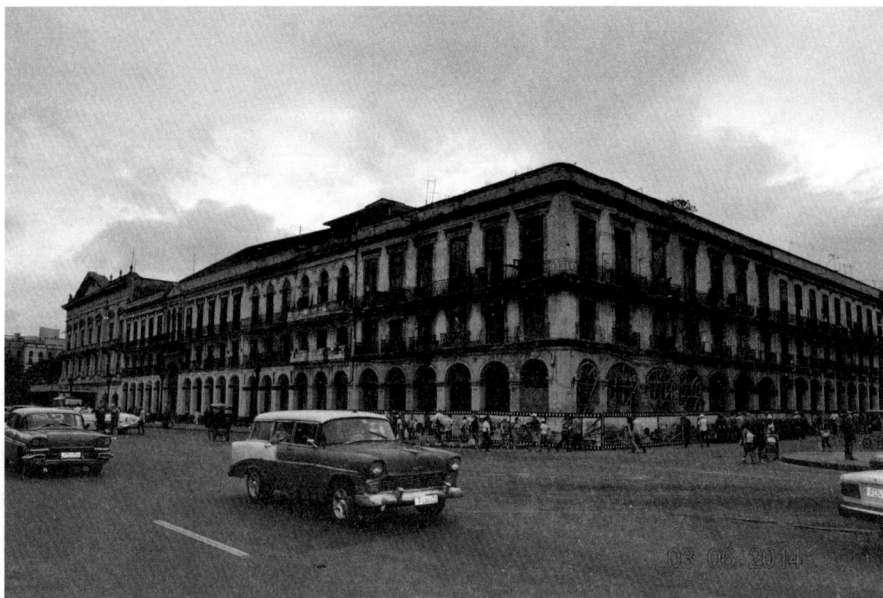

哈瓦那街景　笔者 摄（2018）

14. 古巴人移民美国

1966 年 1 月，寄到中山纪念中学，航空邮简

卓才吾儿看：

去年十二（月）中旬接你来信，内夹照片一只：雅儿和素梅。我觉非常安慰。

关于存款附处（付储）广州银行，是好办法的。你们所获薪俸可以安定家庭的生活。对于衣食住几种问题，条（调）整得当，保持人生康健，时需注意。

对于古巴政府与美国协议，每月可放出三千人过美。侨胞方面，除私自偷渡外，尚未有正式手续过美。此协议是长期性的，他日如何，再行报告。

并祝

合家安好

父宝世上

一九六六年正月九号付

航空邮简

1966 年 1 月，寄到中山纪念中学。

在华侨的心目中，永远魂牵梦萦的，一个是祖国，一个是老家。祖国和家庭就是他们的根。他们的爱国，常常表现为爱家。他们出门在外，如叶飘零，有苦难言。作为华侨家属，我们所能做的，首先是给予他们精神上的安慰和支持。

我给父亲寄去妻儿的照片，就是想让他开心。父亲果然觉得"非常安慰"。

父亲信中让我"存款付储广州银行"，说这是"好办法"。"你们所获薪俸可以安定家庭的生活。对于衣食住几种问题，条（调）整得当，保持人生康健，时需注意。"现在看来，他是在指导我理财。回想当年，我并没有理财的意识。解放前，货币不断更换、贬值，银行随时倒闭，侨汇常有被侵吞的危险。即使到解放初期，华侨通过私人银号或"走水客"（私人邮递）寄钱回来也不安全。

小时候一笔汇款被吞的事，我至今记忆犹新。最近回乡，又从箱底找出有关资料，可以为证。1950 年 3 月，父亲汇出 100 美元家用，经香港财记银号汇到台山大江圩（现为大江镇）广华银号嘱交我姨母伍惠琼代收，但被侵吞。我母亲多次跋涉数十公里前去追讨，但除第一次给了 15 元路费之外，均以"生意周转不灵"为由拒付。

血泪的教训，使父亲在理财上一直保守、求稳，这对于我也产生了很大影响。实际上，在当时的环境下，也没有投资的理念可言。即使买屋，也只是考虑自住。所幸的是，人民银行信用很好，于是存储银行，也就成了最稳当的办法。

侨汇被侵吞事件物证

当年的信件、存折虽然保存下来，但银号已经倒闭，留下的只是辛酸的时代记忆。

　　父亲信中谈到的美国每月可放 3000 名古巴人入境的情况，触及了美古关系中的又一个大事件。当时，美国约翰逊总统批准的《古巴情况法》，以法律形式对古巴移民和"难民"给予特殊待遇。这项法律规定：古巴人不管以何种途径抵达美国，均可在接受移民归化局的简短调查后，将由他们在美国的亲友照顾；抵达美国头六个月每人均可得到津贴，一年后便有权获得住房和就业机会，可自动获得永久居留。这一法律明显体现出美国在武力推翻古巴政权的企图失败后，希图借助移民政策从内部分化瓦解古巴人。

　　与此同时，美国政府不履行古美双方达成的移民协议，纵容和包庇迈阿密"蛇头"运送古巴非法移民。由于美国政府的纵容和鼓励，每年都有大批古巴人偷渡去美国，而且偷渡运输工具越来越先进，如大马力快艇、飞机等也都加入偷渡行列。

　　美国的禁运及古巴政府的经济政策失误，物质匮乏，人民生活困难，使古巴偷渡成风——从古巴东北部的海岸或岛屿出发，横过佛罗里达海峡，到美国的佛罗里达群岛，只有 100 多公里。

回国探亲的古巴华侨告诉我，古巴政府对偷渡者比较宽容，拦住了、抓住了，只劝告说：偷渡太危险，不要再去了。然后就放人。政策上是比较文明的。

美国对古巴的特殊移民政策，更进一步唆使不少古巴人铤而走险，想方设法逃往美国。其中也包括华侨。而我父亲，似乎不为所动，信中简单的只言片语，反映了他心态的平静。1959 年革命胜利后，特别是私人的工厂、商店被没收后，大部分华侨已经离开古巴，留下来的只是少数，父亲就是这少数人中的一个。以此观之，他对古巴的现实，虽然感到有些失望，但他依然像对祖国那样对古巴一往情深，这也可以从一个侧面解释他为什么一直担任着当地爱国组织中华总会馆的主席。

延伸阅读

古巴人驾"汽车船"赴美海上被抓申请避难

《中国日报》网站消息：据美国海岸警卫队 2 月 4 日透露，他们当天在海上拦截了 11 名试图驾驶一艘由老式别克汽车改装的漂浮船偷渡到佛罗里达州的古巴人，其中部分人已是第二次作出类似尝试。目前尚不清楚美国官方是接受他们政治避难的要求，还是会将其遣返。

6 个大人 5 个小孩，天黑出发天亮被截

据路透社报道，改装船上共有 6 个大人和 5 个年龄为 4～15 岁的孩子，"领队"名叫刘易斯·格拉斯，现年 35 岁。他们于当地时间 2 月 3 日天黑后，从古巴首都哈瓦那东 20 英里（约合 32 公里）处的一个海岸出发，4 日行至佛罗里达群岛附近时，被巡逻的美国海岸警卫队发现并拦截，海岸警卫队还使用机关枪击沉了这艘"船"。

海岸警卫队目前拒绝透露是否要将其遣返。但据知情人士透露，按规定船上的人应该被遣返，因为他们是在海中被抓获的。

美国法律规定，古巴偷渡者踏上美国土地就可以获得居留权，如在海中被抓获，偷渡者将被遣返，所以经常有古巴人冒着生命危险横渡佛罗里达海峡偷渡到美国。据悉，格拉斯一行人出发的海岸距离美国佛罗里达州只有 90 英里（约合 144 公里）的路程。

（《中国日报》2004-02-06/ 张婧婧）

中山纪念中学课室楼　校办供稿（2016）

在这所红墙蓝瓦美如宫殿的学校里，家住最差的泥墙房子，但我仍兢兢业业地工作。

15.中古歧见似乎缓和

1966年1月，寄到中山纪念中学，航空邮简

卓才吾儿：

前两个月给你一封信，料必收到了。其中说及侨汇一事，因中古两国发生磨（摩）擦，我以为没有侨汇的希望。但近日忽接侨汇处通告，由五月起开始申请汇款，接济国内侨眷，如父母子女，可汇一百三十元，其他亲属，可汇六十元。此举出乎吾人意料之外，近月来此种中古歧见，似乎和缓下去。昨五月一日总理□子路①的演（讲）词，没有提及中国半句。

今年糖造风雨不调，生蔗不甚生长，糖产降低二百万吨，又欠劳动力，连我也叫去割蔗。我因老年推却没有去割蔗。

现照旧址付上一百三十元，到步查收，以应费用。雅凡小孙和素梅康健安好，为慰为颂。我现仍在处工作，身体如常，请勿远念。

此致

合家平安

父宝世上

一九六六年五月十五日

---

① 古巴总理名字因剪邮票而缺一字，我印象中"□子路"似为"柯子路"，又译"卡斯楚"，即卡斯特罗。台山华侨以方言译音，往往与普通话译音相差较远。

父亲所说的"中古歧见"，是指当时两国的紧张关系。20世纪60年代中期，古巴与中国的交情降到了冰点。"两国发生磨（摩）擦"的原因，依然是中苏两党的分裂。起初，古巴不介入中苏论战，希望社会主义阵营团结，同苏联和中国都保持友好关系。1965年底，两国在贸易谈判中产生分歧，加深了政治上的误解。1966年头3个月，卡斯特罗还多次公开批评中国。到5月中旬，这位总理的演讲词"却没有提及中国半句"，不但继续允许华侨汇款，限额还比去年放松了10元。这是向好的信号吗？

后来的局势发展证明，和缓是暂时的。

面对着两个社会主义老大哥的争斗和分裂，非此即彼，古巴被迫做出艰难的选择。经济上越来越依赖苏联，政治上也只好投入其怀抱，中古关系不可能有根本改善，而且时有摩擦发生。这种局面到1967年才略有改变，而真正的好转，还是20世纪80年代之后的事。

父亲信中又一次提到古巴的"糖造"，不过这一次更显得沉重。

殖民时代造成了古巴的单一经济。16—19世纪，西班牙殖民统治下的古巴是一个单一生产烟草的国家。19世纪末，在美国的控制下，又变成单一生产蔗糖的国家。此后，蔗糖生产是它的经济命脉。

革命胜利后，20世纪60年代，古巴也曾经试图努力改变单一经济的状况，但没有成功。1966—1970年，古巴执行第一个糖业发展五年计划，提出1970年产糖1000万吨的指标。但在执行的头一年，反而减产200万吨，这真是给了理想主义者当头一棒。失败的原因，主要是政治、经济体制问题，还有就是父亲所说的，一是"风雨不调，生蔗不甚生长"；二是"欠缺劳动力"。由于当时甘蔗的种植、收割、装车主要靠人工。人力不足就动员城市居民参加义务劳动，而连父亲这样67岁的老人，居然也在动员之列，也就未免显得过分无情，甚至有点残酷。收割甘蔗是繁重的体力劳动，老人难以承受，父亲推却不去，我觉得是非常合情合理的。

我收到父亲这封信的时间，应是1966年5月25日（"广东中山"的邮戳为5月24日）。这时候，为免长期分居之苦，妻子素梅刚刚从广州调到中山纪念中学校医室工作。学校分配给我们的，是一座旧房子，泥砖墙，瓦屋顶，原已倒塌。我妻子要调来，学校没有住房给我们，就赶工翻修这座大家都把它叫作"泥屋"的房子应急。"泥屋"非常潮湿，书籍霉坏，人也关节生痛，证明不能居住，学校又在位于民族村教工宿舍区的校医室腾出一房一厅，让我们搬过去。

也是这时候，"四清"运动的烈火已经烧到我们学校来了。全县各个中学的校长、主任集中在中山纪念中学，由以县委宣传部陈部长为首的工作队进行"集训"。

学校"四清"集训初期还是比较温和的，只是一边查账，一边要当权派校长、主任们交代多吃多占等"四不清"的问题，同时发动群众"背靠背"揭发。大概是由于我是教工团支部书记和学校工会副主席吧，也被拉进"四清核心小组"，成为一个成员。但我不仅毫无阶级斗争经验，连一点"阶级觉悟"也没有，根本不知道要怎么干。这就导致后来的事件。

延伸阅读

美国大学生到古巴做"知青"

美国"知青"与古巴农民在农场

20世纪60年代，新左派运动开始在美国兴起，在革命思想的影响下，以大学生为主体的美国青年开始积极参与民权运动、反战运动、妇女运动以及环境保护运动。在这轮高涨的革命热潮中，"我们必胜"纵队成为其中一道独特的风景。

舍家卖房筹措旅费，绕道他国来到古巴

从1969年11月到1970年8月，共有三批纵队成员至少900人到达古巴，但他们的旅程却并非一帆风顺。当时，从美国无法直接前往古巴，纵队只好组织车队到加拿大或墨西哥中转，因此费用极高。许多人为了去古巴不惜与家庭决裂，有人甚至变卖了家产筹措旅费。联邦调查局虽然没能把奸细安插进纵队，但派了大量人员对纵队的活动进行跟踪，还对即将从墨西

哥城出发的纵队成员一一拍照，摆出一副要秋后算账的样子。

　　尽管美国"知青"们都下了要与美国社会一刀两断的决心，然而，要这些习惯了个人主义的美国青年一下子接受集体主义是困难的。要彻底改变思想，还需要古巴人的帮助。于是，美国"知青"每二十人被分成一个政治学习小组，每组都配了几名古巴人来指导他们的政治学习，这些古巴人可不是什么大学生，而是普通的工人农民。"知青"们每隔几天就开一次以批评和自我批评为内容的小组会。在会上，美国青年们彻底放下了架子，拜古巴工农为师，虚心地接受他们的再教育。

（摘自《环球时报》）

鸿雁飞越加勒比

古巴华侨家书纪事

古兜山水　黄鹄 摄（2011）

16. 非常挂念

1966 年 1 月，寄到中山纪念中学，航空邮简

　　五月初旬由广州旧址付上古币一百三十元，至（直）到现在八月底仍未得到你的回信，非常挂念，是否功课忙碌，没有时间答复？见字千祈来信报告。

　　关于我在家乡房屋，我向来没有提及，是否存在，抑或租赁他人，我不甚明白，请报告一切。

　　我目前康健如常，请勿远念。

卓才吾儿收读

予宝世字

1966 八月廿五付

　　我能收到父亲这封信，算是幸运。因为从 1966 年 6 月 18 日开始，我就迎来了人生中的一次噩梦，一时失去了行动自由。父亲 5 月初旬给我寄钱，

航空邮简

1966年8月，寄到中山纪念中学。

到8月底仍未得到我的回信，就是这个原因。

18日那天，教工团支部开会，十多个人，七嘴八舌，讲到"四清"工作队，讲到他们内部放了电影《早春二月》，但不给老师学生看，说到高三某班学生写大字报要求看内部电影，要求参加"四清"运动，说到工作队不相信群众，等等。有人提议写张大字报支持学生的革命要求。饭堂里已经贴满"四清"大字报，我们早已学会运用大字报。我作为教工团支部书记，面对团员同志的"革命热情"，当然只有赞成。于是，很快凑成了十个问题，写出《十问工作队》的大字报，在饭堂的正面墙壁上贴了出去。

一番热情，引来了工作队的如临大敌。后来知道，我们的大字报一出，工作组大为紧张，组长按工作队的惯性思维，认为我们这张大字报是为了保当权派（校长）而写的，背后一定有人操纵。于是立即组织反攻。一时间，批判我（而不是教工团支部）的大字报铺天盖地贴满了饭堂内外，全部覆盖了原有的"四清"大字报。工作组还贴出了一个撤销我的学校"四清"核心小组成员和教工团支部书记、学校工会副主席等职务，并责成我进行检讨的"决定"。

这就是轰动中山教育界的"六一八事件"。自此，我在全县中学出了名。

父亲提到家乡的房屋"是否存在，抑或租赁他人"。我的回复一定令父亲失望。

父亲1937年初回国探亲。在家住了一年多，完成了人生两件大事——建房、生子。在历史上，这是台山华侨梦寐以求的大事。

当时，父亲虽然已经在古巴干了12年，但没有多少积蓄，带回的钱不多，建房资金还要向外家借一部分。

从家里保存的建筑费收据考证，建房时间是民国二十六年（1937）农历正月底至四月三十日，历时3个月，耗资双毫（银圆）1000多元。之所以能够很快建成，据母亲回忆，父亲亲自到台城等地选购建筑材料，她自己则买菜煮饭，好菜好酒慰劳泥水木工师傅，还抽空挑砖担水撮石灰和水泥，十分辛苦。

房子真是又实用又漂亮。前面平坦开阔的塘基，白天晒谷、晒柴草，晾衣服；晚上大人围坐聊天唱木鱼，小孩追逐玩耍捉迷藏。最爱前面是水波粼粼的鱼塘，可以游泳摸鱼钓田鸡（青蛙）。春天，依时归来的燕子在炊烟悠悠的阳台底下飞进飞出，衔泥做窝，下蛋育儿。夏天，塘边的莲花开了，村后的番石榴熟了，屋前屋后花果飘香，鸟语悦耳。登上二楼，站在阳台上，让目光越过辽阔的田野，向远处的瓶身山眺望，山体灰蓝墨绿，山顶白云缭绕，一条银白色的大瀑布飞流而下，十分壮观。房子和人与大自然融为一体，风水如此的好。我越长大，就越体会父亲建房设计的匠心。

房子由父亲亲自设计。建筑风格与村子里民居保持一致。但它并不沿袭我们村里一般农家的传统式样，也不模仿当年正在大量建造的墟镇洋楼，而是有所创新的中西结合式民房。那时村里只有平房，父亲第一个建起了一座青砖灰瓦和钢筋水泥混合结构的两层楼房。他还利用屋地位于鱼塘塘基（村面第一排）的有利地形，在房子前面用红毛泥（加拿大水泥）和进口钢材建造了飘出一米的阳台。大门门楣让画师绘上西洋水彩风格的壁画，而阳台外壁则是西式浮雕。这些壁画和浮雕内容都是反映西洋城市生活的。画中街道、楼房、树木、汽车活灵活现，头戴毡帽、手持"士的"（拐杖）的白人男士和带着番狗仔的西洋女子上街的情景栩栩如生。父亲的用意，大概是要营造一个良好的生活环境，让生活在家乡农村的妻儿乡亲，能够了解华侨在海外的生活，把目光投向更广阔的世界。这种独特的设计和装饰，在村中独树一帜，也充分表现了父亲"敢为人先"的勇气——这也是台山乃至五邑、珠江三角洲华侨的共性。

后来，由于我初三时母亲就迁居县城陪读，其后又移居广州，我和母亲在这个房子居住的时间其实只有十六七年。

我出生时，父亲已经40岁，母亲35岁。中年得子，自然高兴得很。苦的是母亲为高龄产妇，难产，预先约好的助产士又适逢外出，情势非常危急。父亲紧急另请医生，凭着他的医药卫生知识亲自精心护理，才救了我们母子的命。

母亲说，父亲很疼我，他每天抱我到村口去看火车，还带我去坐火车。他舍不得离开妻儿。但我出生没几天，日军飞机已经开始空袭台山，父亲说，再不走，就回不了古巴了，只好含泪再次背井离乡。那时，我还不满周岁。

大概连他自己也没有想到，此后竟没有机会再回来。

1953年，母亲搬到台山县城陪我读书。其后又移居广州，我们母子再也没回永隆村去住过。一座耗费了父母无数血汗的房子，就这样空置了。我把钥匙交给侄子仕民，连同家传的屋地果园也委托他管理。

当年全村最漂亮的新房子，在80多年后的今天，已经相当陈旧了，但在我眼中，老屋风采依然，父亲艰苦奋斗、勇于领先潮流的精神还在。

笔者祖屋"古巴华侨宝世楼"（2024）

2021年，我和儿女合力，请村人帮忙，进行了一次全面的维修，解决了天面漏水等问题，增添了水电、空调、洗手间等设备。我还将曾在广州、江门、台山、中山的博物馆和北京中华世纪坛展览过的父亲事迹展板挂在老家，布置成怀念古巴华侨、怀念父母的小型纪念馆。我为祖屋挂了"古巴华侨宝世楼"的牌子，台山市侨办、侨联又给挂上"华侨家庭文化体验馆"的牌匾。《南方日报》和当地媒体当即做了报道。国内外好些学者、寻根者和贵宾不时会来参观。

台山洋楼

黄卓才

　　台山洋楼是与当地现代侨圩、侨村同时出现的侨资楼宇，它所用材料是本地青砖、粤北杉木和南洋进口红木、欧美进口水泥和钢材。建筑风格土洋结合、中西合璧。

　　台山洋楼按其建筑形式和用途，大致可以分为侨圩商住楼、城乡别墅、碉楼和西式校舍三类。

　　侨圩商住楼约 10000 多座，二层至三层为多。其特点是统一规划，上住下商，连排成街，骑楼贯通。台城老城区是为代表。步行街、谭宅、东风旅店、天桥大厦、人民电影院等都各有来历和故事，建筑很有气派。除政府机关、商场店铺、银行邮政外，相关各种设施如电灯、电话、自来水以及学校、医院、书店、影院、球场、公园及游艺场所，一应俱全。

　　别墅式洋楼是华侨富商的住宅建筑，设计独特，用料上乘，装修豪华，兼有武装自卫设施，安全、美丽而舒适。在总数约 1000 座之中，以端芬镇庙边村的翁家楼和斗山镇浮月村的别墅群最负盛名。

　　台山碉楼全盛时期有 2000 多座，遍布全市的每个角落。现存 1000 多座，保留完好无损的 626 座，数量为江门各县市之最。这些碉楼一般三四层，五十圩附近的福临碉楼十层，称雄五邑。一般碉楼墙壁有一尺多厚，以黄泥拌石灰舂成，或用青砖、花岗岩石砌成，更多的是钢筋水泥结构。台山碉楼在防御盗贼洗劫、抗击日寇入侵方面真正发挥了作用。比如四九镇南村的七座碉楼，就是抗日英雄碉楼。农民武装（更夫）数日据守碉楼不怕牺牲英勇作战，击毙入侵日军十多人。

　　台山的西式校舍以台山市第一中学最为宏伟美丽。该校系由加拿大华侨捐资加币 24 万多元，于 1926 年建成。首期主体建筑教学大楼为钢筋混凝土平屋顶结构，平面呈"山"字形，由门楼、南院、北院三部分组成。门楼正面有 8 根标准的希腊式爱奥尼亚柱，气势恢宏，庄严肃穆，充满欧陆风情。

笔者串联来到蒙蒙雨雾中的武汉（1966）

　　广州—韶关—衡阳—长沙—韶山—武汉，大串联经历过的场面，至今仍然历历在目。

17. 我仍在工作

　　1967 年 4 月，寄到中山纪念中学，航空邮简

卓才吾儿看：

　　二月十五日来信已经详细读完了，素梅去年的手笺亦经收妥，没有回信系因时间问题。同时知道你们大小平安，无限快慰。

　　我目前仍在旧址工作，身体康健。但因太高年纪，未免有些困难。早年没法办理退休，所因古政府暂时冻结退休金，固（故）未得成行。

　　昨接侨汇处通知，每侨胞可汇一百四十元，我经申请汇出，到步查收，以应家用。

　　你前信讲过付款寄信由学校付上较为利便。须知革命后封禁外汇，后由中国驻中巴（古巴）领馆与古巴政府签了协定，每年拨出若干款项为赡养华侨家眷，先将侨胞在祖国地址、父母子女姓名填妥，每年照上述地址付上，如寄别处要祖国公社或某机关来函证明，方能发生效力。我以为继续照旧址付上免多一番手续。

　　此致

合家安好

予宝世上言

1967 年四月十四日

航空邮简

1967 年 4 月，寄到中山纪
念中学。

1967年，父亲已经69岁，之所以仍在旧址（Solisy Albarran 259 号）工作，是因为古巴经济不景气，政府早前已"暂时"冻结退休金，无法办理退休之故。这究竟是好消息呢，还是坏消息？能够继续工作，维持生计，当然可聊以自慰。但人毕竟已经老了，本应颐养天年了，却不得不为一日三餐而操劳，这对于40多年在外的父亲又是多么尴尬啊！

1966—1967 年，在中国，是"文革"最剧烈的时候，我当时正在被折腾中，或人身不得自由，或处境不便实说，给父亲报个"大小平安"实属不易。父亲信中说及"素梅去年手笺"，而没有说收到我的信，就是这个原因。

其时我妻子怀孕，一边挺着大肚子上班，一边还要为我担心。临产之前，她才回到广州，住在外家待产。

9月5日，我们的女儿（第二个孩子）出生。正是那一天，中央发出《关于组织外地革命师生来京参观革命运动的通知》。广州街头乱哄哄的，素梅好不容易叫到一辆三轮车，急急赶到中山医学院妇产科。我当时还在中山，在学校里不得脱身，只有依靠岳母照顾素梅了。危难中喜得千金，妻子叫我给女儿起名，我最初想叫她"卉蓝"，青草浓绿而泛蓝，是万物无限生机的象征。但又想，她在"文化大革命"中降临人间，必然要"经风雨、见世面"，就让她在大风大浪中锻炼好了，于是定名为"炼"——让她少点诗意，多点坚强吧！

不久后，大概是10月，就是风靡全国的"大串联"。我参加了一个相对温和的青年教工"长征队",从学校出发,准备步行到北京。来到广州,我请假回家看望妻子、孩子。面对着妻子和儿子、女儿,我无言以对,为没有尽到丈夫、父亲的责任而深感惭愧,只有在无限内疚中归队赶路。

我们的"长征队"一路步行,长途跋涉,经韶关,到湖南韶山、长沙,再也走不动了。这时许多红卫兵冲火车,我们也不甘落后。一个晚上,我们终于成功冲上火车,好歹熬到武汉。天气阴冷,寒风刺骨,大家所带衣物根本不够,又累又饿,更加不想再北上。游长江大桥、逛东湖、登珞珈山、参观武钢……在武汉三镇转悠了几天之后,被街头"武汉工总"和"百万雄师"两派"红卫兵"组织互相对骂的大字报弄得昏头昏脑,不知所以然。武汉阴雨迷蒙,冷风刺骨,我和"战友"在长江边徘徊,一点也找不到"大江东去,浪淘尽千古风流人物"的意境,只暗自感叹"日暮乡关何处是?烟波江上使人愁"。

突然,脑膜炎流行,我们所住的会堂里不断有串联者被抬出去,于是三十六计,走为上计。这一回,我们扒上的是运载牲畜的车厢,一路上在猪、牛粪的浓烈熏染中返回广州。

延伸阅读

华裔将军崔广昌

古巴中华总会馆前主席崔广昌将军
黄卓才 2018 年摄于古巴洪门总部餐厅。

崔广昌(左一)1980 年升为陆军准将时与卡斯特罗(右一)在一起

古斯塔沃·崔·巴尔兰特（Gustavo Chui Beltran）中文名崔广昌。1938年出生于古巴圣地亚哥市。父亲名字及中国家乡不详（疑为开平），母亲是古巴黑人。

16岁参加革命，在"7·26"城市地下活动中十分活跃。

1958春，崔广昌上马埃斯特腊山区，跟随菲德尔·卡斯特罗兄弟参加古巴革命战争，为古巴革命胜利立下了汗马功劳，被授予将军军衔。1959年，他被派遣到比利时学习步兵武装装备。打过猪湾之役。1968年，他成为"古巴革命军事力量"负责武装装备的最高军官。1980年升至准将。他曾率古巴军队远征非洲安哥拉、埃塞俄比亚和莫桑比克，担任过古巴驻安哥拉部队副参谋长，1986年坐车时触雷，一只腿被炸断。1998年退役。

2016—2019年出任古巴中华总会馆主席。

广州泮溪酒家正门 笔者 摄（2024）

　　在经济困难的年代，每天早晨泮溪酒家外卖部新鲜出炉的酥皮面包香气特别诱人，五分钱一个，许多市民排队购买。

18. 为"文化大革命"不安

1968 年 1 月，寄到中山纪念中学，航空邮简

　　一年容易（过去），我们又踏上了一九六八年的年头。在这过程中侥幸平安度过，可堪告慰。同时祝你们在家大小康健，是所愿望。

　　去年你的来信报告，我照样写妥寄上。但经过长远时间，没有答复，非常挂心。

　　听闻中国文化革命有些阻碍，我更加不安，见字千祈详细报告为要。

　　去年本埠有一侨胞名叫何晃钊先生回国观光，我写给（他）你在广州地址与你相见。还有早几年回过国黄传丁先生，台山石板潭村人，你在暨南大学念书的时候与你见过面。

　　我仍在处执业，祈勿在念。

卓才吾儿看

父宝世字

1968 年正月二日

航空邮简

　　1968 年 1 月，寄到中山纪念中学。

父亲说他"侥幸平安度过"旧的一年，"踏上1968年"，其中一定饱含艰辛。他"听闻中国文化革命有些阻碍"，感到非常不安，要我"见字千祈详细报告为要"。但在那个年代，我吃苦也罢，"受罪"也罢，实在有口难言，我怎么能把实情报告父亲呢？

在这种情况下，我对前景深感迷惘。唯一的办法就是赶快脱离派性斗争，当个"逍遥派"。

幸好学校暂时无事，我们一家大小不时回到广州，乱中偷闲，游越秀山、荔湾湖公园，逍遥自在了一段日子。我家邻近的泮溪酒家，位于美丽的荔湾湖边，当年是全国最大的园林酒家，以其广州西关特色美食和精美点心扬名中外，是政要名流和外宾商贾聚会之地，也是普通市民饮茶聚会的场所。令人啼笑皆非的是，这么一个雅俗共赏的名牌酒家，在"文革""破四旧、立四新"的浪潮中，竟被改名为"破旧酒家"，路人经过，看到那个可笑的招牌，无不捧腹。

1967年9月，原已撤离解散的"四清"工作组的头头又被召回来，接受"革命师生"的批判。他在念过"犯了错误则要求改正，改正得越迅速、越彻底、越好"之后，就宣读"赔礼道歉书"，说他们去年针对我的"六一八事件"颠倒了黑白、混淆了是非，搞错了，并说要撤销当时的决定，恢复我的名誉和原有职务等。这些话其实有某些搞笑的成分，比如，"四清"工作队既已解散，他们何来"撤销决定"的权力？"决定"撤销了，我又真能复职吗？不过无论如何，在当时他这个检讨对于我还是很重要的，起码让我获得一种精神上的解脱。但这也是自我安慰而已，我不想让父亲为我担惊受怕，所以不敢把事情的原委告诉他。

其后，我大概又过了一段松散日子。闲得无聊，我就在校园边缘开荒种瓜、种菜。种南瓜最省工夫，春天在屋边的斜坡上挖出一个个坑，填上基肥，把南瓜种子放下去，盖上碎土、干稻草，头几天浇点水……等它长出苗了，每隔半个月施一次肥，天旱久了再浇浇水，平时大可不必打理。到了夏天，一个个金黄金黄的大南瓜就静静躺在葵扇般的叶子底下。此时，我和妻子、儿子、女儿把南瓜抱回家去，那种欣喜难以言喻。是啊，我们收获的何止是大自然慷慨恩赐的南瓜，还有精神上的极大安慰！

随着父亲年事渐高，我常常为他担心，总希望他能早日回来团聚，好让我尽一点孝心。尽管当时大陆物质条件差，政治环境也相当恶劣，但一家人能够生活在一起，互相照应，总是幸福的。所以即使在泥菩萨过河——自身难保的日子，我还是千方百计让父亲回国。父亲所说的"报告"，是指我为父亲起草、寄给中国驻古巴大使馆和中华总会馆的报告文稿。他"照样写妥寄上"，目的是希望得到帮助，加快回国的进程。父亲和许多古巴老华侨一样，已经没有能力自己掏钱购买机票回国，只有争取免费乘搭中国回程货轮。

父亲让我去找从古巴回国观光的同乡何晃钊先生和早几年回过国的黄传丁先生了解情况。我除上门拜访外，还与他们通信进行咨询。

其中，何晃钊先生1968年的复信我保存下来了。这封信详细述说了古巴华侨回国的途径和艰难，这种艰难甚至在一定程度延续到今天，故此既具有历史价值，又有现实参考意义。现照录于后。

黄卓才先生

　　收到你的信，谨将本人的经历及所知的，答复于下：

　　古巴国因受美帝国封锁，旅客对外交通只剩三条：一条系欧洲西班牙，一条系莫斯科，另一条往墨西哥。通常华侨回国，系乘古苏航线，经莫斯科转北京。旅费系收美币。而古巴政府外汇奇绌，对外汇统制极严。一般旅客申请购票，极难获得批准。我侨近几年搭机回国的止（只）有借五一及十一两个节日回国庆祝。因系一个人回华的旅费双程计一千五百余元，耗了古巴国千余担糖的外汇价值。

　　除此线外，华侨回国尚可乘搭自祖国载货去古巴的货船。但是每艘货轮只得几个客位，而申请回国者多，粥小（少）僧多，有的候了两三年不是奇事。

　　至于出口待遇，衣物手表等则无限制。不过乘机的行李不能超过廿公斤，旅行费用则有一千元，到祖国收二千余元（人民币）。搭货船的行李可带多的（些），重量无限制，但旅行费用至多不能超过三百元，一般系二百元。

　　至（于）讲（到）资格，搭机的多数借观光名目，故此似系严格的。要有工作表现好，在社会上有声望等不切实际的规定。虽然如此，申请者亦要候幸运到来。令尊连任大沙华中华会馆主席，论声望地位胜过许多人，最合此条路。不过内里不是如此简单。

　　搭货船的比较容易申请，时（是）声明回到祖国生活有倚靠，不负累政府。而在内地的亲属求工作单位证明以（已）有固定的薪资收入，保证能负担老人家生活费，无虞缺乏。将证明挂号寄 Habana（哈瓦那）中华总会馆吕戈子主席。同时通知申请人亲向中华总会馆接洽，双方并进，能早成行。我文化程度低，或有辞（词）不达意。最好是抽闲来谈。至于退休金一层，则过了

65 岁可以退休，退休金照原人以前纳税额为标准，但至低每月不能少于 40 元。照计可以够一个人的生活费，不购高价货的话。

以上系我所知到（道）的，余未多及。顺祝
健康

28/6/68 何晃钊字

烟桥古村的古巴爱国侨商何晃钊故居

黄卓才

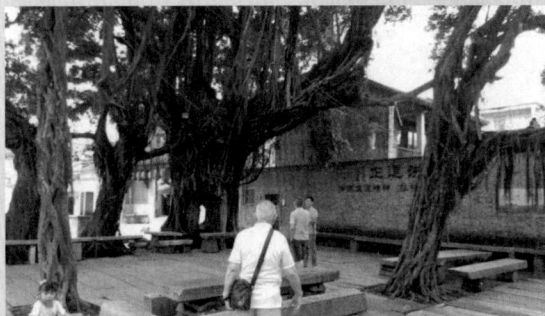

百年古榕喜迎宾　笔者 摄

晃钊先生故居是三座一体的清代青砖灰瓦建筑，设计独特，装饰精美。主房大门两米二，木门和趟龙是上好的南洋红木。这么高的大门及其两边那么长的麻石，极为罕见。二楼竟然还有类似五邑碉楼的

防灾防盗功能：一个活动铁枝的小窗通向天台，在危急情况下可以非常隐蔽地走避脱身，平时也可以出去晒衣服和纳凉。

这座故居并非晃钊先生本人所建，而是他先辈的伟业。何家早在清朝光绪初年就已东渡扶桑，远赴横滨谋生。晃钊父亲何绥荣（1859—1906）是旅日侨商二代，继承父业，发扬光大，赚了大笔日元回乡建此豪宅。他为人侠义，乐善好施。旅日经商期间适遇大批中国留学生前来求学，其中不乏阮囊羞涩者，绥荣公慷慨周济。临终之前嘱咐家人把所有借据撕毁。宗谱里简要记载着他的事迹。

晃钊先生 1920 年去位于南太平洋的法属海岛旅游胜地大溪地当了几年厨师。1948 年再赴古巴谋生，后与村中两位旅古兄弟在首都哈瓦那合办"三友商店"，

村中古巷风情　笔者 摄

经营相当成功。据国均长者（三叔公）回忆，晃钊叔一向重视教育，1948年回乡，见村中有二三十名儿童失学，他即以三友商店名义捐款，请来三位老师，开办了一年级至四年级（初小）的村学。国均便是受益者之一。其后又借100美元，帮助他出广州完成高小学业，并考入广州番禺第三中学（后改名广州第十八中学）。后来之所以能当上十八中老师，成为有文化的收藏家和文物鉴赏家，晃钊先生早期的资助功不可没。在古巴，何晃钊先生勤奋创业，热心社团工作，关心乡梓，声誉日隆，被选为古巴中华总会馆理事。1967年9月，他被推举为总会馆代表，应中国国务院侨办邀请，与台山籍侨领黄传丁先生一起回北京参加国庆18周年观礼，并享受公费到各地观光。

古巴华侨何晃钊先生故居　可乐供稿

今日的大沙华中华会馆人去楼空　黄炼 摄（2014）

19. 归家心切

1968年8月，寄到广州市立新北路立新5巷9号，航空信

通讯处
古巴大沙华中华会馆
CASINO CHUNG WAH
CESPEDES 273 APARTADO 145
SAGUA LA GRANDE
LAS VILLAS

卓才吾儿如见：

又有几个月未写信，不知你和小孙雅凡、亚炼在家如何。

航空信
1968 年8 月，寄到广州市立新北路立新 5 巷 9 号。

关于我申请搭祖国货船返中国事，我已打了报告，但据答复云需要调查我在祖（国）家属情形，确实衣食住条件许可，我老侨返家晚年有保障，方可批准。我去年简略告知，希望你即向政府申请返回广州市工作，以便向广州有关方面反映，取得侨务部门协助。不知你进行否。我已年高，望速办理，切勿拖延。

我在处身体很好，生活如常，勿念。

此致

合家平安

父宝世上

1968 年八月廿九日发

这封航空信用大沙华中华会馆的信笺写的，在印刷的西班牙文会馆地址上，父亲特别写上"通讯处"三个字，用意耐人寻味。

其实，父亲一直是从这个地址寄信的。这是大沙华中华会馆的地址。父亲长期担任会馆主席，他没有自己私人的住宅，只有过"沙瓜珍珠""黄记"等商店。而商店的铺面是租来的。这大概跟向来古巴政府都限制中国人商业发展的政策法律有关。

父亲黄宝世侨居地 SAGUA LA GRANDE，中国出版的地图上，译作"大萨瓜"，华人则译成"大沙华"。大萨瓜地处古巴中北部，属比亚克拉拉省。是该省的第二大城市。它位于大萨瓜河畔，离河口 24 公里，东南距省会圣克拉拉 45 公里。面积 661 平方公里，人口 5 万多。大萨瓜港是世界有名的大港口，收入多种国际地理、海事词典。附近三角洲历史上一直是农、畜产品的集散地和加工中心，产品经此港输出。工业有制糖、冶金、化学、酿酒、纺织、罐头食品等。它又是铁路枢纽。海轮也可循大萨瓜河上溯至此。大萨瓜 1812 年建城，建筑古旧、车辆少，环境非常宁静宜人。

大萨瓜是历史文化名城。世界级历史名人画家林飞龙（Wilfredo Lam，威尔弗雷德·拉姆，华裔，1902—1982）在此出生、长大并走向世界。契约华工（猪仔）出身的古巴民族独立战争战斗英雄、古巴共和国总统候选人胡德（开平市人）、跟随卡斯特罗革命，后升为准将的华裔蔡将军，都曾在这里生活和战斗过。

大萨瓜原有华侨 7000 多人，最早到来的是 1850 年的契约华工。大沙华中华会馆始建于 1880 年，是古巴最早成立的中华会馆，比哈瓦那的中华总会馆早 13 年。它与当年该城的三座华人大戏（粤剧）院一样，都是木房子。随着经济发展，古巴华侨有了钱，1924 年，大沙华中华会馆以华侨捐款改建为两层的钢筋水泥楼房。黄宝世 1925 年来到此地，亲眼见证会馆的改建。想不到的是，二三十年后，他竟成了这个会馆的主席。他因忠诚老实、乐于助人、热心公益、努力服务侨胞、中西文俱佳、又善于与西人交往而连选连任。他以会馆为家，直至 1975 年去世。

父亲在会馆二楼的主席办公室写下这封信。其时他归家心切，但除了递申请、打报告、勤走动，也没有更好的办法。他希望我调回广州工作，以便他回国后能在广州定居。但各级政府机关已经瘫痪，到哪里去申请呢？我不能直说原委，免得父亲失望。

事隔 20 多年之后，一位当年整过我的学生，在师生重聚时当着大家的面给我下跪"请罪"。我赶紧把他扶起来，请他别这样做。我对他说：你那时才十七八岁，懂什么啊！套用一个时髦术语，无非是"受蒙蔽"。在场的人都笑了。一笑恩怨如烟散，今后又是好朋友！

但有一件小事不得不提——父亲赠送给我的一只手表被偷走，却令我至今耿耿于怀。那是一天下午，我和"牛栏"难友一起被赶去为菜地施肥。收工后，进洗澡房冲凉，我把衣服搭放在短墙上。洗完澡出来后，发现口袋里的手表不见了，于是向"看牛"的两个红卫兵报告。难友们一致证明我是戴手表开工的，都说要找。红卫兵也很"积极"，除了搜寻我们活动过的小小范围外，还亲自下井打捞。但结果令人失望——找不到。

失去父亲送给我的宝贵礼物，我深感不安和惋惜。因为这是我读大学的时候，父亲千里迢迢地寄回来给我的。那时候，古巴物质已经非常缺乏，但父亲听说我和素梅买不到手表，学习、工作不便，就找到两只男装、一只女装手表，一起寄回来。而失去的，正是父亲从自己手上脱下来的那一只包金瑞士名牌表。美国禁运后，古巴不可能再买到瑞士表，这只手表一定来之不易，叫我怎能不惋惜心疼呢！

事情的发展出乎我的意料：两个红卫兵中的一个，不久竟然被批斗。据说，手表是他偷的，因为就在那天傍晚，他未经请假就溜回家（附近农村）去了。

116

大家怀疑这是他转移赃物的行为，加上他平时的其他一些劣行，他被指为红卫兵中的"败类"。

父亲送的三只手表，除一只被偷外，另一只送给素梅的女装表也莫名其妙地丢失了，只留下一只，也是瑞士名牌机械日历表。2009年，广东省华侨博物馆成立。我连同一批古巴华侨、侨乡文物捐出去，这只手表成了广东华博难得的展品。

也就是在这一年，在中、美友人到访大萨瓜时，我父亲义子的弟弟尤西比奥（Eusehbio）见到我《古巴华侨家书故事》书上印着这块手表，兴奋地说："啊，这是我和 Fernando 一起去找人买的！"

何塞·马蒂

哈瓦那何塞·马蒂纪念碑

何塞·马蒂（José Julián Martí Pérez, 1853—1895）的纪念碑在哈瓦那。

古巴独立先驱何塞·马蒂于1853年出生在哈瓦那，父母都是西班牙人。从儿童时代起，他对不合理的事情、压迫和专制就表现出叛逆的精神。15岁读大学时，他创办了革命报，发表了许多炽热的爱国诗篇，同时支援丛林里的游击战士。16岁被捕并被罚做苦役，后来被流放到西班牙。在西班牙，他继续为古巴的独立不懈地奔走呼吁，同反动、专制主义分子进行辩论，并于1873年写了《古巴的政治囚禁》，对殖民政府的罪行进行了有力的揭露。1887年10月10日，何塞·马蒂在纽约向古巴人发表了富有战斗精神的演说。他团结和组织古巴人为古巴独立的最后战役做准备。1892年4月10日，古巴革命党宣告成立，何塞·马蒂当选代表，负责党的最高职务。1895年5月19日，西班牙军队袭击戈斯麦和马蒂在东方省多斯里奥斯的军营，何塞·马蒂在战斗中阵亡，他是古巴公认的英雄。

马蒂在古巴、拉美乃至世界文学史上占有重要位置，是拉美现代主义的开路先锋，他的诗篇《伊斯马埃利约》《纯朴的诗》和《自由的诗》，他的散文《我们的美洲》《美洲我的母亲》《玻利瓦尔》等在古巴和拉美脍炙人口。

快乐的哈瓦那女学生　黄炼 摄 (2014)

20. 退休金仅可糊口

1968 年 8 月，与上封同寄，航空信

卓才吾儿：

　　六月九号发来手札妥收，勿念。兼有照片两张，小孙雅凡聪明听教训，亚炼康健肥硕可爱，无限欢喜。

　　我的退休金由古巴政府发给，每月四十元，仅可糊口。如买多少黑市货，就无法应付。对于

两岁的黄炼

　　在社会环境严酷、物质缺乏的年代，孙女苗壮成长，远在古巴的爷爷多么高兴！

航空信（撕裂）

1968 年 8 月，与上封同寄。

粮食物质方面，算今年最为严重。

　　我收到你信，停了两个月未能答复……（撕破）游客身份回国观光。他们说当然有权参加，你是本会馆主要职员之一。当时缮就一申请公函，呈交湾京中华总会馆，至（直）到现在未见答复。此事是否成功，未敢决断。

　　不久（前）又见侨汇处通告，今年侨汇经古巴批准每人可汇一百四十元，昨经申请寄出，到时查收。请交三十元平姨收用，为要。

　　我经将你申请信写妥，你可随时向有关部门申请。如达目的回广州市工作较为方便。如果申请游客观光没得到成功，自行另寻办法。

　　我日前仍在旧址居住，原因是房屋少罕之故。

1968 年八月廿九号父宝世字

这封信与上一封同寄，从内容上可以看出是收到我 6 月 9 日的信和照片后立即补写的。

父亲说"小孙雅凡聪明听教训，亚炼康健肥硕可爱，无限欢喜"。他不知道，那灾难深重的年月，我们在自身难保的逆境下，一方面要教育孩子不能学坏，另一方面要保证营养，让他们长好身体，实在不易。特别是我妻子，趁学校停课这段时间，大养其鸡，天天有鸡蛋给孩子吃，每隔一两个星期就宰一只鸡给全家补补身子。女儿长得胖乎乎的，天真活泼，这是妻子的功劳。

姨母见我们太"忙"，请姑婆从家乡来帮我们料理家务。姑婆脾气好，疼孩子，懂农活，能吃苦，与我们同心同德共渡难关。尤其是我在"牛栏"的日子，妻子或姑婆带着阿炼，每隔三五天就给我送鸡汤。几个月后重获自由时，我体重竟然增加了十多斤，这就是患难夫妻互相支持创造的奇迹。我女儿当时才两岁，每次来送食物，总是踮起脚跟，把饭盒高高举过头顶，才够得着递上我的桌面。每次，她都用稚嫩的声音说："爸爸，回家吃饭！"不仅是落难的"牛鬼蛇神"，就连那些农家出身的红卫兵听了，也无不动容。有一次，我和"牛鬼蛇神"们在教工宿舍附近的菜地收割椰菜，女儿站在水井边，穿一身"阿妈耕"[①]（土织粗布），远远呼喊"爸爸——回家吃饭"，其情其境，凄婉幽怨，永成经典。

父亲信中谈到他的退休金。他所经营的是"个体"商店，早几年已列入古巴政府没收的计划，能够坚持到 1968 年，算是"大命"了。后来支撑着《光华报》的总编辑冯啸天，20 世纪 50 年代初受叔父之邀来到古巴。来的时候，身上只有两块美元，十年之后有了四个工厂。一个发迹的神话，1968 年破灭了。所有私营企业收归国有，冯啸天失去了一切。[②]父亲自然也难逃此劫。失去了唯一的生活来源，只有依靠每月 40 元的微薄退休金艰难度日。这点钱，"仅可糊口。如买多少黑市货，就无法应付"。而由于粮食等生活物资的缺乏，在这一年到了"最为严重"的地步，不得不到黑市去买点吃的。一个 70 岁老侨环境之恶劣、生活之艰难，可以想见。

而我这边，处境更坏。我的工资被降到每月 20 元。这是仅够个人吃饭的钱。而妻子 48.5 元的工资，还要分出一点支持生活也很拮据的娘家。如果没有父

---

① 阿妈耕，四邑地区过去一种粗布的名称。这种布用手动织布机织成，以山果薯茛染成黑色。耕，意为织。

② 龙应台．这个动荡的世界·黄昏唐人街 [M]．汕头：汕头大学出版社，1998.

亲的侨汇，孩子真要喝西北风了。好在当时古币在中国还值钱，与美元同价。父亲寄来140元，除分给姨母30元，我们的110元换成人民币就有200多元。

半年后，我"解放"出来，月薪恢复到55.5元，补领了几个月被扣压的工资，又有200多元。这样一来，生活就过得不错了。父亲退休金只有每月40元，他寄回来的却是140元，相当于三个半月的退休金。父亲自己"仅可糊口"，却仍然如此慷慨支持我们、关怀儿孙，世界上有多少这么好的父亲和爷爷呢！

父亲回国的愿望越来越迫切了，他"缮就一申请公函，呈交湾京中华总会馆"，但两个多月过去了，未见答复。实际上，这时候因为卡斯特罗继续公开批评中国，中古关系再趋紧张，中华会馆也无能为力了。

尽管个人处境艰难、身不由己，但我仍设法多方打听古巴华侨回国的门路。我了解到，需要有关部门出具证明，证实我有赡养老人的能力。我当即向学校的、中山县的"革委会"和侨务局等有关部门提出，直到上书外交部，请求帮助。外交部把我的信转到国家侨委。侨委答复："有关你父亲问题，请就近向中山县侨务局了解。"皮球一脚踢回当地，这很令我失望。

华侨事务委员会复函

中华人民共和国华侨事务委员会
（68）外三群第042号

黄卓才同志：

　　你给外交部的信转来给我们处理，有关你父亲问题，请就近向中山县侨务局了解。此复

　　中华人民共和国华侨事务委员会
　　来信来访办公室（印）
　　一九六八年三月十九日

巴拉德罗附近小镇拖拉机上的小伙子和姑娘们见到中国游客，
笑逐颜开，齐声欢呼："中国！中国！" 笔者 摄（2018）

21. 望眼欲穿

1969 年 1 月，寄到中山纪念中学，航空信

素梅贤媳：

我望眼欲穿，至昨尾月三十一号收到你的来信，知道你们在家每个（人）
康健如常，感觉无限快慰。

说及卓才有事在身，无闲执笔，我料想下乡劳动，改革文化教育，促进生产，
我在古巴常见报纸记载。

我上次向你们报道，我曾经用游客身份申请回国观光，前后过了六七个月，
未能得到答复。至上年九月间又亲身出湾京查问。据他答复，目前关于回国
观光事，业经古巴政府限制了，每年只许二三个人回国。我远在（外省）城市，
我想甚难等到机会。

同时得到黄增明兄的指示，另行申请老人资格回国，现经办妥手续，只

123

航空信

1969 年 1 月，寄到中山纪念中学。

需轮次起程，我料最快用年余的时间。增明兄系台东大亨村人，去年十月初旬搭货船回国，不久或可抵步。其家人迁居广西省南宁居住。你下次来信千祈叫卓才向广州人民法院申请老侨回国证明寄来，俾得更为妥善。其申请大意谓我父亲在古巴年老，无能操作，我同意他回国已（以）渡（度）晚年。他回国及一切衣食住我完全负担责任等等。同时还有好办法，你写一公函寄交中国驻古巴大使馆李善一代办，其大意与上同，请求他用迅速办法着老人家回国团聚。

我日前身体安好，勿念。

予宝世

一九六九年正月十日

1969 年初，父亲之所以给"素梅贤媳"写信而不是写给我，之所以"望眼欲穿"，是因为正如素梅去信中透露的，我"有事在身，无闲执笔"。父亲根据古巴报纸的报道，猜测我"下乡劳动，改革文化教育，促进生产"。他万万没有想到，这么年轻的儿子、在"红旗下长大"的"新型人民教师"，

124

竟然也会被打入"牛栏"批斗，经受着人生中极为严酷的历练。

宋朝诗人陆游有一首《得子虞濠上书》，将自己收到儿子家书时的喜悦心情表达得淋漓尽致："日暮坐柴门，怀抱方烦纡（yū 迂）。铃声从西来，忽得濠州书。开缄读未半，喜极涕泗俱……"大意是说，傍晚时分，我独自坐在门口，心中正当烦恼郁闷，忽然接到儿子从濠州寄来的家书。打开信，还没读到一半，已经高兴至极，以至涕泪纵横……我想，我的信也一定曾经让父亲有过这样的感受。而现在，父亲"望眼欲穿"等不到我的信，该是多么的焦急和失望！

我想，也正是这种望眼欲穿的无奈等待，加强了父亲回家团聚的决心，回国的愿望越发迫切了。他申请以游客身份回国，数月未见答复，就亲身到"湾京"哈瓦那查问。他见此路不通，又按朋友的指点，以"申请老人资格回国"，并"办妥手续"，以为"只需轮次起程""料最快用年余的时间"就可以回国。后来的事实证明父亲过于乐观了。他叫我向广州人民法院申请老侨回国证明寄去，写一公函寄交中国驻古巴大使馆李善一代办。办法具体而可行，但我当时有如笼中之鸟，插翼难飞，就连写信、写证明之类的事情，也要等待机会才能去做。急于回国的父亲百般努力仍然无效，而我又不能助他一臂之力，实在深感愧疚。我感到有两只有形无形的巨手，紧紧地压抑着我和父亲。使我俩都不能动弹。

父亲信中说增明伯"去年十月初旬搭货船回国，不久或可抵步"。这个"不久"，屈指一算，其实是三个月啊！七老八十的华侨老人，在大海上迎风击浪、飘摇晃荡 90 多天，身体能够承受得了吗？即使有机会让你乘搭，你行吗？细想之下，真觉得可怕。

这一年的春节，也许是最寒冷、最痛苦的。不但一家人无法团聚，而且有苦难言，只能把苦水往肚里吞，这是多么残忍的精神折磨！

"文革"中还有一件与古巴有关的事，就是格瓦拉崇拜。1967 年 10 月，他在玻利维亚牺牲，很多红卫兵以格瓦拉为偶像。这件事如何理解，2002 年 10 月 9 日《北京青年报》文章《切·格瓦拉——魅力长存的传奇战士》有此一说：

……国际范围内"格瓦拉热"几十年不衰，比格瓦拉本人的胜利和悲剧更值得人们思考。如今，在我们这个喧闹的世界上虽然物欲横流，人们需要物质利益，然而对美好精神境界的追求却没有泯灭。只要社会还存在着压迫和不公，切·格瓦拉那种为解放苦难者不惜献身的精神便永远会受尊崇，众多青年人仍会高呼着："切！切！"

古巴华裔名人：吴帝胄

黄卓才

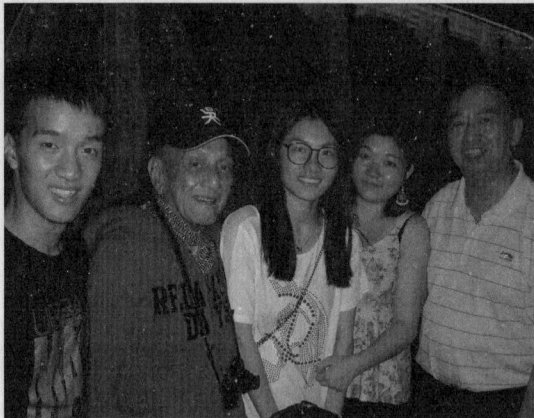

吴帝胄与巧遇的大学生合影留念

2014 年 5 月，80 多岁的吴帝胄回乡寻根，受到广东省侨办的热情接待。晚上，兴致勃勃游览海珠桥。这是在桥上与巧遇的大学生合影留念。

吴帝胄（Pedro Eng Herrera），八旬长者，在古巴华裔中知名度很高。其父亲为广东新会人，母亲西班牙裔。他早期参加革命，一直是格瓦拉的崇拜者，也景仰孔子、关公、孙中山。他既是画家，又是民间历史学家，与加西加（Mauro Garcia Triana）合著《华人在古巴：1847 至今》（*The Chinese in Cuba1847—Now*），此书 2009 年在美国出版。

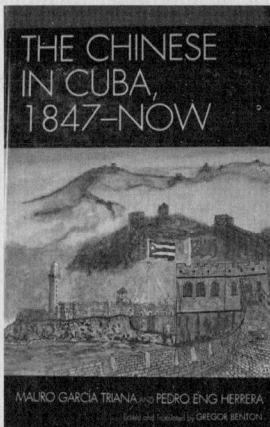

吴帝胄作品

左图：吴帝胄侨史代表作《华人在古巴：1847 至今》（英文版）。封面是他的漫画《古巴 - 中国》。 笔者摄

右图：吴帝胄家的墙壁成了他以自己的绘画宣传古巴革命历史和华侨史的阵地。胡其瑜摄 （2013）

22. 勿过分悲观

1969 年 4 月，寄到中山纪念中学，航空信

二月十五号发来手札，内夹小孙雅凡近照，经妥收，勿念。小孩子长得精神奕奕，令人可爱，感觉无限欢喜。

谈及你目前处境和遭遇，勿抱着过分悲观。深知住在社会主义国家里头，每个国民要为国家服务，是少不免的。所得薪金，足够家用便可，无需（须）争取多多金钱，又不能买到洋楼和田地，须（虽）有百万资财等于无用。况且你夫妇二人身怀才干学识，时刻争取机（会）就可能解决你的生活。你须知外面生活程度高得非常利（厉）害，所赚到一千几百元薪水，结月计算，毫无所存。我几十年留在海外，所得较为彻底。你在祖国，妻子朝晚相见，何等快乐。总之，俗话所讲，在家千日好，出外时时难。

5 岁半的黄雅凡

这就是寄给爷爷那张照片。5 岁半的孩子，有一群天真烂漫的小伙伴。阿红等到我家里来玩，他十分大方地把妈妈放在床底下的皮蛋分给大家吃。

关于我回国一件，前函经已报告过，无须再述。我迟下或出湾京一行，兼拜访锡棠兄和有关部门。只因日前湾京对于衣食住交通产生问题，三几天就要回埠。

前信嘱在国内司法部申请证明书较为妥善。这样办法，我为慎重起见，

127

航空信

1969 年 4 月，寄到中山纪念中学。

我上次申请没有交出证明书。事因当时填写的时候，还有本姓兄弟黄坤传兄在此当职，所以通融办理。你如有时间，写一公函寄到中国驻古巴大使馆，催促他寻求办法，早些着我老人家回国团聚。

现闻今年度侨汇不久进行办理，到时定必给你达知。

此致

卓才吾儿收看

今年侨汇照旧址付上，祈注意。

宝世上

一九六九年四月二十五早

收到这封信时，我已经获得"解放"并且重新登上讲台。

重新登上讲台，恍如隔世。不知是谁立下的规矩，每堂课开讲之前，教师照例念一段"最高指示"。我觉得非常可笑，完全是形式主义，第一次上课就没有循例。学生非常吃惊，以为我是忘记，或者不懂规矩。第二次上课，我依然如故，虽然军宣队、农宣队派人坐在后面听课、监督，我也置之不理。学生的反应各异：大多数向我投来赞许的目光，也有胆小怕事的在课间悄悄提示："黄老师，你忘记念最高指示……"他们为我担心，但我告诉他们："我整个讲课贯穿唯物辩证法，没事！"

这种执拗可能留下了后患，不久后我被调走，就是一个印证。

儿子雅凡已经五岁多，他在"文革"中生存、成长，实在不易。但他就像一株顽强向上的小树，在风风雨雨中茁壮地成长起来。我把照片寄给父亲，他见到小孙子"长得精神奕奕，令人可爱，感觉无限欢喜"。

40年后，2004年11月，"文革"时期中山纪念中学的上百位教工子女和家长从各地回到校园，举行"寻找远去的家园"聚会。黄雅凡在加拿大忙于科学研究工作未能赶来——他当时是加拿大生物工程公司副总裁兼首席科学家；在美国当记者的黄炼也无法抽身，只有用电子邮件向当年的小伙伴致意。我和妻子前往参加，看见那些曾被风雨摧残过的"小树"，如今都成为社会栋梁，我感触良多，在会上朗读了一首赶写出来的散文诗：

四十年

——为中山纪念中学教工子女世纪大聚会而作

四十年前，山窝里有一丛小树。那么幼嫩，那么娇弱，却又特别葱绿、特别坚韧。那时候，叶子上总有雨露阳光关爱，树脚下还有肥沃的泥土。

激情满怀　张展　摄

四十年前，山村里有一群小孩，那么调皮，那么野性，却又十分聪慧、十分上进。那时候，村边的学校让他们耳濡目染，时光是他们最好的老师。

四十年过去了，小树长成了林木。虽有黄叶，虽有枝蔓，然而非常高大，非常挺拔。是啊，经受过风吹和雨打，山野终于承认它们的崛起。

少年不知愁滋味，四十年过去了，转眼就到壮年时。昔日的小伙伴或者"小冤家"，如今像蒲公英种子散布在四面八方。各有各的曲折，各有各的甘苦，也曾西窗剪烛，也有巴山夜雨，然而一个个都格外成熟、格外干练，人生并不缺少美丽和辉煌。是啊，经历过不懈的探索和艰苦的努力，他们终于可以自豪地说：我们为社会做出了贡献，地球村里也有了我们一个小小的立足点！

黄炼在芝加哥采访（2005）

这首小诗引起了台下的"小树"和他们的老师、家长的共鸣。事后，好几位女士告诉我，她们忍不住流下了眼泪。

当年的小树，如今已经长大成材。雅凡、黄炼的小伙伴后来有的从政，有的经商，有的出国……与会者每个人的脸上都挂满笑容。

但那时候，我的确悲观。我在去信中略略谈及自己目前的处境和遭遇，父亲劝我不要"过分悲观"。他说"深知住在社会主义国家里头，每个国民要为国家服务，是少不免的。所得薪金，足够家用便可，无需（须）争取多多金钱，又不能买到洋楼和田地，须（虽）有百万资财等于无用。况且你夫妇二人身怀才干学识，时刻争取机会就可能解决你的生活。你须知外面生活程度高得非常利（厉）害，所赚到一千几百元薪水，结月计算，毫无所存。我几十年留在海外，所得较为彻底。你在祖国，妻子朝晚相见，何等快乐。总之，俗话所讲，在家千日好，出外时时难"。

父亲这段话非常精辟，蕴藏着朴素的国民责任意识，以及他自己一直笃信力行的"知足常乐"人生哲理。使我想起苏联小说《钢铁是怎样炼成的》，想起我在语文课上讲授过的《我的一天》，以及作者奥斯特洛夫斯基的格言："人的一生应该这样度过，当他回首往事时，不因虚度年华而懊悔，也不因碌碌无为而羞耻。"现在重读，我更加感慨：社会变了，可以买田买地买楼买权了，有的人就为追求金钱而不择手段，贪得无厌，最后落得"人为财死，鸟为食亡"的下场，实在可耻可悲。

我在写给父亲的信中，只吞吞吐吐地说了一点苦衷。以致令父亲误以为我追求金钱、田地。其实，我十分愿意做普通劳动者，按当年的流行语，就是一枚螺丝钉。只是现实令我困惑、迷茫，无所适从。有一次回到暨南母校，听说我的一位古典文学老师已经把全部藏书当作废品卖掉了，这引起了我极大的震撼。实际上，我当时对局势的确相当失望。今后能否再当老师，实在毫无把握。我甚至已经为自己设计了后路——以我的生存本领，第一是开个摄影店，我的摄影技术还算过得去，附近农村小镇并无高人，开个小店亦可养家糊口；第二是当理发匠，那时人们不讲究发型发式，剪短、剪齐就行；第三是做补鞋佬——烧红一条铁棍，把塑料鞋粘好，我行。

父亲说"在家千日好，出外时时难"，这是他和所有老一代华侨的切身体会。他们不畏艰险，勇于闯荡世界；但闯累了，又不免想家，这就是华侨怀恋故土的原因。父亲这样说，还有一层用意是不想让我出洋，去吃他吃过的苦。他希望我在社会主义的祖国好好为人民服务，为国家服务，父亲的思想境界不可谓不高。只是他不能了解我当时的困境。哎，千山万水隔不断父子情，却令我们无法尽诉心曲，这不就是侨眷的痛苦、侨胞的不幸吗？

为了回国，父亲想尽了办法，试探过多条渠道，还常到首都哈瓦那去走动，拜访亲朋好友，造访有关部门。"只因日前湾京对于衣食住交通产生问题，三几天就要回埠。"这种困境，与我们当时到城里去办事的情况差不多，比如要排半天甚至通宵长队才买到一张车船票，带着粮票还要站在桌边等候许久才能吃上一碗饭之类。那种日子，让人觉得很不是滋味，没有亲身经历过的年青一代一定很难理解。

著名诗人艾青说过："人间没有永恒的夜晚，世界没有永恒的冬天。"我希望他说得对。

古巴华裔名人：蔡国强将军

原名阿曼多蔡（Armando Choy），中文名蔡国强，祖籍广州番禺区。蔡将军1934年生于古巴，是古巴第二代华人。父亲叫蔡秩序，1918年移民岛上，母亲是当地白人。蔡将军是古巴革命史上著名的"七二六运动"的元老，也是古巴共产党创党人之一。他1955年加入卡斯特罗的组织并参与"7·26"革命；1958年提升为起义军军长第二军衔将军；1960年至1963年在古巴中部山区参与剿匪战争；1961年4月美国中情局支持古巴反共流亡人士登陆古巴猪湾，在海滩遭痛击，蔡氏"围剿"有功。1976年晋升准将。1980年到1983年担任古巴某自卫队及空军部队领导；1986年末至1992年担任佛得角大使；1993年担任哈瓦那港口运输部代表；1998年起担任哈瓦那港湾及其流域的卫生、保护及发展集团主席。蔡将军曾任Chu Wah主席，致力于引导并配合古巴国内的中国团体、中国协会的工作。曾任古巴中华会馆副主席。

1952—1953年，蔡国强在圣克拉拉父亲的商店工作

1958年底，阿曼多蔡（右二）与战友在福门托

大萨瓜火车站 笔者 摄（2014）

当年作为古巴中北部工业品和农副产品运输枢纽的大萨瓜火车站因能源短缺已经长期废弃。

23. 关注祖国新闻

1969 年 5 月，寄到中山纪念中学，航空信

卓才吾儿看：

前一个月给你的一封信，料必收到了。所说定然了解一切，无须再述。我迟下想往湾京一行，顺访传丁公子及其他朋友。但目前古巴对于交通食住发生问题，没有要事不能容易过埠。

关于我上几个月的康健问题，血压高至二百度，经医生检验后服药计（戒）口，已恢复原状，勿念。

现观祖国新闻，关于文化革命迅速推动之结合改革教育，将志（知）识分子调动，将来情况如何，请来信报告为望。

早日古巴侨汇已经实现，我即刻进行汇寄。今年准汇一百五十元，到步

航空信

1969 年 5 月，寄到中山纪念中学。

查收，以应家需。

　　顺祝

合（阖）家平安

　　　　　　　　　　　　父宝世字

　　　　　　　　　　　　一九六九年五月廿日付

　　"想往湾京一行……但目前古巴对于交通食住发生问题，没有要事不能容易过埠。"父亲重复了上次信中说过的话。我设想，情况大概与我们这边差不多。当时我们外出也不容易，除了要请假，还要写证明，才能乘车船、

134

住宿，吃饭必须用粮票，还要排长龙。后来从归侨中得知，古巴比我们这里还差。比如乘车往湾京哈瓦那，因为汽油极其缺乏，所以要申请登记，排队轮候，即使获得批准，通常也要等一两个月，甚至更长时间才能轮到。这真是令人举步维艰。

遗憾的是这种情况一直延续太久。以前，我父亲可以从大萨瓜乘火车经省城圣克拉拉到首都哈瓦那。2009 年，到访的刘博智教授遇到的情景是，机车坏了，铁轨生锈了，路基长草了，火车站关闭了。他们与其他外国游客一样，从哈瓦那去圣克拉拉，要出 50 多红比索（1 美元兑 0.8 红比索）的高价，乘古巴人坐不起的大巴，277 公里跑了 4 个多小时。而从圣克拉拉到大萨瓜，连这种高价车也找不到，只有花更多美元乘坐出租车，车旧路差，45 公里要走1 小时。

2004 年，我来到"湾京"哈瓦那，见到街上行走的主要是老爷车、马车。我感到它时光倒流，这个曾经的古巴"小巴黎"失去了往昔的风采。但西方游客却喜欢租老爷车、马车游玩，宣泄怀旧之情。来到大萨瓜，看到大萨瓜

笔者与林飞龙长子林玉明夫妇在"林飞龙与诗人"展览会上　小飞鱼 摄（2016）

展览现场，暨南大学华侨研究院研究员黄卓才刚刚看到林飞龙的照片，就激动得不能自已。这位长者的父亲当年在古巴大沙华与林颜是邻居，林颜能识文断字，经常帮人写信，还被人尊称为"书记"。

大铁桥已经失修，与50年前父亲寄给我的照片迥异。铁路和火车站更破旧荒凉，机场也长满野草……我才真正读懂古巴"衣食住交通"产生了什么问题，才理解与中华总会馆主席伍迎创先生在洪门民治党餐厅和侨领们一起吃饭时，他反复三次对我说的话："你父亲真的不容易。"

父亲身体每况愈下，血压有时高到200，令我们十分担忧。他毕竟已经70岁高龄了！想起来实在惭愧，父亲是那样爱我，而我却没有机会给他斟一杯茶，递一杯水，尽不到做儿子的一点责任。而也许正是这样，不求回报，才显示出父亲的伟大。

父亲读报，知道国内"文化革命迅速推动之结合改革教育，将知识分子调动"，他比我更具政治敏感，似乎更早意识到我将会被调动。

父亲身在古巴小城，不但关注祖国新闻，胸怀天下，信息灵通，而且朋友众多，人脉繁盛。光是这40多封家书中提到过、可以委托办事的，就有十多位，分别在哈瓦那、美国、秘鲁、菲律宾、中国香港、南宁、广州、台山等地。而他的个性和善宽厚，又富于亲和力与凝聚力，身边的乡亲、生意伙伴、唐人朋友、西人朋友，那就应该更多。父亲一定还认识林飞龙（Wifredo Lam, 1902—1982）。这个世界级名人、超现实主义大画家儿时常常到中华会馆去玩，黄宝世一定欣赏过他的作品，去过他家。

2016年5月，"林飞龙与诗人"画展在广州二沙岛广东美术馆举行。开幕式上，我有机会与大师的儿子林玉明及其妻女交流。得知林飞龙、林颜在大萨瓜与黄宝世可能是邻居，非常兴奋。美术馆的工作人员立即招呼《羊城晚报》记者来采访、照相。可惜的是，因资料不足，我还未能帮他们找到林颜的故乡，寻到自己的根。

广东美术馆展出林飞龙作品之一　笔者 摄

世界著名古巴华裔画家林飞龙和他的奇人父亲

林飞龙在思考

102 岁的林颜

林飞龙（Wifredo Lam，1902—1982）出生于大萨瓜。古巴历史上最伟大的画家，也是第一个赢得国际声誉的拉丁美洲画家。他从小就显露出艺术天赋，由当地的镇政府出资去欧洲留学。三任太太分别是西班牙人、德国人和瑞典人。林飞龙与毕加索亦师亦友，画风有好些相似之处，可以说他就是古巴毕加索。

　　林飞龙在古巴是国宝级人物，在家乡大萨瓜有林飞龙纪念公园，首都哈瓦那老城则有林飞龙艺术中心。他生平足迹所至的法国、西班牙、美国等地都曾雁过留声。他的作品除被私人收藏外，哈瓦那国家美术馆以及巴黎、马德里、柏林、阿姆斯特丹、纽约、横滨等著名艺术馆也有收藏，台湾还举行过拍卖会拍出高价，证明林飞龙在世界各地的确有许多知音。遗憾的是，他从未到过中国。

林飞龙的父亲林颜(Lam yam, 1814—1926)是个奇人。80多岁高龄时，他娶了一位20多岁的当地年轻姑娘安娜·赛拉菲娜（Ana Serafina），一个西班牙人、古巴土著印第安人和非洲黑人的混血后裔。林颜是广东人（Lam就是广东话的"林"），先到美国打工，中年辗转墨西哥，然后定居古巴大萨瓜经营小商店。他常帮人写信，被尊称"书记"（秘书）。他84岁时与安娜生下林飞龙，108岁因飞机失事去世。

《丛林》欣赏

据曾长生所著《林飞龙》介绍，《丛林》是林飞龙1942年至1943年所作。许多艺评家都认为这幅曾在纽约现代美术馆挂在毕加索《格尔尼卡》旁边的作品是林飞龙的杰作，令所有第一次看到它的观众都叹为观止。《丛林》的迷人之处主要在于其韵律感，它跳跃在垂直线与斜线之间，闪动于似叶柄的腿脚之间，观者的眼睛被无声的鼓声节奏所袭击，传到观者耳朵的鼓声，一如热带雨林中那令人窒息的热浪。

随之，观者会察觉到幽灵在森林中，似乎有四只生物出现于背景的植物中，形同一篇模仿诗篇，他们的腿似叶柄，乳房似厚实的热带水果，臀部似南瓜，脸蛋似满月……

《丛林》是彩色作品，有兴趣的读者请参看网上资料或河北教育出版社《林飞龙》一书。

林飞龙代表作之一《丛林》

138

哈瓦那交通一瞥 黄雅凡 摄（2005）
出租汽车、马车和人力车同时在
哈瓦那的大马路上行驶，是常见现象。

24. 回国观光非常困难

1969 年 8 月，寄中山纪念中学，航空信

卓才吾儿看：

来信详悉一切，报告中说及你目前环境转好，得闻之下，我非常高兴。说及有些不幸遭遇，我以为是政治问题，你随时随地小心考虑被（避）免麻烦为要。

关于降压药品本（地）方可以买到，无须耗费手续。

今年五月中旬出湾京一行，顺访传丁伯令公子锡棠，畅谈良久（方才）告别。

关于回国观光事情，非常困难。我申请以老侨资格回国，时候（间）临近一年，我曾向有关方面人员询问申请老侨回国实数有若干，谓目前数达六百余人。今年老侨回国甚少，事因货船少到，或没有床位的借口。须知中国货轮来古，船上工人五十名，倘若只来四十名，余十名的床位就是老侨回

139

航空信

1969 年 8 月，寄中山纪念中学。

国的搭载。据办事人称，虽然申请了有六百名老侨，相信没有半数可能出口。
事关老侨起码（各）个个有六七十岁，身体不甚健全，五六十天航行实难挨受。

关于证明书，你可放弃办理。闻古巴老侨直接向总会馆申请，不需证件，
但轮到回国的时期，领馆通电祖国的家属负责人，回到祖国保障老人家生活，
就可起程。

我身体如常，勿念。

予宝世上言

1969 年八月十二日发

父亲信中说我报告环境好转，以及此前"有些不幸遭遇"，他立即意识
到是"政治问题"，准确地说，是当时的政治环境问题、大气候问题。在"文
化大革命"那样的狂风暴雨中，不要说我们这样的草民难逃一劫，就连位居

国家主席的政要、功勋卓著的开国元帅等等，也无以自保。所以我所受的苦难，不是个人的不幸，而是时代的不幸、国家的不幸、民族的不幸。好在风暴很快过去，虽然阴霾未散，但晨曦已经从远处露出脸来。

回想那些艰难困苦的岁月，有时我感到懊恼，为什么人生会遇到一个接一个的灾难，而且偏偏让我碰上？但有时，也会为自己能够避过风险而庆幸。记得有一次，在学校礼堂的"批斗"大会上，一个姓李的同事（教师），原是我们同一个"战斗队"的"战友"，突然站起来"揭发"我，说我和几个本派群众组织的"坏头头"昨天开过一个"黑会"，会上我说了些什么什么……年少无知的红卫兵们情绪激动，高呼着"坦白从宽，抗拒从严"的口号。我没做亏心事，自然处变不惊，等"革命群众"声嘶力竭之后，我才开腔："请问，你这是听谁说的？"那人嗫嚅着："不，不是……"他不敢正视我。我乘势追击："那么，你也在场啦？"台下爆发出一阵笑声和嘘声……"批斗"会开不下去了，主持者只好宣布散会。这个叛徒原想以此"划清界线"，讨好得势者，谁知"偷鸡不着蚀把米"，落得个灰溜溜的下场。自此之后，我似乎受到了红卫兵的尊重，军宣队、农宣队对我也比较客气了。事后听说，这是因为军宣队的队长说了我一些好话之故。智斗的胜利让我明白了一个道理：一味退让，乱吃"死猫"，并不是好办法；只有避其锋芒，坚持原则，才能保护自己。

父亲血压太高，令我忧心忡忡。我在给父亲的信中说，想请舅母从香港给他寄降压药。父亲说，"无须多费手续"，因为当地"可以买到"。我将信将疑，但后来父亲来信进一步说明了当地的医疗卫生条件不错，我才放下心来。

父亲又到首都去了一趟，还是为回国的事去活动。

此行令他深感"回国观光事情，非常困难"。他详细说明了所了解到的情况，描述了古巴老侨有家归不得、有国不能回的痛苦处境，字字是血，句句是泪，我读着读着，不禁默默垂泪……

回想读大学时，我曾随暨大师生的队伍到黄埔码头迎接印度尼西亚难侨，曾与文学社的同学到花县华侨农场去访问东南亚归侨。我了解到印度尼西亚排华的惨状，一个个华侨家庭几十年或几代人起早摸黑辛勤劳作的成果被无理剥夺，毁于一旦，觉得他们非常不幸。但毕竟，他们尚能得到祖国的救助，回归故里，总算有个安身之地。特别是那些华侨学生，我的中学、大学同学，他们有了学习的机会，有的在毕业后还得到了很好的发展。相比之下，古巴虽然并不排华，但因老侨的店铺已被没收，生活来源被切断，只靠微薄得连吃饭都成问题的退休金过日子。他们孤独无助，有家归不得，七老八十还犹如孤雁漂泊他乡。父亲信中叫我放弃办理回国证明书，说他听闻"古巴老侨直接向总会馆申请，不需证件"，后来的事实证明，这一传闻并不确切。我当时已经决定继续办理。

归国之难，堪比蜀道！

延伸阅读

古巴老华侨余景暖回乡

2004 年 7 月，在古中两国政府的资助下，余景暖随三人组成的古巴老华侨回国参观团回到了家乡。他第一次回中国时，在家乡建了一间新房子。1950 年，刚解放的新中国，百业待兴。为了改变家庭的困境，时年21 岁的余景暖决定出国谋生。他挥泪告别结婚三年的妻子，告别不满周岁的儿子，就走出了家门，先在新昌乘船"新兴号"去广州，后取道香港辗转到了父亲的侨居地古巴。到古巴后，他一边在父亲的杂货店当帮手，一边到当地学校学习西班牙文。父亲过世后，他参了军，退役后在内政部保安部门当差。

生活迫使他在古巴又另立家室。1991 年退休后，余伯的思乡情越来越浓，回家的心愿也越来越迫切。在半个世纪的日子里，他无时无刻不在想念故乡的妻儿，即使梦中也闻到故乡的泥土芬芳和荷花清香。如今，54 载的回家梦终于圆了。

古巴老侨回乡与妻子相拥而泣

（节录自广东侨网，关小琴文 / 图）

五十圩广芝林旧址　黄鹄 摄（2011）

在华侨经济发达年代，台山五十圩有普济医院和妇产科、牙科、中医等多家诊所，中西药店也有广芝林、杏和堂等好几家。广芝林是五十圩最大的药店，它占有两个铺面。当年父亲可能曾在该店打工。

照片上，楼顶"广芝林"的招牌在半个多世纪后的今天依然可见。

25. 鼓励研究学习

1969 年 8 月，与上封同寄，航空信

素梅：

六月八号给我（的一）封信经收到了，毋（无）须挂念。同时知道你们大小均安，觉得无限快慰。

你说对于高血压多服夏枯草和猪笼草，古巴没有出产。其他西药专治高血压有许多种类，我时刻购买，有一定的准备。我须（虽）然染有些少血压高，我感觉没有影响我的康健。对于食品如刺激食物，我特别注意。我青年时代确有多少中药知识，在祖国中药店做了八年工。过去几十年，大部分忘记了。你对医疗方面有了认识，有了基础。你是年青（轻）人，费多些时间研究学习，进一步，将来一定会成为一个医师。任何人有了技术，对于生活问题，就可无形中解决。

关于古巴学习医生，期限为六年。在学期过程中还要下乡劳动，或到不同医院经常临症，博得多多的经验。六年期满经考试成绩高超，方能发给执照，

143

航空信

1969 年 8 月，与上封同寄。

由政府调到某医院服务，每月薪金约二三百元，但不能有私自在住所诊症的权利，是为政府的禁例。本埠建立大规模医院，楼高六层，工作人员二百余人，每日诊症人要摆长龙，有时需要几个钟头，然后轮到。而且医药缺乏，我上几个月到眼科室检验，需配眼镜，到现在仍未有眼镜交来。物质缺乏可想而知。

我目前身体安好，祈勿念。

予宝世上言

1969 年八月十二日发

父亲这封信是给素梅的回复，谈及身体健康状况、医药知识及古巴医疗卫生事业的状况。

素梅这时的处境比我稍好一些。校医尚未恢复工作，校医室就靠她和一个卫生员支撑着。全校师生的看病开药、治疗小手术、打针护理等全包。此时全国兴起中草药运动，中山纪念中学的新任"革委会"主任又是原卫生局局长，新官上任三把火，第一把是在全校各班开设中草药课程，亲自带领师生上山采草药。作为校内唯一在职的医疗卫生人员，既要看病，又要上课、辅导学生采药、制药，素梅肩上的担子大大超负荷。她希望有进修学习的机会，但在当时人手紧缺的情况下，这只能是梦想。她写信询问古巴医疗卫生教育的情况，也是为了多了解外面的世界。

古巴革命胜利后，一直推行全民免费医疗、免费受教育等社会保障和福利制度。据肖枫、王志先《古巴社会主义》（人民出版社，2004）书上说："这体现了'社会公正'和社会主义的'优越性'，是古巴引以为自豪的社会主义成就，也是古巴具有吸引力和凝聚力，能够在严峻形势下傲然屹立不倒的重要原因之一。然而，这一社会保障和福利体系也有超越了古巴现有经济发展水平和国家财政的承受能力，不利于激励劳动者生产积极性的一面。"这样，父亲所说的大萨瓜市一方面建大医院，另一方面则缺医少药、看病排长龙也就毫不奇怪了。

父亲信中谈到他年轻时在祖国中药店做了八年，有不少中药知识。可惜的是，到了古巴之后，他没有机会继续向中医药方面发展，但他经常运用这些知识给老乡、朋友看病、开方。父亲的商店和住处之所以成为华侨的聚集点和落脚点，这也是重要原因之一。

延伸阅读

今天的古巴医疗成就斐然

40多年的经济封锁，但古巴人在医学领域取得的成绩却令人钦佩。现在，古巴的婴儿死亡率低于美国，人均寿命则与美国持平。古巴在眼科、矫形术、生物工程等方面的专业技术水平超过了许多发达国家，并且对国民实行免费的医疗体系和高等教育体系。早在1982年，美国就在一份报告中承认，古巴的医疗体系不仅超越了其他发展中国家，甚至还可以与很多发达国家一比高下。

古巴有着几十年的医疗援外传统，长期开展医疗外交，陆续派出医疗队前往包括美国在内的100多个国家。2008年汶川地震，古巴派出30多名各科医生前来救灾，还运来3.5吨器械药品。古巴计划在中国建立6所眼科医院，现已建成3所。

（《世界新闻报》2007-08-22/ 文娜节选）

中医药在古巴

据有关文献记载，19世纪早期中医药就传入古巴，至今已有150多年的历史。19世纪末，针灸疗法被一位生活在哈瓦那以东的马坦萨斯省、名叫 Chen Bom Biam 的古巴籍中国医生引进古巴。此后，还有另外两位古巴籍的中国医生 Chi 和 Li 在古巴应用针灸和中草药为患者进行治疗。在古巴，有许多关于华人的美好传说都有着真实的背景。其中，关于中医生传奇医术的说法尤为动人。古巴人说"中国医生也救不了"，意思就是"无可救药"，这与日本人对六神丸的崇拜十分相像。

《古巴旅游指南》中有一个中国名医的故事：张医生1854年抵达古巴，四年后到哈瓦那行医。十二年后，他以包医百病、保一方平安而开始扬名，人称"张保平安"。穷苦人前来看病，他为人谦逊，心地善良，分文不取，还免费赠药。他在中国学过中医，对古巴当地的草药有深入的研究，知识渊博。他亲自上山采药，把草药捣制成汁或煎成药汤，药到病除，被称为"绿色的药"。

为了提高古巴中医针灸学术的水平，从1990年开始，中国应古巴政府之邀，先后多次派出中医专家为古巴培养中医高级人才数百名。这些中医专家在古巴期间，系统地教授了古巴学员中医基础理论、针灸理论、针灸治疗学等课程。其后，中古在中医药领域的合作继续发展。

《古巴旅游指南》中国旅游出版社出版

哈瓦那中国城天坛饭店 黄鹄 摄（2014）

26. 列强国家未敢轻易发动战争

1969 年 12 月，寄到广州龙津西路逢源沙地一巷 15 号，航空信

十一月十日发来手札经收到了。距离不过数天就是圣诞佳节，唯有古巴例外。政府宣布至来年七月完成千万吨的糖造（任务），然后举行庆祝大会。目前号召全民下乡割蔗，非常忙碌，是否达到数量不敢决断。对于今年未遇丰收，副食品奇罕。

关于世界战云密布，我以为是一种宣传性质。目前是原子发达的时代，任何列强国家未敢轻易发动战争，（因为）有消减人类的危险。对于祖国鼓吹民众备战备荒储粮促生产，这样措施无非针对苏联威胁。我每听到美国电台广播，时刻寻求和平，退兵越南，俾得西贡成为一个选举自由的政府，其他没有任何迹象。

报道小孙雅儿、亚炼伶俐趣致，我感觉非常欢悦。我回国问题，到时然

鸿雁飞越加勒比

古巴华侨家书纪事

航空信

1969 年 12 月，寄到广州龙津西路逢源沙地一巷 15 号。

后报告。我虽然是古稀之年，还能操作如常，请勿挂念。愿（希）望你们在家努力维持良好家庭，是所厚望。

小儿卓才看

父宝世上

（1969）尾月廿二日

　　圣诞节是西方国家一年中最重要的节日，假期比中国春节还长，人们往往利用这个长假充分休息，或外出旅游、探亲，"唯有古巴例外"。因为古巴政府 1966—1970 年执行第一个制糖业发展计划，定下了 1970 年产糖 1000 万吨的指标。为此，新增投资 3.34 亿比索，甘蔗田增加 35%，还引进了新品种，设计了新的收割机。政府宣布，到 7 月完成千万吨的糖造任务就举行庆祝大会。所以，1969 年的圣诞节期间，也要抓紧收割甘蔗。但劳动报酬太低，农民生产积极性不高，劳力不足，政府只好"号召全民下乡割蔗，非常忙碌"。父亲的观察相当深刻，他说"是否达到数量不敢决断"。

在中国，一方面"文革"像万花筒一般变幻莫测的形势使人无所适从，而另一方面战争的烟云又一阵紧似一阵地笼罩在国人的头上。3月，苏联军队四次侵入我黑龙江省的珍宝岛地区，打死、打伤我边防人员，制造严重流血事件，我边防部队被迫还击。这就是历史上的珍宝岛事件。而此时，越南战争继续升级，美国与北越的军队正在拼得你死我活……我们身在偏僻农村，消息来源只有每天半个小时的中央人民广播电台的《新闻联播》，以及公社广播站的本地节目。《南方日报》《农民报》信息量甚少，还不能当天到达；《参考消息》当时是一份内部报纸，只有达到某个级别的干部才能订阅。广州等大城市在加紧挖防空洞，农村则天天进行民兵训练。"备战、备荒、为人民"和"深挖洞、广积粮、不称霸"的标语口号遍布大街小巷，以至农舍的墙壁。人们神经紧张，孩子睡梦中也喊冲锋。正是在这样的背景下，我写信时问及父亲对世界形势的看法。

"关于世界战云密布，我以为是一种宣传性质。"父亲的回答见解独特，令我吃惊。他这样分析："目前是原子发达的时代，任何列强国家未敢轻易发动战争，（因为）有消灭人类的危险。对于祖国鼓吹民众备战备荒储粮促生产，这样措施无非针对苏联威胁……"真是一针见血！此时美国人民对越南战争已经厌倦，反战呼声越来越烈，父亲说"我每听到美国电台广播，时刻寻求和平，退兵越南，俾得西贡成为一个选举自由的政府"，这就是指美国民众的情况，"其他没有任何迹象"。父亲写下这个斩钉截铁的结论，三年后被证实完全正确——1973年1月，越南战争结束，中苏关系也有所缓和。

延伸阅读

陈兰彬为古巴契约华工说话

陈兰彬（1816—1895），字荔秋，吴川县黄坡村人。幼年聪颖好学，20多岁以优行贡京师，名噪公卿。清咸丰三年（1853）中进士，拔选翰林院庶吉士，充国史馆纂修。后来，改任刑部候补主事，长达20年。

清同治十二年（1873）秋，陈兰彬任留美学生监督期间，由于古巴大多数契约华工处于奴隶地位，遭受雇主的残酷奴役和虐待，迫于国内

中国第一任驻美公使陈兰彬

外舆论的压力，清政府对拉丁美洲的华工问题不能置若罔闻，所以派首任专使陈兰彬赴古巴实地调查华工状况。陈兰彬及其随行人员到达古巴哈瓦那后，即与古巴殖民当局进行谈判。接着，陈兰彬亲临古巴苦力收容所、奴隶发卖所、监狱和一些地方的种植园、制糖厂察看，收到1665名华工签名的共85封陈情书，听取了1762人的亲口供述。根据大量事实，写成了《古巴各城乡查讯各华工口供清册》。同治十三年（1874）夏，陈兰彬回国后，便向清政府提出了关于古巴华工遭受凌虐的详细调查报告，立即引起了国内外舆论的轰动。清政府不得不下令停止向古巴移入契约华工；同时，促使古巴宗主国西班牙与清政府于1877年重订了关于取消契约工制、改善华工待遇的《古巴华工条款》。1879年10月，中国在古巴首府哈瓦那设立了总领事馆，第一任驻古巴总领事由陈兰彬奏派刘亮源担任。另派陈霭廷任驻古巴马坦萨斯市的领事。刘亮源等人到任后，就华工受虐问题多次同古巴殖民当局交涉，迫使古巴当局将各地官工所拘禁的华工2000余人释放，并按照在总领事馆登记注册的华工名单共计43292人，不论契约期满或未满一律发给"行街纸"（通行证），承认华工人身自由和合法权利。对在1868—1878年古巴第一次独立战争中曾参加起义军的华工亦按《桑洪停战协定》第三款的规定给予自由。因此，1921年国民党《外交部公报》称：陈兰彬为"华侨痛苦解除不少，至今称道勿衰，旧时各埠老华侨会馆中陈氏得民心之深矣。溯古巴自有华侨足迹至陈氏首次来古，其间二十有六年，前此侨工有已满身而不能领得满身纸者，借陈氏折冲之力，一一恢复其自由，其后无复有卖身佣工之风气"。陈兰彬为维护华侨利益竭尽全力，华侨不会忘记他。在吴川市陈兰彬故乡建有纪念馆，其故居也得到保存。

（广东省吴川市政府网）

格雷拉小镇的街心公园，高高竖立着古巴英雄马蒂的塑像。1847 年第一批中国人到达古巴，就在雷格拉港口上岸　笔者 摄（2014）

27. 在社会主义国家

1969 年 12 月，与上封同寄，航空信

素梅：

　　来信报道一切，深知你们年青（轻）人追求深造，对于医学上蒸蒸日上，令人欣佩。知须（须知）在社会（主义）国家里头，一切由政府栽培，任何事业比较容易，不比封建时代，欲求某种事业，耗费许多金钱，不易成就。我青年时代住在农村，因经济问题无法求上进，我只读了三年书，我为着生活压迫出了（国）做工，就是这个原因。

　　我所配眼镜至今足有一年，尚未购到。不但眼镜，其他物资同样缺乏。最可笑者，黑市猪肉每斤五元，羊肉四元，菜蔬当然渴市。有许多人带大量钞票到农村去找些副食品，农民不以（把）钞票（放）在眼内，要以货换货，如鞋、靴、裤、衫、床褥等为交换条件，其物资缺乏可想而知。

余未细详，容后再报。

并祝

新年幸福

予宝世字

（1969）尾月廿二日

这是写给儿媳妇素梅的回信。

信中再次谈到古巴生活的困苦："我所配眼镜至今足有一年，尚未购到。不但眼镜，其他物资同样缺乏。最可笑者，黑市猪肉每斤五元，羊肉四元，菜蔬当然渴市。有许多人带大量钞票到农村去找些副食品，农民不以（把）钞票（放）在眼内，要以货换货，如鞋、靴、裤、衫、床褥等为交换条件，其物资缺乏可想而知。"他说的"许多人带大量钞票"，是因为当时古巴的工人、技术人员和行政领导每月收入有二三百比索，但没有什么东西可买之故。父亲觉得黑市物价高得可笑，因为它的确完全脱离了物质本身的价值，而单纯由供求关系所决定。在古巴历史上，1492 年 10 月 27 日，哥伦布第一次航行到达古巴时，也曾用一些从欧洲带来的非常便宜的小东西，就可以向纯朴、天真的印第安人换取棉花和金块。500 多年过去了，价值规律被搅乱的事情再次在这个岛国发生，着实令人啼笑皆非。在平均主义的分配制度下，人们根本提不起劲来。所以直到 2007 年，中国社科院拉美研究专家徐世澄教授访问古巴时，他的市场调查还是那么叫人心忧！

父亲自己身处古巴这样一个贫穷的社会主义国家，也明知中国大陆同样贫穷落后，以及我在"文革"中"有些不幸遭遇"。但他在信中还是肯定了社会主义的优越性："在社会（主义）国家里头，一切由政府栽培，任何事业比较容易。"父亲通过与旧社会对比而得出结论，并以自己的亲身经历为证。他指出："不比封建时代，欲求某种事业，耗费许多金钱，不易成就。我青年时代住在农村，因经济问题无法求上进，我只读了三年书，我为着生活压迫出了（国）做工，就是这个原因。"今人研究华侨为什么要出洋，找到几个原因：一是封建统治者腐败无能，人民生活贫苦；二是自然灾害；三是兵燹祸乱；四是朝代更替，政治动荡；五是殖民者的掠夺和欺骗……在 19 世纪，台山人最初出洋，是因为清朝腐败，兵灾人祸，社会极其混乱；其次是人多地少，生产力落后，自然灾害频繁，人民走投无路，被迫出洋谋生；加上"猪仔头"（人贩子）与外国资本家勾结，把台山人拐骗、贩卖到世界各地去。这个时期出洋的台山人，绝大多数都不是自愿的。他们失去人身自由权利，没有任何安全保障，许多人惨死在几个月的漫长航行途中。所以，台山人出洋，称为"出路"，就是拼死拼活谋求一条生路，但这条"出路"是白骨露野、浸透血泪的路，台山侨乡的形成是一个痛苦的过程。我父亲出洋虽然并非"卖猪仔"，而是自愿的，但也是生计艰难，迫于无奈。试想想，眷乡恋土之情，谁人没有！要不是迫不得已，谁愿洒泪惜别亲人，远托异国，做他乡之客？

这完全是为寻求生存而已。父亲讲自己的经历，对我们是有启发的。

值得庆幸的是，自 20 世纪 80 年代以来，中国人出国的情况已经发生了根本变化。除还有一部分农民办理亲属移民外，更多的是出国留学或投资移民、技术移民。留学生学历高，投资移民、技术移民有文化、有技术特长、有经济实力，他们一到异国，就进入中上层社会，不再像老华侨那样从最底层的苦工做起。即使是农民亲属移民，他们也多有中学文化程度，多少懂点儿英语，并且已有亲属为他们打下了基础，所以到达后即可工作或读书。

雅凡出国留学时，虽然家里还穷，只买了些衣服鞋袜等生活用品给他带去，美元、港币现金只可应付途中零用，加拿大也没有亲人可以投靠，但他的导师爱尔兰教授已经为他租下了一间房子。雅凡在香港坐上飞机，20 多个小时就到了目的地。生活起居有房东太太照顾。上学没几天，就拿到奖学金（因为此事早已商妥）。与爷爷出国相比，真是天渊之别！

黄雅凡在加拿大女王大学攻读博士（1992）

延伸阅读

2007 年古巴居民生活依然艰难

古巴市场一瞥

徐世澄

访古期间，笔者参观了凭本定量供应商店、农贸市场、外汇超市、外汇百货商店等商店和市场，以下是笔者所记录的是各种商品在不同商店和市场的不同价格。古巴目前平均月工资约为250比索，折合为9.6美元（26比索＝1美元）。

一、凭本定量供应商品数量和价格

商品	定量供应量	定量供应价
大米	每人每月 6 磅	0.24 比索 / 磅
黑豆	每人每月 1.5 磅	0.30 比索 / 磅
面包（80 克）	每人每天 1 个	0.05 比索 / 个
植物油	2～3 月每人半磅	0.40 比索 / 磅
白糖	每人每月 6 磅	0.14 比索 / 磅
鸡蛋	每人每月 7 个	0.15 比索 / 磅
马铃薯	每人每月 4 磅	—
香皂	每人每 2 个月 1 块	0.25 比索 / 块
肥皂	每人每 2 个月 1 块	0.20 比索 / 块
牙膏	每人每 45 天 1 支	0.65 比索 / 支
盐	每人每月 1 盎司	0.1 比索 / 磅
卫生纸	4～5 月 1 包	1.5 比索 / 包
鲜奶	7 岁以下儿童每天 1 磅	0.25 比索 / 磅
雪茄型香烟	每人每月 5 盒	—
鸡	7 岁以下儿童不定期 1 磅	—
鱼	每人每月 1 磅	—

注：1 磅＝ 0.454 公斤＝ 0.907 斤

二、农贸市场的价格（比索）

黄瓜3比索1根，芒果8比索1个，柠檬1比索1个，葡萄12比索1磅，大蒜4比索1头，洋葱10比索1磅，玉米2比索1根，南瓜2比索1磅，大米5比索1磅，西红柿20比索1磅，肥猪肉15比索1磅，瘦猪肉40比索1磅，带骨肉25比索1磅，长面包10比索1个。

三、外汇超市的价格（1 公斤／美元）

鸡肉2.75、火鸡肉末1.4、南瓜1.95、面粉1.1、牛肉12～16.5、牛肉末9.85、牛排18.55、香肠16.20、大米1.35～1.65、通心粉1.5、

1大瓶可乐1.95、1小瓶可乐0.5、1大听鱼罐头10.90、1小瓶橄榄2.6、1瓶醋1.05～3、1小瓶蛋黄酱3、1瓶葡萄酒1.2、1瓶橄榄油6～11.8、1包面条1.75、1棵圆白菜4.65、3个青椒1.8、1大瓶酸奶3.15。

四、外汇百货商店工业品价格（1/ 美元）

1台冰箱（韩国）600～700、1台洗衣机（韩国）400～500、1辆自行车110、1盒录音磁带（60分钟）1.15、2节电池（1号）4.5、1双女凉鞋16～18、1台电视机（中国熊猫牌）300、1瓶矿泉水0.5、1瓶可乐0.7、1包香烟0.6、1小包饼干0.7、1件男衬衣13～15、1件女衬衣10～15、1盒果汁4.3、1条牛仔裤20～25。

（选摘自中国网专家博客，2007-05-07）

中餐馆老板娘助洋老公推广中国武术（节录）

这些天，一群从哈瓦那郊区前来欢度新春的中国留学生，相约在天坛饭店聚餐，席间无不说到"老板娘"的"神通广大"——在古巴这个地方，能将华人区唯一的一家地道中国餐馆开得如此红红火火、宾客如云，实在不简单。

为此，我们特意走近天坛饭店这家哈瓦那为数不多的地道中餐馆，了解它的故事……

位于古巴首都哈瓦那华人区"中国城"的"天坛饭店"的老板娘陶琦这个春节没有在自己经营的这家饭店里出现，这个消息很快在哈瓦那乃至古巴的中国人中间流传，但很快就有消息反馈回来说，陶琦在1月27日（北京时间大年除夕）那天生下来一个女儿。"这么快生了啊，难怪这几天都没见着她呢！"人们恍然大悟。

异乡创业 "天坛饭店"中名流云集

陶琦，一个地道的上海女人，36岁的年龄看上去只有30开外，当记者在她古巴老公李荣富的引导下来到她在哈瓦那的家时，她正恬静地坐在家里，和刚从上海来到哈瓦那的姨父姨妈谈笑，刚刚诞生的宝宝熟睡在摇篮里。"她生孩子很快的，古巴时间1月27日晚上（中国农历除夕）10时多到12时不到，两个小时就生下来了。"老公一边操着熟练的中国话，一边学着医生帮她接生的样子，引得大家一阵会心的笑声。

经过打拼和苦心经营，陶琦现在已经在哈瓦那打下一片天地。现在，陶琦、李荣富和他们的新生宝宝过着令人羡慕的生活。

哈瓦那或者古巴的中国人，无论老华侨、华裔或者年轻的留学生，抑或到此公干旅游的人，在结识陶琦之前必然会先与"天坛饭店"见面，"天坛饭店"正在成为哈瓦那或者古巴的中国人联系的纽带。

"大年初一中午，邵黄将军和大使馆的人还都在店里吃饭，这几乎成了他们每年过年的规矩了。"老公李荣富说的邵黄将军，生在古巴，根却在中国广州。1959年，古巴革命胜利后，他担任古巴国家物质储备委员会的主席，被授予少将军衔，后来还担任了古中友协主席。

经营策略　请来名厨确保中国口味

古巴政府鉴于李荣富对中国文化的贡献，特批陶琦夫妇以社团的名义在"中国城"开设饭店。

如今在不足百米长的"中国城"里有十来家餐馆："长城酒家""广州餐室""东坡楼"等，门牌字号清一色的中国字，大红灯笼高高挂，"吉祥如意""恭喜发财"等门联，在中国流行音乐的衬托下使入夜的"中国城"充满了中国味。但"中国城"里真正是中国人开设的饭馆却只有"天坛饭店"一家，其他的只是当地人玩的"中国风味"。

传播文化　支持老公办中国武术协会

饭店的生意越做越红火，天天宾朋满座，每天的营业额在1000红比索以上（1美元＝0.8红比索）。不但老板娘陶琦开始在哈瓦那华人社会走红，古巴的政府高官也频频光顾。

如今陶琦对古巴充满了好感，说古巴人很友好。她平时有空会到海边去租游艇钓鱼、潜水，或者到哈瓦那少有的几个舞厅里跳舞。在哈瓦那甚至整个古巴，陶琦称得上是最悠闲的人之一。"你会不会有一天还会回到上海去？"现在陶琦凭着自己外国人的身份买来一部"现代"小轿车。平时和父亲一起打理"天坛饭店"的生意，还从饭店收入中拿出一笔资金支持丈夫在哈瓦那开设的武术协会。老公李荣富现在担任"古巴武术协会"主席，每天忙于教授协会的4000多名会员免费练习中国武术。"赚到钱肯定得支持老公推广中国文化的事业，"陶琦平静地说，"有打算。出来之后更觉得祖国好，越来越喜欢中国传统文化。"

"在古巴的华人华侨中，陶琦无疑是成功的。"古巴维亚科拉拉教育大学几位来自山东的留学生这样评价她。无论是中国驻古巴大使馆的工作人员，还是古巴的其他华人华侨，甚至古巴政府的高官，只要你说起古巴的中国人，他们都会首先提到"天坛饭店"，提到陶琦和她的老公。

（《广州日报》2006-02-02/特派哈瓦那记者刘旦、周祚报道）

看棒球赛 小戈 摄（2014）
棒球是古巴国球。在小镇球场上，古巴健将教练陪同我们观赏比赛并热情讲解。

水乡茅寮 坦洲文化站供稿 (2006)

中山市沙田水乡的茅寮，原是以前上岸种田的水上人家（疍家）在围基上建造的简易住房，用木头、稻草、泥巴建造，冬暖夏凉。改革开放后，水乡富裕了，沙田区居民住上了小洋房，风凉水冷的茅寮成了住惯高楼大厦的城市人旅游怀旧休闲的去处。"茅寮别墅"外观上还是当年茅寮的样子，但屋内的设施已经现代化。

28. 靠自己创业

1970年3月，寄到中山坦洲中学，航空信

元月八号发来手札已经了解一切，知道你们大小一齐回来到你出生的家乡去，同时见到大姆，提及先祖遗落一块果园，给了一半齐法堂弟管理，事实上欠缺理由。但区区小事，您毋需（无须）追究。

一九三七年我回到祖国。当时你母亲因先人遗产事与大姆争执，后经众人理决，每人管理一年，事告平息。我一向没有靠遗产为生活，只有希望自己创造，是我一贯宗旨。不久日本发动侵掠（略）中国，飞机不时到炸台山县，你出生不满一岁，我就离开家庭返回古巴。经过八年中日战争，就我本邑计，

人命财产损失甚巨。在这个非常严重期间，你母亲极尽能力维护你们安全，直（值）得佩服。

关于平姨间有来信问候，并详述家庭情况和际遇。我时刻想帮助她老人家，但无法汇寄，爱莫能助，似觉惭愧。

今年中古贸易协定不久将在北京签字，对于侨汇迟些开始办理，到时再行报告。我目前康健安好，可堪告慰。愿望你们大小平安，是所厚望。

此致

卓才吾儿看

予宝世字

1970 年三月初八日付

这是父亲第一封寄到中山坦洲的信。信纸超薄，有如蝉翼。从一张信纸上，也显见古巴物质的匮乏。20 世纪 60 年代，中国已经掌握蔗渣造纸技术，但古巴大量的蔗渣仍然不能变成纸张，以致工业用纸和民用纸张都非常缺乏。

直到 2003 年，从古巴回来的华侨还告诉我，人们想买一份报纸要赶早排队，想找一张废报纸来包东西也不容易。

1969 年 11 月，我被调往位于坦洲公社的坦洲中学，我的妻子也同时被调往坦洲卫生院。当时，中山纪念中学在"文化大革命"的"教育改革"中，已被"下放"到南朗公社的翠亨大队管理。原有上百名教师开除的开除、调走的调走（有的甚至调到农村小学），最后只剩下 8 名教工。一个好端端的省级重点中学，一个在国内外有影响的名校，一下子跌入谷底。

破坏容易创业难。回想中山纪念中学两次大起大落的曲折历程，令人产生无尽的感叹。

辛亥革命后，孙中山先生大力倡导"教育为立国之本"的教育理念，致力发展现代国民教育。1929 年，担任国民政府行政院院长的孙科先生承其父亲孙中山"谋建设培人才富强根本"的遗嘱，加强地方教育。他提议在翠亨建立"总理故乡纪念学校"。首期校舍于 1934 年建成，包括四座课室楼、一座礼堂图书馆楼、一座办公楼，民族村教工宿舍两座，另有运动场和附属小学等。首届招收初、高中三个班。初期虽然只有教职员工 30 余人，学生 140 余名，但由于背景特殊，面向全国招生，校长是留美硕士、上海暨南大学政治经济系主任黄中廑，随同他来校任教的还有暨大多位老师，所以与蒋介石在宁波家乡创办的"武岭学校"、华侨陈嘉庚在厦门创办的"集美学校"形成"三校鼎立"之势，而"总理故乡纪念学校"则被公认为其中的佼佼者。抗日战争爆发不久，1938 年 9 月，中山沦陷，学校被迫迁往澳门，翠亨校园变成了难民营。直到 1947 年 2 月，抗战胜利后两年半，师生才重返原址上课。经过 20 年几代人的努力，中山纪念中学迎来了 20 世纪五六十年代的发展壮大时期，学校成为重点名校、校长江士骥光荣出席全国群英会，迎来了建校以来的空前辉煌。战争年代的离乱，是由于外敌入侵所造成的；而现在的"文革"破坏，则是"自毁长城"，显得更加可悲！

我被调到坦洲完全没有征求过我本人的意见，不过，我仍然觉得离开这个"文革"三年多来被搞得一塌糊涂的是非之地，未必不是一件好事。记得当时我迅速收拾了行李，放到学校派出的手扶拖拉机上，就与妻子、两个孩子，还有姑婆，一齐爬了上去。校工林东良给我们驾驶，他拉开油门，"铁牛"如老牛，"突突突"地慢慢沿着公路走向阴冷的校道。

铁牛爬上山门岙，前面一边是苍苍茫茫的五桂山，一边是浩浩渺渺的珠江口。经过一个名叫长沙埔的村落时，我当即想起了患难之交的朋友。他叫曾伯胜，长沙埔村一个非常厚道的农民。因为是共产党员，又是村干部，被选调到农宣队，进驻中山纪念中学。一批和他同样纯朴的农宣队队员，看见学校滥斗、滥批、滥改，一片乌烟瘴气，非常气愤。他们多次与极"左"的"造反派"舌战。伯胜多次安慰我、鼓励侯素梅，让我们坚强、挺住，熬过难关。我被"解放"后，适逢他女儿出嫁，他热情邀请我们全家去喝喜酒，一见面就递过来一碗热腾腾的甜糯米汤圆……想到这些，我的眼眶湿润了！

现在，40多年过去了，我还记得他，不时还会想起这位可敬的农民朋友！

坦洲中学在中山县西南部的坦洲镇，坦洲镇是坦洲公社的所在地。这个公社与珠海为邻，南临澳门（10公里）。坦洲是大沙田区。明末清初，珠江口海泥在坦洲山周围淤积成滩，当地人称滩为"坦"，水中的陆地称"洲"，故名坦洲。坦洲地处金斗湾，土地肥得流油，是个著名粮食和甘蔗产区，中山的大粮仓、大糖缸。坦洲地理位置和自然条件都非常优越，但当时还处在尚未开发的处女状态。坦洲镇虽然号称中山县的第四大镇，但实际上除了十多间小商铺外，与农村没有多大区别。只有一条弯曲狭窄的小街是石板路面，有低矮的砖房；其余的街巷都是泥路，房子是简陋的茅寮。猪狗随街走，随地屙屎撒尿，穷苦居民把猪粪打成饼状，贴在茅寮的泥墙上晒干做肥料。坦洲公社行政上由县管辖，但距离县城石岐40多公里，交通不便，所以显得特别偏远、落后。我早就听说这里拥有"山高皇帝远"的清静，被戏称为"南伯利亚"。

果然，一到坦洲，我就呼吸到清新、自由的空气。中山纪念中学的两位老同事已经先我一步调到了这里。新同事中还有一位来自中山师范的语文老师和刚分配来不久的数学系大学生。小小的一个初级中学，墙壁上连大字报和"文革"标语的痕迹也没有。现在我们来了，加强了教学力量，准备创办高中，这对于当地群众，无疑是一个"特大喜讯"。

妻子素梅所在的坦洲卫生院，也因有广州中山医学院下放来的四位大医生、大护士而闻名远近。而在大沙田区各个生产大队，则活跃着来自广州、石岐等地的大批"知青"。他们按照毛泽东关于"知识青年到农村去，接受贫下中农的再教育，很有必要"的指示，在全国各地城镇知识青年"上山下乡"的热潮中被分配到这里来。这么多大大小小的知识分子"降临"偏僻水乡，是从未有过的事情。强大的教师、医生阵容，朝气蓬勃的知识青年群体，给静寂的大沙田带来了生机和色彩。在这样一个新环境中，我觉得自己可以做点什么。反正，天无绝人之路，我相信自己是一颗有顽强生命力的种子，无论把我撒到哪里，都会生根、发芽、开花、结果。

到了坦洲中学之后，第一件痛快的事是赶走来犯的"专案组"。有一天，黄滚常校长通知我，说中山纪念中学"文革专案组"派来了三个"红卫兵"，一男两女找上门来，要我在专案材料上签字。我一听就火冒三丈。一个20来岁的青年，我白璧无瑕，何来什么"专案材料"，无非是大字报以及所谓的"群众揭发"，那些鸡零狗碎、捕风捉影、无事生非的东西，早已在"批斗会"和私设公堂的"审问"等场合被我一一否定和驳倒。而我被迫写下的"检讨"和"揭发"材料，也只是"毛主席语录"加空洞无物的文字。如今，竟有居心叵测者，派人尾随而来，妄图诬陷忠良，让我在档案中留下永远的"污点"，真是岂有此理！黄校长和教师们都护着我，"同仇敌忾"，把来人及其背后指使者数落、嘲讽了一番，他们只好灰溜溜地逃走了。

这件大快人心事，很快就在已经分散到各地的旧同事中传开，人人称快。大家认为，这标志着"文革"的阴影已经在我们身上抹去，从此，我们又可以轻装上阵工作了！而对于受蒙蔽的学生，也是很好的警醒教育。

我到坦洲的时候，适逢学期末，校长没有立即给我排课，意在让我熟悉环境，在春季新学期先接手一个初中毕业班的班主任和语文课，然后秋季创设高中部。于是我利用这段空闲，回去看看老家，看望姨母，也好补偿前几年"文革"大乱时对家乡、对亲人的欠账。

我领着一家大小回乡探亲去了，并写信报告父亲。

父亲说我"见到大姆"，并"提及先祖遗落一块果园，给一半齐法堂弟管理"，当时的情形，我至今依稀记得。那片本来已经明确了产权属于我家的果园，大姆（伯父之妻）未经我的同意，就私自交给他人管理，这本来是不妥的。但父亲向来大气大量，他认为这是"区区小事"，吩咐我"毋需（无须）追究"。父亲回溯了1937年回国时，妯娌之间的遗产争端及其处理情况，向我申明："我一向没有靠遗产为生活，只有希望自己创造，是我一贯宗旨。"

父亲做人的宗旨和处世的态度，对我一生影响很大。我不但自己一直按照父亲教导"靠自己创造"的宗旨去奋斗，也以此教育自己的儿孙和学生。正因为这样，我觉得生活非常美好、非常轻松。

父亲缅怀亡妻，再次撼动了我的灵魂。

回想当年，我与母亲相依为命，母亲视我为希望的风帆，我视母亲为承载风帆的海洋。是的，父亲是我的靠山，母亲就是我安全航行的大海。

父亲出国初期，做的是零工，理发、厨师、管家……工钱甚少，侨汇自然不多。祖上传下来的，除了半块屋尾空地可以种几棵番石榴、龙眼之类的果树外，只有三块一两分大、七尖八角的瘦田，每年的收成不足两三个月的口粮。母亲不但要维持日常生活，还要逐步归还父亲出国时欠下的债务。她不能在家里坐等侨汇，必须上山打柴，外出打工，想方设法增加一点收入。

当时新宁铁路已经正常运营。五十车站离我们村子只有半里路。母亲就到这个车站去当"咕哩"（搬运工）。一个身体矮小瘦弱的年轻妇女，干这样一份粗工，一天下来，整个身子就像散了架似的。但为了生活，母亲就是这样顶着、撑着，顽强地熬着。

我出生之后，母亲更加辛苦了。她由于产后风，身体越发孱弱，常常困倦无力，一旦伤风感冒，就腰酸骨痛。每当这个时候，我就要给她刮痧。刮痧是一种民间物理疗法，我们因陋就简，用铜钱蘸上花生油作为润滑剂，在颈部、腰背部等部位刮出血红色的"痧"来。久而久之，铜钱都刮得光滑闪亮了。即便是身体常有不适，母亲还是竭尽全力地抚养我、照顾我、教育我。特别是在抗日战争和大饥荒的年代，母亲更是像母鸡用羽翼护着小鸡那样保护着我。

1937年，卢沟桥事变后仅两个多月，日本侵略者就把战火烧到了我的家乡，敌机开始轰炸台山，新宁铁路则是主要的轰炸目标。婴儿时父亲抱着我看火车的村口，因离铁路太近，随时有被炸的危险。忽然有消息传来，日本仔的"级级车"（装甲车）要从铁路来，于是，铁路要拆。

儿时印象固然难以磨灭，如今又有史家考证。据乡人黄仁夫先生《台山五百年》一书记载，1938年10月21日广州沦陷后，广东省军事指挥部电令台山当局破坏铁路和公路，以防日寇西进。1939年4月中旬，拆铁路拆到了五十站。不但拆除路轨和枕木，还在路基上挖坑——每里挖四个长两三丈的深坑，说是阻截日军军车坦克入侵。铁轨分散隐藏在田埂、屋边，枕木作为劳动报酬分给民工。从此，台山交通瘫痪，仅能用单车运货载人，或肩挑走路。母亲不但失去了在铁路车站的工作，还要带着我到处逃难。

台山上川、下川两个海岛，现在是著名的"东方夏威夷"海滩风光旅游区，当年则是台山最早失陷的地方，1937年底已落入敌手。1941年3月底起，台

日军侵占江门北街车站

　　1939 年 3 月，江门沦陷，新宁铁路终点站北街车站落入敌手。图中为日寇横行情景。

山内陆相继反复多次沦陷。虽然在我家乡暂时还没有见到日本兵，但涂着红膏药的日本轰炸机经常在我们的田野上低空飞行，日本兵到处烧杀抢掠、强奸妇女的消息接连不断，弄得我们母子俩胆战心惊。每当乡人说起日本鬼子如何如何凶残，把小孩抛起来，用刺刀刺死，母亲总是把我揽到怀里，拉着我的耳朵说："不怕，不要怕！"给我壮胆。

日寇侵略带来了侨乡台山的空前大灾难，除了战祸死人外，还造成了台山历史上前所未有的1942—1943年大饥荒。

如今以"台山米"享誉一方的侨乡，台山历史上是个靠进口南洋米维持的缺粮县。日寇入侵台山之后，战火不仅阻碍了侨汇，而且中断了洋米和外地粮食的输入，因而缺粮的危机迅速凸显出来。在紧急关头，台山政府听任各地粮商操纵粮食市场，哄抬粮价。东南亚的外国米中断输入后，邻县的阳江、阳春、恩平及西江流域各县仍有粮食可供输入，但被新昌、荻海、台城等地的粮商囤积居奇，平籴贵粜，还与土豪劣绅勾结，将粮食偷运到敌占区，从中牟取暴利。在奸商的操纵下，粮价一日数涨，不少米铺在价牌上写上："目下一言为定，早晚时价不同。"粮商互相串谋，哄抬价格。1939年底，每担（50公斤）米售价国币21.5元，到次年2月就涨至27.5元，青黄不接的四五月间又涨至70元。

1940年，台山经过两次沦陷，同年12月，日本帝国主义偷袭珍珠港，发动太平洋战争，太平洋水路被封锁，侨汇断绝；香港及南洋群岛相继沦陷，南洋米不能进口，粮价飞涨。1942年2月，米价每担120元；到5月，竟涨价四倍，每担至570元。这时饥荒已经露头，不少人陆续饿死。

严重的粮荒从1943年三四月开始。3月中旬，米价已由每担800元暴涨到1500元。到5月，米价一日几变，每担贵到3300多元，番薯每担也卖到1100元。这时，"上等人家吃金器，中等人家卖故衣，下等人家吃糠皮"，大量的贫苦人饿死。米比金贵，一只金手镯仅能换到一斗箩的米。

奸商造成的祸患未已，天灾又至。这年春旱严重，至6月中旬，全县未下过一场雨，干涸缺水，田土龟裂，过半稻田无法插秧。等到6月30日下了大雨，此时夏至已过，大量农田误了农时，只好丢荒。天灾为人祸推波助澜，饥荒日甚一日，粮价日高一日，死人日多一日。饥民饥不择食，近山的挖"黄狗头"、土茯苓、采野果、剥树皮、摘树叶，靠海的采"扭娜"（莨树果）、挖蕉树头……凡可以入口的东西都拿来充饥。大饥荒给台山侨乡带来了惨绝人寰的大灾难。在台城和四乡，饥民遍地，死尸遍野。在台城的火车站月台上，每晚都有几十个饥民躺在地上，到第二天早上，有一部分就长卧不起了。收容难童的天主教堂美国神父办的"难童救济院"，收容的难童天天都挑出一担又一担的童尸。

饥饿使得人们失去理智、不顾亲情，为争一口吃的，以致被更夫枪杀，兄弟、父子、夫妻互相残杀的事情比比皆是，数不胜数。吃人肉、以卖"果狸饭""果狸粥"为名摆卖人肉的现象时有发生。人贩子乘机将饥饿的儿童、妇女拐骗到邻县、邻省卖作奴婢，或改嫁他人，或迫为娼妓……全县十多万人被饿死，加上病死的，共约 20 万人，占全县人口的近 1/5。不少人被迫逃亡、流浪，致使台山侨乡灾痕处处，十室九空。

在这场惨绝人寰的大饥荒中，母亲以伟大的母爱和智慧保护着我，使我得以度过生命的危机。

我记得，由我们村子到五十圩虽然只有一公里路，但每天都有好几个人饿死在路边。有的小孩被弃置在树荫下，希望别人抱养，但往往直到饿死也无人肯领。我们这个小村子也陆续饿死了好几个人。为了活命，有三四家人把小孩卖到阳江。

我的邻居同龄女孩阿霞，卖掉之后一去不复返，家里的人也全部饿死，直至现在，那倒塌的屋子依然是断墙残壁、满目凄凉。

没有侨汇接济，侨眷纷纷"卖故衣"。母亲也只好把家里的旧衣服拿出去变卖。在五十圩是没有人买的，必须走八公里路，到台城去找买主，他们多是阳江等邻县有田有地的人。卖出一两件衣服，回来就买二三两米，加入瓜子菜，熬很稀很稀的粥水，应付几天。

饿得实在难受，母亲就拖着乏力的身子，与村民一起上山斩藤莨头，回家磨粉充饥。冬天，五十车站一带地上长出了许多雪耳，听说能吃，我也和村里的小孩一起去捡。1943 年大旱，竹子开花结米，不少人到竹丛中扫来竹米煮粥吃，母亲领着我，扫一些回来煲粥。竹米质硬，久煮不烂，吃下去很难消化，更谈不上营养，只是图一时填饱肚子而已。当时的唯一目标就是活下去，平时拿来喂猪的米糠、谷皮、番薯叶、番薯藤，还有"黄狗头"、土茯苓、蕉树头、野果、竹虫、水蛇、小野蛙等，都成了食物。半夜里饥肠辘辘，肚子咕噜响，辗转反侧睡不着，但家空物净，母亲拿不出东西给我吃，只好安慰我说："快天亮了，再睡一会儿，就煲粥。"母亲天蒙蒙亮就赶着上山打柴，把"午饭"（一撮炒香的猪糠）挂在门前的铁钩上。我饿了，就用丫杈叉下来，和上一碗清水，吃下去，等着妈妈回来。

母子相依为命，终于走出了鬼门关，迎来了1944年的夏收。田块很小，割完禾，全部收获的谷子只装满一个瓦缸。晚上，在松香烛的亮光下，母子俩看着、笑着，久久不肯离开，觉得这缸谷子比一缸金子还珍贵。妈妈说："明天磨了米，我们吃一餐饱饭吧。"我说："不要，还是煮粥好了。这点谷，吃完又没有了……"妈妈把我这句话传出去，村人无不唏嘘：多懂事的孩子啊！所谓穷人的孩子早当家，其实是生活逼出来的。

1944年8月14日，日军100余人从新会崖西进占台山五十乡塘田村。这是台山的第三次沦陷，直接蹂躏到我的家乡。

当时我年纪尚幼，但对于那段苦难的历史，至今记忆犹新。

日寇到来的前一天，母亲带着我，随着走难的人流逃进蟠蟒山（古兜山一脉），当晚，我们母子就睡在潮湿的山草地上。两天后，听说敌人走了，我们回到家，发现村里各家各户被抢掠一空。粮食、家禽等食物固然搜刮净尽，就连蚊帐、被子等日寇用不着的东西，也被跟在日寇屁股后面挑着箩筐的汉奸家属悉数洗劫。我家的大门被撞了一个坑，据来不及逃避的老人说，汉奸从邻居家搬来了一个捣米的木碓，大力向我家大门撞击，却因门太厚没有撞开。他们大概因为我家是新屋，于是放弃——按照日本人和汉奸的经验，新屋没有东西，烂纸包金，东西都藏在旧屋、破屋里。我家没有遭到洗劫，但大门上留下了汉奸撞击的凹痕。

日本兵驻扎在五十圩，每天除迫使各乡村送粮交猪、牛及鸡、鹅、鸭之外，还不时出动下乡劫掠。他们杀了猪，不吃内脏和猪头、猪脚，就扔到河里去。我那时年纪虽小，但看到这种情景，也很懂得日本人这样糟蹋东西，是多么可恶！有一次，我到田间挖芋头，正走上公路，就迎面走来一队鬼子兵。躲避是来不及了，我只有自己给自己壮胆，鼓起勇气前行。这一次，鬼子没有加害于我，我想并非我走运，而是他们有"任务"在身紧急赶路之故。

台山人民不愿做亡国奴，纷纷起来进行抗日斗争。我们家乡曾经给予日寇迎头痛击，鬼子时时刻刻要报复。当时，我听到许多抗日的英雄故事，特别是1944年夏天发生在我们四九区的南村保卫战，尤其可歌可泣——勇敢的南村壮丁借助坚固的碉楼防守反击，以20多人的牺牲，换取打死日寇100多人的辉煌战果，使敌人遭到入侵四邑以来最大的失败。正因为这样，日本鬼子对我们台山人特别仇恨。当年的艰难险阻也就可以想象。

在纪念抗日战争 65 周年的时候,我访问了英雄村庄南村。当年参加过战斗的 86 岁老人李国滋带我到几座碉楼前,一一讲述了村民勇敢杀敌的情景。陪我访问的市委干部则递给我一份资料,我特别注意到最后一段:鬼子用大炮、炸药攻入南村后,奸淫掳掠无恶不作。一群鬼子抓到一个年轻妇女,轮奸后还把她裸体绑在树上,用刺刀迫着被抓来的南村壮丁当众继续强奸,鬼子们则看耍猴似的围观看热闹。鬼子入屋抢掠非常凶狠,他们打破门窗,破墙入室,把值钱的东西洗劫一空,衣柜、桌椅全部拿去当柴烧;拿不走的,如镜架等,全被砸烂。牲畜三鸟捉去乱宰乱食,猪头、猪脚、内脏、鸡鹅鸭毛到处扔。鬼子还随处屙屎屙尿,搞得整个村子一片狼藉、乌烟瘴气。可幸的是,鬼子只在南村驻扎了几天,东京就宣布投降了。鬼子走了,逃难的村民从山上回来了。当晚,一场暴雨将一切污秽冲刷得干干净净,真是天公有眼啊!村民欢庆胜利,大摆胜利酒。有人喜极而笑,有人喜极而放歌,有人喜极而舞,有人喜极而逛,大多数人都醉倒了!……

1945 年 8 月,德意日法西斯投降,第二次世界大战结束。苦难终于过去。9 月,我高高兴兴地上学了,开始了新的生活。

父亲说:"经过 8 年中日战争,就我本邑计,人命财产损失甚巨。"具体数字难以掌握。光是人口的锐减,据广东省政府人口统计资料,1938 年台山为 867775 人,1946 年为 730277 人,减少了 137498 人。至于财产损失,则无法计算。

在关山阻隔、音信断绝的情况下,父亲鞭长莫及,无法照顾我。保护我度过战争艰苦年代,使我能继续健康成长的,是伟大的母亲!

父亲来信中谈到"今年中古贸易协定不久将在北京签字"。古巴是拉美和加勒比地区第一个与中国建交的国家,也是中国在该地区重要的经贸合作伙伴。中古贸易始于 20 世纪 60 年代,双边贸易方式为记账贸易,双边交换的商品通过签订年度贸易议定书来确定。1960 年中古两国签订了第一个五年贸易和支付协定,以后每五年续签一次。1970 年这一次,应该是第三个中古贸易协定。当年中古贸易是记账贸易,额度不大,主要是两国在经济上的互补,中国从古巴进口原糖、烟草、镍、医疗器材和少量药品,向古出口大米、芸豆、机电产品、医药品和轻纺产品等。

吕美枝问路 胡其瑜 摄 (2013)
　　古巴华裔档案专家吕美枝（中）带领美国布朗大学教授团队前来大沙华调查，向当地人问路。

陈宜禧和新宁铁路

陈宜禧（1844—1929），斗山朗美村人。少年家贫，以卖髻绳、针、纽为生。1864年赴美，在西雅图火车站当清洁工、筑路工。1889年组建广德公司，自任总理，包工承建北太平洋铁路工程。他先后在美国从事铁路建设达40年，筑路经验丰富。清光绪三十年（1904）回乡，以"不收洋股，不借洋款，不雇洋工"为号召，倡建新宁铁路，得到县人及旅外侨胞的支持，纷纷投资，先后共筹得股金425万银圆，并于1906年成立新宁铁路公司，陈宜禧被推为总理兼工程师。历经14年的施工，于民国九年（1920），建成斗山至北街干线和台城至白沙支线的新宁铁路，写下了我国自力建筑铁路的光辉史页。陈宜禧享年85岁。新宁铁路董事局特为其铸铜像于台城总站，以志其功。

（台山政府信息网）

南村保卫战

台山四九镇南村壮丁打败日寇，使日军哀叹这是进攻四邑以来的一次惨败。

1944年七月初五，日寇自台城侵犯南村。南村壮丁集合在百足山迎头截击，打伤日寇数人。五天后，敌人集中1200多人，兵分六路来攻，以图报复。南村壮丁六七十人，分别据守在南村四周的七个碉楼抗击敌人。壮丁奋勇作战，打退了敌人的冲锋，捷报频传：南营楼壮丁打倒日寇十多人；竹角碉楼壮丁用鸟枪把一个军官轰下马；未及时撤走的国军30余人，在壮丁的英勇抗战影响下，也开动机枪，杀伤了一些敌人。

南村保卫战进行了一天，敌人还是攻不下来，他们恼羞成怒，从台城拖来十多门迫击炮、小钢炮，向碉楼发起轰击。南村壮丁毫不畏惧，拼死抵抗。守卫南营楼的五名壮丁击退敌人几次冲锋，夺门而出。壮丁李福源、李发源中弹倒地，其他三人跳落碉楼旁边的水圳，绕出敌人包围。其他碉楼的壮丁，也冒着敌人的炮火突围，仅有村中向贤楼内的壮丁李德胜、蔡介想等八人未能撤出。

向贤楼的壮丁被困一天，干粮吃光，子弹也将用尽了，他们仍然坚持着。突然，敌人一颗炮弹在碉楼北面爆炸，墙壁被爆开一个缺口，敌人的枪弹便从缺口密射过来。几名日寇冲过来，在楼门口放置地雷。在万分危急的情况下，六位壮丁急中生智，在楼内找到村人存放的一匹布，从窗口放下来，然后一个个沿着布条滑下冲了出来。正当壮丁撤走时，地雷突然轰响，走避不及的谭德尧当场被炸死；李德胜和蔡齐想被震晕过去，后来被日寇捉到绑在树上，被两只狼狗活活咬死。南村保卫战，歼灭日寇百余名。敌人沮丧地说：打到四邑以来，未有如此惨败。这一役，南村壮丁阵亡25人，还有十余名群众被敌人残杀。

（黄仁夫.台山古今五百年 [M].澳门：澳门出版社，2000:161.）

英雄的台山南村　笔者　摄

黄宝世"黄记"和"沙瓜珍珠"两家商店旧址　黄鹄、笔者 摄（2014、2018）

29. 每月退休金六十元

1970年5月，寄广东省台山县五十墟东风街40号，航空信

平姨如见：

前几个月付来手书，迟迟没有答复你，万二分抱歉，请求原谅。愿望贵体魄康强，起居安好，为祝。

昨接来小儿卓才来信，据称调了工作，一家大小调到中山县坦洲中学，素梅相隔不远某卫生医院工作，可称满意。同时衬（趁）着假期一齐返回出生故乡探访亲友，尤其谒见平姨和大姆二位，老人家精神康健，可堪告慰。

关于我申请回国情形，至到目前还未有把握。系因古巴老侨申请回家者不下六七百人，每次只得五六人搭载货船回国。在此情况下，不想而知。我目前年几（纪）太高了，是否可能达到回国目的，未敢预料。

对于古巴形势依旧无好转，物质缺乏。我每月领取六十元退休金，因物（价）高涨，仅可够用。侥幸粗体尚还康健，请勿远念。

余未细述，佳音再报。

予宝世叩

1970年五月十六日付

航空信

1970 年 5 月，寄广东省台山县五十圩东风街 40 号。

背面写有两行字，是收信人所写的地址及人名。

1947 年的信封

黄宝世从古巴寄给小姨伍惠琼（惠平）。

在父亲写给姨母（他的妻妹）的众多信件中，这是我唯一保存下来的一封。

这封信是寄到台山县（现为市）五十圩仁德堂姨母家的。我回乡探望她时，她在背面写了一个地址，让我到广州找人，此信才到了我手上。

父亲与平姨（伍惠平小姨，即妻妹）常有书信往还，父亲有感于她的孤独无助，非常关心她，还不时寄点钱接济她。此次迟复，父亲请求原谅，表达了一片挚诚。

"前几个月付来手书，迟迟没有答复"，是什么原因呢？如果不是身体欠佳，就是心情不好了，我挂念。

父亲一生中与小姨相处的时间，其实只有很短的两段。一段是结婚后那三两年，一段是1937年回国时的一年多。他们之所以手足情深，我想是有原因的。听说，小姨选择对象，因为男方黄松德一表人才，我父亲表示赞赏。谁知后来姨丈在秘鲁只能做点木工粗活，赚不到钱，家庭观念逐渐淡薄，不寄钱养家，连音信也极少，致令姨母一生郁郁寡欢。为此，我想父亲内心会有愧歉之感。但更重要的是，他们一起设计装修过五十圩的"仁德堂"洋楼，建造我老家永隆村的房子时一起挑水、担砖、撮石灰、拌水泥。我出世时，还因找不到助产士，他们两人只好硬着头皮，齐心协力接生。两座房子平地而起的艰辛，新楼新屋相继竣工落成的欢悦，在没有医生在场情况下为我妈这位超高龄产妇接生的有惊无险，这些共同经历无疑会让他们终生难忘。还有一个因素是，姨母终身不育，所以一直把我视为儿子，长期帮我管理家乡的房子和果园。每到夏天果熟季节，她会到果园去摘番石榴、龙眼、黄皮，也可卖点钱帮补生活。特别是我母亲去世之后，她对我和我的孩子更多了一层牵挂……如此等等，都让姨母与我们有割不断的感情联系。

父亲的困境日甚一日。1968年，商店被古巴政府没收，被迫退休，每月只领"仅可糊口"的40元退休金艰难度日。本信告知退休金每月60元，表面上有所增加，但"因物价高涨"，依然是"仅可够用"。父亲不抽烟，不喝酒，不赌博，无不良嗜好，生活俭朴。他所谓"够用"，实际上十分拮据。

父亲的拮据源于古巴经济的困境。20世纪60年代，古巴领导人不想照

照　憑　築　建

台山縣政府爲給發建築憑照事現據業主

報稱在第五十公安分局

號門牌建築繪具圖說呈繳前來當

經派員勘明除將圖式存案暨發公安分局

執行外合行給發憑照一紙仰即遵依定章

建築切切毋違致干處罰須至憑照者

計開附圖式一紙

共該面積　　拾六井五拾三方尺

完納照費　百　拾五元

中華民國廿五年　二月　　日

經手填照人

工竣查驗員

仁德堂建筑凭照

建筑凭照签发于民国二十五年（1936）。

建筑费收据（部分）

　　这是姨母保存下来的仁德堂建筑费十多张收据中的两张。仁德堂建于1936—1937年，是20世纪30年代台山侨圩洋楼建设高潮中的产物，也是姨母一生中最值得纪念的大事。她把有关的契证保存得很好，这就为后人的华侨侨乡研究提供了宝贵资料。

搬别国建设社会主义的现成模式，企图"搞出一套自己的办法来"（卡斯特罗语）。他们否定商品货币的作用，实行"簿记登记制"，接管几乎全部小商贩和手工业者的业务，消灭了城市中的私有经济，扩大了免费的社会服务项目，用精神鼓励代替物质刺激……这种唯心主义的必然结果，就是国民经济比例的严重失调，经济情况恶化。商店被没收而被迫退休，父亲是直接的受害者之一。

　　上信父亲告诉我"平姨间有来信问候，并详述家庭情况和际遇。我时刻想帮助她老人家，但无法汇寄，爱莫能助，似觉惭愧"。老华侨的日子越来

黑人姑娘（陶瓷娃娃） 笔者 摄（2018）

穷，并快乐着。乐观面对困难，古巴人坚强而豁达，从工艺美术作品也可见一斑。

越难过，父亲这句话就完全可以理解了。这里的"无法汇寄"，一是父亲已经财路枯竭；二是古巴政府为限制侨汇而规定只能汇给一个登记的亲属收款人和收款地址。

黄宝世 1970 年的工作照

　　黄宝世在大萨瓜中华会馆接待到访的中国驻古巴大使馆官员和古巴中华总会馆负责人。

　　由左至右依次为时任古巴中华总会馆主席的吕戈子先生、中国驻古巴大使馆秘书、黄宝世、吕戈子主席夫人。照片中可见会馆里有年轻人活动的身影。

30. 继续找寻办法回国

1970 年 9 月，寄到中山坦洲中学，航空信

　　七月六日来信妥收无误，知道你们到达坦洲中学工作，而且全家搬到同一个地方居住，可称非常便利。据说平姨亦到住了一个时期。太可怜她一生孤寂，没得到人生半点乐趣，尤其松德长期没有接济，致令老人家完全失了希望。我早年付信秘鲁，向附近各兄弟查询其近况，随后得到报告，谓仍在秘鲁林马（利马）京都居住，但无报告其生活情况如何。又今年秘鲁发生地震，我亦曾一度去函问候，亦未见答复。你须知人到老年万事放弃一方，或者无能执笔，另一方面求人写信难亦未可料。

　　关于我找寻办法回国，困难之点甚多。船只来往太少，不能大量装载老侨，

是主要原因。虽然我目前健康还好，是否可能达到回国目的，未能预料。

今年侨汇九月间始办理。我本应亲身出湾（京）办理，同时探访老侨回国情形，但目前古巴交通住食非常困难，我经委（托）人申请，料不日可以汇出，到步查收，以应家用。请给廿元平姨为使费，将上述情况转给她知道。

我目前身体安好，祈勿念。

卓才吾儿收读

父宝世字

1970 年 9 月 1 日

雅凡、小炼好喜欢爷爷，但爷爷未有机会与孙儿玩玩。

今年侨汇父母妻子一百五十元，其余百三十元或一百元。

航空信

1970 年 9 月，寄到中山坦洲中学。

父亲来信中夹有一张照片，是他与到访的中国大使馆官员、中华总会馆主席及其夫人的工作照。

父亲对姨母的同情和关怀，在这封信中表达得淋漓尽致。

旧社会有句俗语：男怕入错行，女怕嫁错郎。姨母的孤寂凄凉，首先是丈夫不好。正如父亲所说的："长期没有接济，致令老人家完全失了希望。"姨丈文化低，识字少，偶有家书，不过斗大的几十个字（姨母说像牛一样大），只是报个平安而已。以前台山人出洋，像姨丈这样连写封信也有困难的，为数不少。所以乡间流行许多写白字的笑话。其中一则，童年听过，至今我还记得：有一个华侨，写给老婆的信中有"多年未见妻妾○"一句，因为忘记了一个字，他打了个圈圈代替。看上下文，他的意思似乎是分别多年，十分挂念。但他只有妻子，何来妾呢？他想见的，是妾的什么呢？按理应该是"面"，但调皮的村民却给他加了点"色"，说是"孔"或者"洞"。这个笑话内容看似不大健康，但流露出华侨的人生况味却也酸楚、真实。哎，我姨丈也就是"斗大个字不识一箩"的粗人了。

1970年，姨丈的侨居地秘鲁首都利马发生大地震，父亲去信问候姨丈，未见回音。利马是地震多发地区，当年那场里氏7.9级的大地震，是该处历史上人员伤亡最为惨重的一次，共夺去7万人的生命，其中也有不少华侨华人。报纸的报道令我们忧心忡忡。

姨母一生孤独，把我当儿子看待，也像所有母亲一样望子成龙。但我在"文革"动乱中浪费青春，无所作为，实在惭愧。一家调迁坦洲之后，我对姨母的思念也日渐深切，回乡探望之外，我还把她接来坦洲一起生活了一段时间。当时我们的住房条件极差，中学方面分给我居住的宿舍，是一间约12平方米的平房，十分狭窄，放两张床、一张小书桌和一架衣车，已无转身之地。好在后来妻子的单位（医院）给了半间房子，可以安置姑婆和姨母。这样逼仄的环境，姨母是不习惯的，况且她还牵挂着老母亲（我的外婆）和五十圩的家。

虽然只是短住，但姨母还是非常高兴。首先是我们的第三个孩子即将降生，看着大孙子雅凡开始上小学，孙女黄炼跟邻家小孩快乐玩耍，以及素梅圆滚滚的肚子，老人家一天到晚眉开眼笑。我想，如果父亲回来了，那有多好！我在去信中说及雅凡和小炼喜欢爷爷，想见爷爷，希望爷爷早日归来。父亲说："但爷爷未有机会与孙儿玩玩。"未能含饴弄孙之叹发自肺腑，我该如何抚慰他那滴血的心呢！

坦洲的生活还有一样让姨母开心的，是这里丰富的生猛鱼虾。坦洲水乡真是名副其实的鱼米之乡，除了盛产大米、蔗糖之外，还有无数品种的河鲜和海鲜，价钱低廉，任你享用。姨母最爱吃家乡少见的禾虫，这里一桶桶、一艇艇，多得卖不完、吃不了，农民只好拿去作肥料。周末，我跟学生去钓鱼虾，不到半天就满载而归。每天早晨六点来钟，姨母到市场码头附近的渔艇上去采购，这里的渔民特别老实厚道，见她是外地人便热情招呼。欢蹦乱跳的鱼虾让她眼花缭乱，乐不思归。在物质紧缺的年代，城里人排长队也买不到多少鱼肉，这里却是一个世外桃源般的福地！有一次，我买回来一条鲈鱼，那是一条大海鲈，足有1米长。砧板放不下，只好放在门口的石板凳上。姨母从未见过这么大的鱼，高兴得围着它转来转去。

姨母在坦洲，还有一样开心事，就是听唱咸水歌。咸水歌是中山大沙田疍家人自娱自乐的一种歌唱形式。疍家人以前以渔艇为家，居无定所。后来不断从四面八方来到珠江口沿海一带肥沃的冲积平原上的河网地带，定居下来。疍民素有从事农业劳动或行船时对唱互驳、斗歌竞唱的习俗，特别是在谈婚论嫁、丧葬等过程中，往往触景生情，随编随唱。这种民歌与姨母爱唱的台山木鱼有异曲同工之妙，很容易引起她的共鸣。特别是当时坦洲有几位

岭南大水乡　龚锦肇 摄（2006）
坦洲称为岭南大水乡，是由于它濒临南海，不同于内陆地区的江河水乡。

水乡风情：咸水歌对唱　坦洲文化站供稿

　　"东涌西涌，走转坦洲，路路畅通……新村屋苑，映照整个金斗湾河涌……"咸水歌作为国家非物质文化遗产，在坦洲甚至整个中山市得到大力保护和发扬。图中的歌赛表演场面，充分表现了劳动妇女的朴实与乐天。

咸水歌高手，如曾经唱到北京去的何福有，以及梁容胜、吴志辉、梁三妹等，名震一方。他们的歌声有时会在公社广播中播出，姨母爱听。

　　父亲为了回国团聚，绞尽脑汁，寻找各种门路。在交通非常不便，买张车票也要轮候很久的情况下，还是多次跑到哈瓦那，前往中国大使馆、中华总会馆、江夏堂等单位团体，拜访官员和老乡、朋友，了解办理申请回国的细节，吸取别人的经验教训。他从大萨瓜市乘搭汽车或火车去哈瓦那，路程300多公里。办法想了不少，手续也办了很多，可以说是竭尽全力，但得到的只是一次又一次的失望。"我目前年纪太高了，是否可能达到回国目的，未敢预料。"眼见得乡亲熟人中一个个老侨绝望辞世，父亲心里的惆怅可想而知。

利马与秘鲁华侨华人

秘鲁位于南美洲西北部，为古印加文化的发祥地。秘鲁在印第安语中是"玉米之仓"的意思。其多样性的自然环境、亚马孙河丛林、安第斯高原印加遗迹及世界最高淡水湖的的喀喀湖，使秘鲁成为世界上最具观光价值的国家之一。中国已经根据协议把它列入旅游目的地国家。

秘鲁是拉美华侨众多、历史较为悠久的国家之一。据有关记载，16世纪中叶到17世纪前半期，已有中国商人、工匠、水手、仆役等沿着当时开辟的中国—菲律宾—墨西哥路线，到秘鲁经商或做工。1821年秘鲁独立，1851年宣布废除奴隶制，同时提出招募华工代替黑奴。当时，秘鲁垦荒、筑路、开矿、建港需要大量劳动力。中国正值第一次鸦片战争之后的动乱年代，太平天国革命失败后，许多太平军为躲避清廷追捕，被迫背井离乡，远涉重洋来秘鲁谋生。1849年10月，首批75名华工抵达秘鲁，开始了"契约华工"源源不断东渡秘鲁的历史。至1874年，抵秘的中国人数已达到9万人，形成第一次中国移民高峰。早期旅秘华侨主要集中在秘鲁西部沿海各城镇，以首都利马为最多。附近的卡亚俄港，北部的奇克拉约、皮乌拉、特鲁希略等城市也是华侨的聚居区，他们大多从事体力劳动，社会地位低下，生活十分艰苦。他们曾为秘鲁建成世界闻名的中央铁路作出了贡献，许多公路、矿山、港口建设等都凝聚着旅秘华侨的血汗。

1884年6月，中国驻秘鲁公使馆设立。进入20世纪后，秘鲁政府采取限制政策，赴秘中国人数逐渐减少。据北洋军阀政府驻秘鲁使馆统计，1925年秘鲁的华侨总数为45000人左右，1927年减少至1万人。1929—1933年西方经济大萧条，秘鲁华侨生计困难，归国者众多，新来者减少，总人数大致七八千人。抗日战争胜利以及中华人民共和国成立后，移居和返回秘鲁的华侨及其子女、亲属有所增多，带来了华侨移居秘鲁的第二次高潮。

我国实行改革开放后，尤其是20世纪80年代后期，赴秘探亲访友、投资经商、定居的人数明显上升。据秘鲁移民局提供的材料，进入20世纪90年代以来，该局发给中国移民和非移民居留签证近两万人，有近600人被批准加入秘鲁籍。据历年来的统计数据计算，目前旅秘华侨、华人数目为10万人，华裔人数超过120万人。如今的华裔已经是第七代了。

经过 150 多年的繁衍生息和艰苦努力，华侨华人的社会地位和生活状况有了明显改观。他们依靠自己的勤劳努力和聪明才智，艰苦创业，逐渐与当地人融合在一起，为秘鲁社会和经济发展作出了重要贡献。

（选摘自广东侨网）

最近这些年，移民的素质提高了，随着中国经济的腾飞，秘鲁华人的商业机会也多了，政治经济地位也逐渐提高。来自广东中山的一个老板在利马建立了王氏集团，拥有 WONG、METRO 等当地的著名品牌，占了利马零售额的 65%。还有明兴摩托，规模也很大，几乎包办了整个利马的摩托车销售业。秘鲁唯一的一家位于利马的钢铁厂，据说也是华人拥有的。深圳的华为公司在利马也有分公司，业务很大。华人对当地经济的影响越来越大。

（摘自小事随意的游记）

31. 姨丈在秘鲁去世

1971 年 1 月，寄到中山坦洲中学，航空信

卓才吾儿看：

光阴似箭，岁月如流，不知不觉人们又踏上一九一七（一九七一）年，我在这过程中侥幸健康如常，感到无限快慰。愿望你们在家大小安好，不胜荣幸。

自去年八月中旬汇上古币一百五十元，家信一封，定必收到了。我眼看各侨胞个个收到祖国亲人回信，唯我未有得到你的答复，觉得非常奇怪。是否有意外事情发生，抑或来信中途失漏，亦未可料。见字从速来函报告为要。

关于姨丈早两年前在秘鲁不幸去世，殊深惋惜，料你知道了。我去年九月中旬接到秘鲁国黄姓兄弟来信报告，我立刻去函平姨报道，同时劝她无需（须）过分痛哀，保重身体为要紧。须知悲欢离合此乃人生之常情，但亦未得她回信。

目前我身体安好，勿劳远念。

父宝世上

（一九七一年）正月五日付

黄宝世的中、西文书法

黄宝世在中国家乡只读过三年"博博斋"（私塾），在古巴也没有机会上过一天学，但他的中文、西班牙文书法却受到人们的交口称赞。

"光阴似箭，岁月如流，不知不觉人们又踏上 1971 年"，元旦过后，父亲写下这句话的时候，心情一定非常复杂。因为，古巴政府原来把 1970 年的年号定为"1000 万吨糖年"，雄心勃勃地向这个指标迈进。但到年终统计，只得 854 万吨，一个宏伟的计划宣告失败。这不但意味着古巴社会主义计划遭到挫折，老百姓要过穷日子，老华侨也不好过了。

父亲说没有收到我的信，担心有意外事情发生，或信件中途遗失。父亲来信不多，每年三几封而已。在一般情况下，我只有多写，没有不复信的。但我们的通信的确偶有失漏，漫长的邮路，再加各种难以预测的因素（如可能被检查等），都可导致邮件的丢失，让人牵肠挂肚。特别是父亲的钱来之不易，寄出之后得不到信息反馈，其内心的焦虑可以想见。信中的年份一处出现笔误，年过古稀的因素之外，也反映了父亲心情的恶劣。不过，他笔力遒劲，书法依然秀美，看得出他身体还好，令我稍感宽慰。

我和素梅这段时间的确比较忙碌，主要是因为又添了一个孩子。上班之外，还要照顾三个孩子，特别是有个婴儿，着实不易。不过，无论怎么忙，我还不至于忘记给父亲写信。实际上，我在家务方面投入的时间和精力并不多。家务活主要由妻子承担，同时姑婆也帮了很大的忙。姑婆是个非常老实的农村妇女，一天到晚手脚不停，好像永远不知疲倦。她说话笨拙，沉默寡言，高兴时也只会咧着嘴笑，但心地善良得像观音菩萨。但她的媳妇生育在即，在家乡的儿子已经让我姨母写信催她回家。

父亲此信报告了姨丈迟来的噩耗。姨丈旅居秘鲁 40 多年，最后客死他乡，无缘再与妻子团圆，与乡亲见上一面——这是许多老侨未能了却的心愿。父亲说"悲欢离合此乃人生之常情"，这个噩耗传到的时候，姨母却似乎平静得有点麻木。我想数十年远隔天涯，音信渺茫，已经令她心如止水，这又是许多侨眷妇女的悲哀！

父亲所说去年 8 月的 150 元汇款，我已于 9 月 18 日收到。这两年，可汇出的数额均为 150 元（古巴比索）。这是一个可观的数目。它相当于父亲将近两个半月的退休金。而寄回到中国，银行按当时的汇率，折换成人民币，则有 367.38 元，相当于我和妻子两个人三个半月的工资。父亲自己省吃俭用，还拿出早年积存的钱，竭尽全力接济我们，不但帮助我们家庭解决了不少生活上的问题，同时对祖国的建设，也是一个助力。20 世纪 50—70 年代，改革开放之前，中国出口不多，侨汇在国家外汇储备中占有重要地位。那时候，侨汇一入境，就要按官价换成人民币。侨眷是拿不到外币的。

延伸阅读

古巴的"外汇券"

古巴目前主要流通两种货币：一是古巴可兑换比索（PESO CONVERTIBLE，俗称红比索），类似于中国以前的"外汇券"，与美元的比价是 1∶1.08。用美元换可兑换比索时，需缴纳 10% 的手续费。二是古巴比索（PESO CUBANO），古巴人为主使用

古巴比索与美元 笔者 摄（2014）

的当地货币，与红比索的比价是1：24。兑换时无须缴纳手续费。目前在旅游饭店、大型商店、超市、机场等只收红比索，只有在一些农贸自由市场可使用古巴比索。在主要的消费场所附近都设有货币兑换所，外国人可自由用可兑换外币兑换古巴比索。

五邑地区的侨汇

在我家乡五邑（台山、新会、开平、恩平、鹤山）地区，侨汇是广大侨眷生活的重要来源，是农村贫困家庭的"生命线"，它对促进国家和家乡的经济建设有重要作用。其中，台山和开平两县市历来侨汇最多。无论是中华人民共和国成立初期，还是在"文化大革命"的时期，侨汇收入都一直保持比较高的数额。中华人民共和国成立初期，两县都建立了中国人民银行支行，内设外汇组，专门办理侨汇业务。统计材料显示，从1950—1965年"文革"前，台山县侨汇收入每年保持在600万美元左右，开平县为400万美元左右。随着时间的推移，到了改革开放初起，台山侨汇占到广东省侨汇总量近3/4，达到每年2000多万美元，而从21世纪初，则高达每年5000万美元左右，成为促进台山经济社会发展的重要经济力量，同时也是华侨、侨属对改革开放作出的贡献。

侨汇证明书
这种证明书，当时可以起到保护华侨财产利益的作用。比如要买华侨房屋，出示侨汇证明书即可证明你的人民币来自侨汇。

黄宝世的友人在迈阿密　Mitzi 提供

图中左一为 Nereida，即烈士塔
蒂的妹妹。

32. 古巴糖产为国家命脉

1971 年 2 月，寄到中山县坦洲中学，航空信

卓才吾儿看：

正月初旬接来手札，妥收无误。我同一先（星）期又给你一封信，事因经过四个月没有接到你复信，我实在望眼欲穿。在旧时代航邮往返仅需四十余天，目前运转航线来回需七十余天。如寄去美国一封信，亦需要七十余天。古巴离美亚美埠（美国属地）仅九十海里，不知是何缘故。

卓才，我今年七十三岁，可算高年了。虽然有些高血压，医生常劝我服药，我不觉到身体有任何影响，每日还照常劳动一些，是一种习惯。

你添多一小孩子，名叫黄谷，无限欢喜！同时叫我起一个别名。本来你为父母，当然由你做主，不由某一个人命名为合。

所谓日本民间医疗，每天饮三碗滚清水，饮足卅天，自然使身体复回（恢

190

复）正常。我似觉太过离谱。

　　据今年古巴糖造来观察，没有如去年量数，因甘蔗成绩低之故。古巴糖产为国家命脉，全靠（它）向外换取物资。倘若事实，今年局势（就）较为困难。近来黑市非常利（厉）害，猪肉每斤八元，米六元，鸡近几年来没有配给，黑豆每斤十元，茨芋果蔬异常渴市。

　　关于老侨回国事，近几个月未有货船来古，甚少老侨出口。余未细述，好音再报。

　　此致

合家平安

予宝世上

（一九七一）正月十五日

航空信

　　1971 年 1 月，寄到中山县坦洲中学。

刚收到父亲的上一封信不久，又收到这一封。原来，父亲经过四个月"望眼欲穿"的等待而没有收到我的信，就在上一个星期给我写信查问近况。而寄出后几天，我的信就到了。于是父亲在十天后又写了这封信。

海天远隔，山长水远，再加上政治因素的影响，造成通信的阻滞，令古巴华侨与祖国亲人的联系产生诸多不便，父亲对此感慨良多。他说在"旧时代"，即 1959 年古巴革命胜利之前，"航邮（航空信件）往返仅需 40 余天"。而现在，要经过北京、莫斯科、巴黎或南美洲等地的"运转航线""来回需 70 余天""如寄去美国一封信，亦需要 70 余天"。而"古巴离美亚美（迈阿密）埠（美国属地）仅 80 海里"，原因就是美国的封锁。对此，父亲应当是心知肚明的，他说"不知是何缘故"，无非思念家人的情怀浓得化不开，同时也是感叹世道之维艰⋯⋯父亲在启发我去思考。

"路漫漫其修远兮，吾将上下而求索。"飞越加勒比的鸿雁啊，你的翅膀是多么沉重！

父亲提到的迈阿密，是美国南部佛罗里达州的海边城市，居民大多是来自各国的移民。由于距离古巴最近，迈阿密成为古巴偷渡和移民的第一目的地和海外聚居地，故有"美国的古巴"之称。据记载，1959—1960 年，成百上千富有的古巴人离开古巴。1961—1962 年，卡斯特罗说要搞社会主义，走的人更多。1980 年，哈瓦那发生一万多人到外国使馆寻求避难的危机，卡斯特罗宣布想离开古巴的人都可以离开，立即就有 125000 多人到迈阿密去⋯⋯ 1994 年"船民危机"的几周里，大约有 4 万古巴人驾着筏子偷渡，首个目的地也是迈阿密。历史上，许多古巴移民，包括不同政见者，来到美国这座美丽而犯罪率很高的热带城市，做着有一天荣归故里的美梦。在古巴近几十年滚滚涌出的移民浪潮中，自然有许多华人。他们犹如生命力特强的蒲公英种子，飘到哪里，都能生根、发芽、开花、结果。朱焕均先生的事迹，就是一个证明。

随着年龄的增长，父亲的健康问题也随之出来了，高血压常常困扰着他，但他仍然坚持做一些劳动。采用什么药物和治疗方式，他有常识，有主见。我当时在报纸上看到"日本民间医疗，每天饮三碗滚清水，饮足卅天，自然使身体恢复正常"的报道，未经科学验证，就在信上介绍给父亲。父亲说"我似觉太过离谱"。批评语气虽然不重，我也为自己的冒失而自责。

古巴华侨在迈阿密作出贡献

据台山市外侨局 2011 年 1 月 18 日提供的信息，朱焕均是美国迈阿密市一位德高望重的企业家，又是一位出色的民间外交家。他祖籍台山市三合镇，自小随父兄移居古巴，后来移民美国迈阿密，先后开设了美心海鲜肉食公司、美心建筑材料公司、帝国海产公司、帝国运输公司和朱氏实业财务公司、中国南北美洲贸易中心等。朱焕均先生还利用会讲一口流利的西班牙语和英语的有利条件，广结朋友，为促进中国、美国和拉丁美洲国家的经济发展、文化与学术交流而努力，先后促成了美国迈阿密和中国青岛、广东阳江、宁夏银川等互订友好交流协议，并结成姐妹友好城市。

2005 年 5 月，他创立了美国迈阿密海外联谊会和迈阿密龙舟会，并亲自担任两会主席，组织开展龙舟赛等联谊活动。朱焕均先后获得美国迈阿密市等各地政府的多次嘉许及表彰奖励，被聘请为美国迈阿密市长顾问，被选为拉丁美洲商会名誉会长，被选为广东省归国华侨联合会第八届委员会顾问。

为表彰美国迈阿密海外联谊会主席、迈阿密市长顾问朱焕均先生数十年来对当地所做的杰出贡献，美国佛罗里达州最高首府决定将朱焕均先生目前所居住的街道改名为"朱焕均街"，并于美国当地时间 1 月 7 日上午举行隆重的挂牌仪式。

朱焕均虽然少小离乡，但心系祖国。近年来，他和家族捐款超过 150 万元人民币，支持家乡兴建图书馆、修建水泥道路等。

我们的第三个孩子出生后，出于对父亲的尊敬和感恩，我请他给孙子起一个名字。但父亲深受西方观念的浸润，不以大家长自居，而主张由我们为人父母者做主。父亲这种民主作风，也一直影响着我们，使我和妻子都把孩子当成朋友，这是我们家庭和睦的重要原因。

"古巴糖产为国家命脉，全靠（它）向外换取物资。"父亲侨居古巴已有 46 年，深知单一经济的糖产对于古巴的生存是多么重要。一旦"命脉"搏动无力，国计民生就性命难保了。但是，"据今年古巴糖造来观察，没有如去年量数……倘若事实，今年局势（就）较为困难"。父亲的分析击中要害。

古巴糖厂　朱霖 摄

　　来信中详列了古巴黑市商品的价格。由于政府物资配给不足，黑市每斤猪肉八元，米六元，黑豆十元。也就是说，父亲每月60元的退休金，在黑市只能买一斤猪肉，七斤米，一斤黑豆，其他东西就免谈了。而如果指望政府配给，又非要挨饿不可。这种情况，比同时期的中国大陆更为糟糕。当时我所在的坦洲和全国一样，肉类、鱼、粮食、食油、布、肥皂等凭证、限量供应，但基本上可以应付日常需要。手表、自行车等凭证供应（一个单位一年最多分到一两张票），而且价格很高（比如一只上海牌手表200元，相当于一个医生或中学教师四个月的工资），日用工业品和农副产品的缺乏，仍然是个大问题。但珠江三角洲地区毕竟是鱼米之乡，特别是 坦洲这样既偏僻又富饶的大水乡，物产丰富，自由市场物价低廉；我们还可以骑自行车到珠海香洲渔港和邻近澳门的湾仔镇去采购咸鱼、虾蟹等海产品。总体上，我这里的生活比父亲那边好过得多。父亲在吃苦，在极端困难的情况下仍然如此倾尽全力寄钱养家，我每次收到汇款，总感觉到有一种不能承受的沉重。我该怎样报答他呢？父亲说："关于老侨回国事，近几个月未有货船来古，甚少老侨出口。"随着父亲年事越来越高，我真担心他会与姨丈一样终老异国他乡！

哈瓦那俱乐部牌朗姆酒厂　朱霖 摄

古巴旅游点的个体摊档 江欣 摄

哈瓦那工艺品市场上的美女售货员 笔者 摄（2014）

33. 细心培养儿女

1971年5月，寄到中山坦洲中学，航空信

素梅媳妇：

没有通讯久耐，定想你们大小康乐快愉，为慰为祝。

你前信说及对于医疗和卫生方面有了很大的进步，如再行用心研究，不难成为一个有经验的名医。到时关于生活的问题，能够解决一切。尤其细心培养儿女，成为一个有技术有才能的孩子，自然得到家庭快乐。

我目前环境，除食眠外无所司事，况又年几（纪）太高，朝不保暮。如果可能回到祖国去，是一件侥幸事。

予宝世字

1971年五月廿日

父亲年过古稀，虽然还担当着中华会馆主席的职务，但老侨更老，思归难归，生存者人数逐渐减少。平日中华会馆也没有多少事情可干，所以他说"我目前环境，除食眠外无所司事"，"朝不保暮"的心态油然而生。尽管如此，父亲还对回国抱着一丝希望和向往："如果可能回到祖国去，是一件侥幸事。"读着这些字句，我心如刀割，唯有暗暗祝福他老人家健康长寿！

这又是一封纸短情长的回信。父亲一方面鼓励素梅儿媳学好医术，另一方面要求我们"细心培养儿女"，使他们"成为一个有技术有才能的孩子"。对于父亲的嘱咐，素梅和我都觉得非常在理，必须克服困难，让孩子健康成长。

当年大沙田区缺医少药，农民听说坦洲卫生院有几位广州来的大医生，医术高明，远远近近都赶来看病；澳门同胞也纷纷慕名而来。这样，素梅也就有更多临床实践的机会。碰到不懂的东西，除钻研医书外，还有中山医学院来的

航空信

1971 年 5 月，寄到中山坦洲中学。

医生，特别是内科、眼科、肿瘤科的医生可以请教，因而医术提高很快。再加上她服务态度好，处处为病人、为农民、穷苦居民和下乡知识青年着想，所以名声很快传播开去。那些被她从死神手中夺回生命的农民和帮她们顺利生下孩子的妇女感恩戴德，甚至要让孩子认她做"契妈"（干妈）。这一段时间虽然辛苦，付出很多，但的确为后来调回到广州的综合性大医院工作打下了很好的基础。当她在暨南大学医学院第一附属医院（广州华侨医院）上班时，教授、院长说她"一看就知道是受过正规训练，而且吃过夜粥（吃过苦）的"。

父亲嘱咐我们"细心培养儿女，成为一个有技术有才能的孩子"。现在重温此信，我更深刻理解到，父亲简洁的话语里面其实包含着朴素的教育思想。他阐明了把儿女培养成什么人和怎样培养的问题。用教育学的术语说，就是教育目标和教育的方式方法。在教育目标上，父亲强调的是"有技术有才能"，这是十分讲究实际的。按照父亲做人的宗旨和价值观，一向鄙视好逸恶劳，鄙视不劳而获，坚持以自己的辛勤劳动去创业，这就需要切切实实地拥有知识、能力和技术。在教育的方式方法上，父亲强调的是"细心"，我理解就是尽心尽责，大处着眼，小处着手，精雕细刻。

我当时没有想得那么多，只是从做父母要尽责的角度去领会。我们三个孩子，老大已经八岁，老二五岁，最小的老三也已近周岁。俗语说，三岁孩儿定八十。在这个阶段，孩子的培养着力点在于他们身心的健康成长。具体的措施，一是要保证营养，让他们正常发育，同时要细心呵护，防止意外事故；

在坦洲中学门前（1972）

　　左边照片的背景是当时的坦洲中学。校舍非常简陋，那排平房就是我们居住的教工宿舍。右边照片的背景是公社礼堂，它旁边有间坦洲小学，黄雅凡就是在这里上小学的。

二是引导他们养成良好的生活习惯，以及对学习知识的浓厚兴趣；三是注意性格气质和品德理想的培养。人们常说，生孩子容易，教孩子难。我觉得还好，坦洲人淳朴、善良，当时生活比较艰苦，社会风气良好，我们身处这样的环境，加上正确的教育和引导，孩子们都健康、开朗、向上。我们不会过分严格要求孩子，把他们束缚得紧紧的，以致影响他们个性的发展。通过循循善诱，潜移默化，让他们将来"成为一个有技术有才能的"人，我充满信心。

四十多年后的今天，回过头来看，孩子们都已长大成人，成家立业了。其中有几点，是我们做父母特感欣慰的。一是他们独立谋生的精神和能力。每个人的能力有大小，机遇也不一样，但孩子们都能自己努力立足社会，生活上不依赖父母。二是他们身体都很健康。也许是从小受我们的影响，以及长期在校园居住的环境熏陶，他们都喜爱体育活动。女儿像妈妈一样喜欢游泳，老大、老三不但像我一样喜欢打球，更是羽毛球、乒乓球和足球的高手，常在比赛中夺标。我们注意从小纠正孩子读书写字的姿势，在经济困难居住条件很差时也保证充足的照明，所以他们的视力都保护得很好，没有一个要戴近视眼镜的。三是他们的性格都很开朗，兴趣爱好都很广泛，阅读、上网、旅游、摄影、写作、烹调、美食、交友……生活丰富多彩。

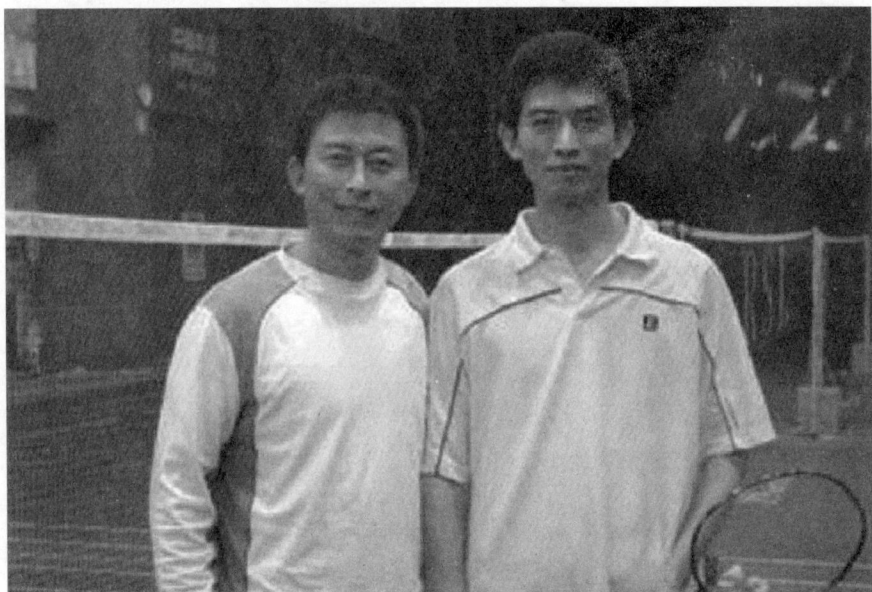

兄弟最佳拍档
2009 年于广州黄沙羽毛球馆。

艰苦岁月的课余生活

黄卓才

右面的照片是 1971 年 11 月我和温勤老师（右）比赛前的合影。

当时坦洲中学校园很小，没有正规的羽毛球场。但我和温勤、杨俭良、陈学扬、何呈泰等几位老师都喜欢打羽毛球。每天下午放学后，我们就在校园内的院子里，拉起球网开始练球。单打、双打，轮番上阵较量。我们每月只有四五十元的工资，买不起比赛用球，只能用橡胶头的练习球。橡胶重，打起来球速很快，扣杀时银球就像飞速坠落的流星。好在那时我们年轻，眼疾手快，可以做出迎空截击、海底捞月等高难度动作，因此比赛还是相当精彩，常常引来住宿学生的围观和喝彩。

那个年代物质匮乏，但我们因时制宜，教师的课余生活还是相当丰富多彩的。除了打羽毛球、乒乓球、篮球，我们还打百分（扑克）、下象棋，到附近河涌钓鱼虾，到南溪打柴，骑自行车穿过布满"和尚头"的围基到湾仔去买咸鱼，或者到尖涌、月环去家访兼爬山，这些也是很有趣的活动。穷，但健康又快乐，这就是那时候我们教工小集体的生存状态。

我喜欢打羽毛球、乒乓球，因此也成了孩子的启蒙教练。

34. 预料中美关系改善

1971 年 10 月，寄到中山坦洲中学，航空信

八月六号寄来复函经收妥了，信内所讲明白一切。关于证明书一节，非属外交部，系属于人民法院办理。你亲到该部门说明原因，同意老人家返回祖国后一切生活由你负担，就可给你证明书。

我今年五月中旬同舜传侄出湾（京）办理老人回国手续。当时舜传没有接到家乡证明书，适有本姓兄弟在该部门当职，故此接纳办妥。至上月接到家乡来信，并夹上由台山县人民法院发给证明书一只，昨经寄上该部门汇齐存案。但何日起程，对于今年停止载运老侨的情况下，无法估计。

现夹上近照一只（张），系侨胞私人摄影。因初学练习，不甚玲珑。

你还记得舜传兄是建邦爸爸。建邦现在小吕宋谋生，其家眷居住香港。

平姨老人家情况如何，请略为报告。

我从收音机听到美国派一高级官员去人民共和国商定不日美总统前往中国访问的程序，世界和平可能一大变化。

我目前身体尚好，请勿念。愿望你们大小健康，是所愿望。余未细述，下次再报。

父宝世上言

一九七一年十月十日付

"今年停止载运老侨"，父亲回国的希望变得越来越渺茫。

从早几年开始，中古实质性交往已经不多，前往古巴的中国货船日渐减少，但父亲和我仍然继续努力。我为办理父亲回国的证明而四处打听，向外交、侨务、司法等部门多方求索。父亲则与同乡兄弟再到首都哈瓦那活动，"办

八月之子寄来爱画信收妥可惜内容诸明白一切……

……学平月十七日付　父宝女上言

航空信

航空信封

1971 年 10 月，寄到中山坦洲中学。

理回国手续"。一件明知杳如黄鹤的事情，却坚持不懈地去做，父亲与我的动力，完全来自故国情深、父子情浓。

父亲谈到的黄舜传一家，我是有所了解的，有些事情印象还特别深刻。

这也是一个典型的华侨之家。我查阅古巴中华总会馆会员表格，得知舜传 1920 年去古巴，比我父亲早五年。我听母亲说过，是他第一次回国探亲时，把我父亲带去古巴的。论辈分，舜传与我同属"传"字辈，按乡俗我称他为堂哥，他叫我爸作"阿叔"。父亲对他以兄弟看待，两人在古巴感情一直很好，直至晚年也同出同入，互相照顾。舜传的儿子建邦去小吕宋（菲律宾），与我村的菲律宾华侨黄安定、黄举洪等在首都谋生。我的堂叔黄安定是菲律宾侨领，生前经营马尼拉亚洲大酒店，是一所中文学校的董事长，曾任台湾蒋经国总统顾问。他的后人在菲律宾和美国发展，现有女儿在美国当教授。建邦母亲李琼芳留在家乡，收养了一个贫苦人家的女孩料理家务，后来就把她转为童养媳。抗战胜利后，记不得哪一年了，建邦由母亲做主，在本人缺席的情况下，举行了一次特别的婚礼——用公鸡代替新郎成亲。我记得有一个老妇抱着一只活公鸡，代新郎"上头"，就如真新郎一样，由长辈执梳在公鸡头上梳理，

黄宝世 1971 年生活照　　　　　**黄宝世与黄舜传合照**

黄宝世其时 73 岁。"同乡三分亲"，更何况是一同去古巴的呢！他与侄子黄舜传的友谊一直保持到终老。

照片摄于 1971 年，出自一个初学摄影者之手，虽然技术并不太好，但能传来多一点信息，也是很宝贵的。

边梳边念诵好意祝词；再用"上头"的公鸡去迎接新娘，行"踢轿"礼，把新娘引进屋里，让新娘与公鸡一起共拜天地祖先，随即将公鸡缚在新娘房里以示与新娘共度良宵。当时我年纪小，只觉得好玩，也和村里的孩子一起去闹新房，讨"利是"（红包），吃"磨糖"（糖果），捡爆竹……解放后舆论对这种风俗有所批判，认为是封建陋俗，殊不知当时华侨、侨属确有其难言之隐。不少在国外谋生的男子，到了当婚年龄，自己希望在家娶个妻子代他侍奉父母，或者父母希望为在海外的儿子成家立室以偿夙愿，但由于不易远归，或者因为工作缠身而抽不出时间，回乡结婚便成了难题，于是就有公鸡代婚之举。后来这种特殊婚仪已随着时代的变迁而消失，建邦之妻移居香港，有机会与丈夫团聚。但舜传老人却像我父亲一样无法回来，建邦母亲活到90多岁，无声无息地离开了这个世界。三四十年前，我每次回乡，都见她形影孤单地坐在门口发呆，晚景凄凉。

父亲说，"我从收音机听到美国派一高级官员去人民共和国商定不日美总统前往中国访问的程序"，这是指美国国务卿基辛格第二次访华的报道。父亲虽然身在古巴中部小城，但胸怀天下，眼观四方，视野广阔。他不但关注时事，对国际政治、经济动向保持敏感，而且能够对大势作出正确的分析和判断。当时，我处在偏远农村小镇，信息不灵，父亲的片言只语，往往能提醒我，使我加深对国内外动态的理解。

1971年4月，"乒乓外交"果然打破了中美关系坚冰。

10月16日，基辛格第二次访华。为了给尼克松总统试航，他不仅公开来，不像头一次那样神秘，而且坐着总统的"空军一号"专机。在双方会谈中，基辛格提出尼克松总统访华日期在1972年2月21日或3月16日均可。周总理选定了2月21日。

后来的事实证明尼克松访华不但谱写了中美关系的新篇章，而且改变了整个世界的格局，标志着冷战时代走向终结，印证了父亲所说的"世界和平可能一大变化"。

新会梅阁村：巍然屹立的古巴楼

黄卓才 图/文

梅阁的古巴楼，正名是旋安社，又名梅阁侨刊社，是传播侨文化、见证梅阁侨乡发展的一个重要的历史建筑。以前。华侨回乡，雅称"旋里"。与现代华侨华人"落地生根"的理念不同。以前的前辈华侨能够平安回家，落叶归根，是海外游子最大的愿望和梦想。"旋安"——平平安安回家，与亲人团聚，安度晚年，这大概就是这座楼宇命名的初衷吧。旋安社是古巴华侨捐建的，所以，称之为"古巴楼"，是名副其实的。

《梅阁侨刊》是梅阁村史上的第一家侨刊。1928 年，它在新隆街的一间商铺内设立编辑部。那时的设备简陋，没有专用的编辑室，只能在营业柜台上写稿、改稿、排版。墙上挂着世界地图、中国地图和广东地图，还有一些传播新思想的杂志，仅此而已。1931 年由古巴侨胞捐助，重新选址，新建的旋安社大楼落成，为其后《梅阁侨刊》杂志的继续出版提供了良好的工作场所。

《梅阁侨刊》每年出刊两期，并寄到海外梅阁侨胞的手中，现已印发94 期。改革开放以来的新刊，内容越来越丰富，近几年还以彩色印刷美化版面，海外侨胞通过这份乡讯更多了解家乡的发展和建设。它数十年坚持不懈，跨越万水千山，把海外乡亲和家乡父老的情谊紧密地联结在一起。"烽火连三月，家书抵万金"——《梅阁侨刊》被海外侨胞赞誉是一封精美的集体家书。

35. 老侨们非常失望

1972年6月，寄到中山坦洲中学，航空信

前几个月付来手札，报告向广州法院申请证明书，到今仍未付来。该事无关重要，迟早不成问题。观于（乎）目前运载老侨回国一件，古巴办事人毛（毫）无把握。就往年计，没有一个老侨出口。今年三月间有几个老侨回国。事实上，中国政府未有与船公司协商，货船到了古巴，由古巴负责人筹商，如果该船不同意接载，就毛（毫）无办法，致令老侨们非常失望。

现由侨汇处办妥手续，付上古巴币一百五十元，到步照收，以应家用。

关于我目前环境和康健无甚影响，有钱可能买到黑市吃，但衣服配给少之又少，有多多钱等于无用，又不能寄出口，又不能买到你想买的物件，如电气用具、手表、收音机，除工人外无法买到。

我仍然住在会馆。但望你们居家大小安好，是所愿望。

卓才吾儿收读

父宝世上言

一九七二年六月十二

1972 年 2 月 21 日至 28 日，美国总统尼克松访华，成为未建交先访华的第一位外国元首。毛泽东与尼克松进行了历史性的会见。27 日，中美两国在上海发表两国间第一个联合公报《上海公报》，表明了一个旧时代的结束，一个新时代的开始。尼克松访华的一周，被媒体舆论称为"改变世界的一周"。

父亲信中关于"世界和平可能一大变化"的预言进一步得以证实。

世界风云变幻，这边中美关系热乎起来，那边中古关系却更为冷淡。

20 世纪 70 年代，为了对抗美国，苏联给予古巴的援助达到数十亿美元的规模，占去苏联对第三世界国家援助总额的一半。苏联以低于石油输出国组织定价的标准向古巴供应石油，并以大大高于国际市场的价格收购古巴食糖。古巴重新制订工业发展计划：继续以糖业为重点，同时强调发展重工业和面向出口的工业。1972 年加入经互会后，古巴在工业部门中同苏联和东欧国家实行部门间的对口合作，75% 的贸易靠苏联和东欧。古巴经济全面转向苏联。1971—1975 年工业发展较快，在免费医疗、普及教育、社会保障体系和交通建设等方面取得一定成就，农业机械化程度也在提高。但潜藏的危机——政治的、经济的、军事的危机还很严重。因为苏联的援助具有"给予"和"利用"的两面性，它随时有可能对古巴造成危害。

中古关系冷淡，几乎互不往来，直接殃及华侨老人。中国货船到古巴，竟然不向中华会馆打招呼。老侨乘搭货船回国的事情，需要古巴中华会馆的负责人主动筹商，"如果该船不同意接载，就毫无办法"。

这个时期，中古两国的学术交流与古巴华侨历史与现状的研究，也完全中止。

当时我家所在的逢源街，挤占侨房的事时有发生，当时的政策术语叫作"双代"（由政府代管代租）。我们在外地工作，广州的房子随时有被别人冲进去居住的危险，好在街坊邻里保护了我们。也好在我的工作单位临近澳门，中山人思想开通，他们对海外关系的认识比较正确，我们的生活和工作都未受影响。

在这种形势下，中国货船到古巴而不跟中华总会馆打招呼，就是很自然的事了。父亲前信曾经敦促我向广州法院申请证明书，我立即照办。但那时没有公证机关，此类事情十分难办，因此迟迟仍未能将证明书付去。由于中国货船运载老侨无望，父亲也就不再存有幻想，所以他说"该事无关重要，迟早不成问题"。

我真怕父亲从此心灰意冷。

父亲信中再次告知物质缺乏的情况。除优惠工人外，一般居民买不到电气用具、手表、收音机等工业品，衣服配给也"少之又少"。我们这边的情况有某些共通之处。当时国家强调自力更生，市场上没有什么进口的日用工业品供应，而国产的手表、自行车等产量又不多，供不应求，不但价钱很高而且要凭票。我当时很想买个收音机、照相机，但买不到。中国 1978 年改革开放，古巴则要到 1994 年后才有点动静，而且并未放开手脚。古巴的经济发展历史早已证明，无商不富，无华（人）不活，但决策者仍然严格限制私营经济，生怕资本主义死灰复燃。还是华裔邵黄将军勇猛，他在劳尔的支持下，率先带领部队种菜，成了古巴经济改革的先锋。

延伸阅读

2011 年，古巴"市场化改革"

新年伊始，古巴政府正式将肥皂、牙膏、洗衣粉等日常卫生用品从凭本供应配给清单中剔除。这是继去年古巴政府先后废除土豆、豌豆、食盐和香烟等配给补贴政策后实施的又一次"市场化改革"。

古巴农贸市场生意兴隆　李佳蔓 摄

　　根据古巴官方公告，自2011年1月1日起，古巴政府正式废除"正规市场"，即凭本供应市场上的日常卫生用品买卖活动，将肥皂、牙膏和洗衣粉等生活用品转入工业商品市场和特定国营商店出售，其价格由"相应市场价格"形成机制产生。自1日起，这些商品的市场价格出现大幅上涨，例如香皂的价格由0.25比索（1美元约合24比索）上涨至4比索，牙膏从0.6比索上涨至8比索，洗涤剂也由3.75比索上涨至25比索。公告还指出，新规定是基于政府正在逐步实施的"限制国家财政补贴"政策。

　　此间舆论认为，从长远来看，古巴政府退出"凭本配给制"有利于终结历史遗留政策带来的诸多弊端，对于加快社会主义经济模式"更新"、刺激和调动民众生产积极性，进而推动经济长期、稳定发展具有积极而深远的意义。

　　古巴共产党机关报《格拉玛报》在新年之际刊文指出，古巴正以一场"革命中的革命"告别2010年，迎来并"不轻松"的2011年。在新的一年里，古巴政府将继续深化这场以经济变革为战略主轴的"革命"，积极建设一个团结、多元、不一样的国家。文章还多次提及劳尔·卡斯特罗最近的一次讲话——"古巴的变革已经无法回头，我们不能继续等待下去，必须立即采取行动，否则将葬送几代人的努力。要么我们调整方向，要么我们沉沦。"

（选摘自《人民日报》2011-01-04/ 记者邹志鹏）

古巴华侨名人：邵黄将军

　　莫伊塞斯·邵黄（Moises Sio Wong），祖籍广东增城市新塘镇白石村，中文原名邵正和。1938年出生在古巴马坦萨斯省的小镇圣佩德罗。其父邵东南于1895年到古巴，母亲亦为华人，姓黄。姐夫做过中国国民党古巴支部书记长，是个富商。邵黄读高中时即加入反政府行动，1957年7月，邵黄加入了菲德尔·卡斯特罗领导的反对巴蒂斯塔独裁政权的起义军，并且成为由革命司令切·格瓦拉指挥的向古巴中部进军部队中的一员。古巴革命胜利后，邵黄曾在古巴革命武装力量任职，1973年被授予少将军衔。1995年，邵黄主张进行有限的经济改革，倡导城市菜地工程的建设，并支持多余产品可以在市场出售，多劳多得，按劳分配。他发挥华人善于种植的才能，带领部队种菜。他还利用家中房前屋后的空地，开辟了一个菜园，自己种植蔬菜，被批"走资本主义道路"。在劳尔支持下克服重重阻力取得成绩，"邵黄菜园"名震一时，邵黄将军成了古巴开放改革先锋。后来出任古巴国家储备局局长和古中友好协会主席。2010年因病逝世。

1959年1月，邵黄当时是起义军第八纵队队员

1996年，邵黄与卡斯特罗在一起

36. 收到证明即交中华总会馆

1972 年 10 月，寄到中山坦洲中学，航空信

卓才吾儿收看：

来函收妥了，内夹你们合家照片，和你一位同事，我感觉非常高兴。尤其是我三个小孙儿活泼趣致，更令人可爱。收到证明后，我即刻寄交中华总会馆有关部门。关于老华（侨）回国，前信经已说过，无需（须）多此一举。

平姨一切情况好久没有知道，她仍然（在）五十圩河南街抑或迁居？她的环境如何？有便请报一下。她生活孤单，深为可惜。她前时不时到我乡村打扫我住宅，不知现在还存在否。

我日前康健如常，但有时天气不调就发生多少湿风，无甚重要。但愿你们大小安好，工作进行顺利，是所厚望也。

父宝世上言

（一九七二年）十月五日付

这封信最重要的信息，就是父亲终于收到了我寄去的法院证明，并即刻寄交中华总会馆有关部门。一纸证明，经过数年的曲折，跑了无数地方和衙门，才算办妥寄出。至于它是否有用，还是一个未知数。但在心理上，无论对于父亲或者我们这些后辈，都是一个安慰。

爷爷看到三个小孙儿这张俏皮地爬到军用吉普车上的照片，觉得"活泼趣致"，十分"可爱"。照片上的吉普是附近梅溪驻军开来的，这是军事秘密，可不能告诉爷爷呵！

说起来实在令年轻人难以置信：如今人们司空见惯的汽车，当年只有从县城开来的那一辆破旧不堪的班车。坦洲附近的梅溪属珠海县（现为特区市）

航空信

1972 年10月，寄到中山坦洲中学。

前山镇，那里有个军营，偶尔有一辆军车开进坦洲镇里来，孩子们就要跟在后面喊"解放军叔叔"。这一次，一辆墨绿色的吉普停在坦洲中学门外的广场上，引起了孩子们极大的兴趣。我上完课，走出教室看到他们竟然爬上车去，玩得不亦乐乎，美好的童真吸引我赶快向邻居借照相机，抓拍了这张照片。

谁会想到，今天的坦洲已经成为珠三角的经济重镇，水陆交通四通八达。而照片中的三个亲密的小家伙竟然天各一方，分别生活在中、美、加三地，并且分别成为不同国家的公民。中国经历了"文化大革命"的冲击，凤凰涅槃，以至否极泰来，从而打开国门，创造了历史上又一次移民热潮，这是当年根本无法预料的事情！长眠古巴的爷爷更万万料想不到，小孙雅凡一家四口，竟然能在 2004 年以来多次到古巴巴拉德罗等著名海滩去度假，到哈瓦那、圣地亚哥去旅游。遗憾的是，由于种种原因，他们未能到大萨瓜去为祖父扫墓，寻找祖辈华侨的足迹。

父亲常常把姨母挂在心上，不时询问她的景况。我复信告诉父亲，姨母仍在仁德堂居住，生活孤独，房租收入微薄。我把果园交给她管理，每年夏

小伙伴

　　背景是坦洲山，山间的房子就是当年的坦洲卫生院。现此处已辟为坦洲公园。

今日的坦洲医院　叶劲翀　摄

天番石榴成熟季节，可以卖点钱。在美国的弟弟、弟媳妇（我的舅父、舅母）也会寄点钱给她，每次大约两三百美元，衣食尚可应付。姨母不时到永隆村照看，打扫我家住宅。因无子女，生活孤单，随着年纪增高，更感需人照顾。幸好附近农村有个姑娘，多年前就认她做"契娘"（干妈），出嫁后虽有家务在身，仍能常乘前来赶圩之便，帮她挑水劈柴，干点老人做不了的杂活。若遇有病痛，还能招之即来，服侍左右。难得有此孝顺契女（干女儿），为她的晚年增添了一些乐趣。

　　1972年的时候，我当了第三任爸爸已有两年了。虽然在学生的眼中，我已经相当成熟和老练，实际上，我对人情世故还知之甚少。只有在今天，当我回过头来审度姨母的悲剧人生，才有所醒悟。我想，像我姨母那样丈夫一去不复返，连书信、汇款也极少极少收到的侨眷妇女，不是个别。她们洁身自爱、坚守妇道，但孤苦伶仃。她们这种类型的被称为"金山婆"的侨妇缺少的不只是金钱物质生活，更为缺失的是精神需求和生理需求。假如姨母年轻时不是那么固守"嫁鸡随鸡，嫁狗随狗""从一而终"的封建观念；假如她能坚持不在乡下圩镇建房而到广州发展；假如母亲、姐姐不是把她看管得那么紧；假如她又遇上另一个真爱她的男人；假如乡规民约不是那么无情地禁锢和打击那些再婚的女子……那么，她是不是会更幸福？是不是无须独守空房、虚度青春？嗨，害人的封建思想，残酷的侨乡封建乡规！

　　但是，一切为时已晚，不要说如今姨母已经长眠地下，即使在中年时，她也已经过早地变得人老珠黄。在家族中，我是第一个读大学的人，第一个知识分子，读的又是文学专业，接触过不少反封建的作品，为什么还是那么不开窍，不能为姨母的思想解放助一臂之力呢？至今，每念及此，我仍然感到愧疚至极。

延伸阅读

侨乡旧俗：浸猪笼

电影《爱在有情天》中有男女主角被浸猪笼的情节。做戏嘛，闹着玩的，苦中取乐。如果是旧社会，偷情男女被抓住了，按照乡规民约，真要游街示众、浸猪笼，那就苦不堪言，甚至危及生命了。

浸猪笼事件，解放前，在1947年左右，我亲眼见过一次。

事情就发生在我们永隆村。

一个侨眷女人，丈夫婚后出洋去了，她独守香闺20余年，虽然侨汇频来，衣食丰足，但再也耐不住寂寞孤独，于是红杏出墙了。

村中的好事之徒，好像哥伦布发现古巴那么高兴。他们设下了圈套，只等"奸夫"来钻。

入夜，那男的果然来了，进屋、吃饭、点灯上床。房间窗口和屋顶明瓦早已有人偷窥，大门外也有大汉埋伏。时机一到，众人齐声呼喊，撞开大门，果然"捉奸在床"。

这一对"狗男女"光着身子被押到祠堂，绑在柱子上，通宵达旦地受尽嘲弄和羞辱。

第二天早上，两人被塞进猪笼，放到田沟去浸水。还好，在县城做生意、见过世面的村长手下留情，没有浸死人，罚他们买了一头烧猪，请全村人吃了一顿饭了事。

古巴海滨　黄炼 摄（2018）

37. 如果我生命许可……

1973 年 3 月，寄到中山坦洲中学，航空邮简

　　正月三号发来的手札收妥了，得悉你合家返回广州市度假，适逢春节，尤其各种的游戏活动（很多），当然非常高兴。可惜我出生以来未曾到过广州市，如果我生命许可，我终有一天返回广州参观。

　　目前印度支那战争经已签了和平协定，对于东南亚各区域人心安定、各执其业，无须日夜忧战。进一步，美国与中国共和人民政府建立邦交是不免的。

　　关于今年侨汇，目前（古巴）派遣贸易团去北京会商，如果成议签字，就不耐（久）可以批准侨汇。

　　我现在身体如常，虽然七十四岁，还可经常活动。请勿念。

　　顺祝

合家大小健康

予宝世字上

一九七三年三月十九日

航空邮简外封

航空邮简内页

　　1973 年 3 月，寄到中山坦洲
中学。

　　1973 年的春节比往年快乐得多，"文革"的硝烟逐渐淡去，城市、农村呈现出一派祥和的气氛。我们把孩子们带回广州过节，带他们逛迎春花市，到动物园去看长颈鹿、老虎和大象，还到文化公园去坐"飞机"，到南方大厦去买玩具……

　　我写信把这些情况都告诉了父亲。他说自己还没有机会到过广州市，"如果我生命许可，我终有一天返回广州参观"。我十分理解父亲内心的向往，他 74 岁了，严酷的现实很可能无法让他实现这个愿望，我只有多写信，寄些照片，让他神游广州……

　　长期以来，我都在研究父亲当年是从哪条路线出洋的。1847 年第一批契约华工赴古巴，是经厦门港出去的，其中有新宁（台山）人。父亲的时代，台山人出洋可能是乘新宁铁路火车经江门，或由本县的广海、海宴到香港或澳门。其中，经江门的可能性最大。因为当时台山有新宁铁路直通江门，而在我们永隆村村边，就有火车站，乘车非常方便。父亲说"可惜我出生以来未曾到过广州市"，证明他并不是经广州出国的。

　　父亲说："如果我生命许可，我终有一天返回广州参观。"对儿孙的牵挂，对广州的向往，尽在不言中。而我，有多么希望父亲延年益寿，有朝一日能

216

大都市广州新姿　笔者 摄（2019）

够在广州合家团聚，到各处玩个够。

　　说到台山人的出洋路线，现在有个相当出名的纪念地，游人如鲫，它就是端芬镇的海口埠。据考证，此埠曾是南粤古驿道的重要节点，台山乃至五邑地区民众出洋的中转站；银信业一度十分发达，承载着一段重要的华侨史。所以 2017 年建立了台山银信博物馆、银信广场和纪念柱，古码头也得以修复。黄宝世的一封银信，也烧制成瓷片，贴在纪念柱上，供游客观摩。

　　而我从小就知道的出洋码头，是广海镇的广海港。它地处台山市东南端，靠山近海，为台山市沿海要地。它南邻南海，与上、下川岛隔海相望。广海是著名侨乡。在历史上，广海镇是有名的古城和海防军事要塞，是古代海上"丝绸之路"的始发港之一，也是台山市最兴旺、最发达的商埠和渔港。从 19 世纪 50 年代起的大半个世纪内，四邑人出洋，多数就是在这里乘搭"大眼鸡"帆船（后来是火船）起航的。因此，广海又曾经是华南最著名的人力资源输出港。我曾多次到广海去游览，并乘渡轮到有"东方夏威夷"美誉的上、下川岛去度假，还曾写了一篇游记《台山广海访古》。下面是有关片段：

　　在广海镇街头，我们轻快地漫步。据说这个圩镇的历史可以追溯到隋唐时代。那时，这里已有渔业和盐田。宋代称之为古溽州。元明时倭寇（日本海盗）入侵，立寨于此；剿平后，为阳江镇中军游击守备移驻的处所。明洪武廿七年（1394），为了抵御越来越猖獗的海盗骚扰，广海始建为卫城，是当时中国沿海八卫之一。其后又成为通往欧美与东南亚各国的古老口岸。祖辈的四邑华侨，就是从这儿乘"大眼鸡"大木帆船漂洋过海出国谋生的。然而此刻，我们举目四顾，都是四邑侨乡常见的中西合璧的楼宇，以及近年新崛起的广海宾馆、南湾戏院等现代化建筑，古卫城的遗迹已经依稀难辨，仅存"灵湖古寺"、宋朝岭南监察御史李联的坟墓、明朝洞穴遗址"余氏石室"及大哲学家陈白沙撰写的墓志铭等。而其中，著名的刻石"海永无波"和烽火台，最能引起我们的游兴。

（黄卓才：水上仙境 [M]. 广州：广州出版社，2004：203.）

父亲所说的"印度支那战争"指的就是越南战争。"目前经已签了和平协定"，即指 1973 年 1 月 27 日交战双方在巴黎签订结束战争的和约。父亲认为"对于东南亚各区域人心安定、各执其业，无须日夜忧战"，意义重大。他并且预测下一步，"美国与中国……建立邦交是不免的"。他对未来事态的发展趋势把握非常准确，果然，五年多之后，到 1979 年 1 月 1 日，中美两国建交，实现了两国关系的正常化。

"关于今年侨汇，目前（古巴）派遣贸易团去北京会商，如果成议签字，就不耐（久）可以批准侨汇。"父亲的报道中夹带着深切的期望——两国关系的改善，贸易的继续发展，特别是关系到我们直接利益的侨汇的畅通。祖国是华侨的强大后盾，中古关系的冷淡对华侨十分不利。可喜的是，父亲写下这封信后，仅仅过了四天，即 1973 年 3 月 23 日，《中华人民共和国政府和古巴共和国政府 1973 年贸易议定书》就在北京顺利签订。

1983 年起，中古两国关系逐步改善，两国之间各领域的交往陆续得到恢复。进入 21 世纪，中古贸易有了较大发展，中国成了古巴的第四贸易伙伴。可惜，父亲看不到了。

延伸阅读

古巴著名华侨：朱家兆

黄卓才

朱家兆（1884—1964），古巴富商、爱国侨领，泡步潮北村人。他早年赴古巴谋生，后开办永兴隆办庄、兆利隆商庄、金鹰戏院任总经理；创办《开明公报》（任主任）、朱沛国堂（连任主席13年）、中华学校（连任校董会会长）。朱家兆先生在辛亥革命时期加入古巴洪门致公堂，1937年担任主席。抗战期间，他密切注视时局变化，对中国抗战的前途和祖国人民的命运十分关切。抗日战争时期当过古巴中华总会馆主席，积极重组旅古华侨救国后援会发动华侨捐款。旅古华侨救国后援会是古巴华侨抗日救国组织。1931年九一八事变发生后，由古巴中华总会馆主席林元亨发起成立。当时捐款数万元，分寄马占山、蔡廷锴将军为军饷。淞沪之战后，该会工作暂停。1937年7月7日发生卢沟桥事变，朱家兆即领导恢复该会活动，并在全古各省设立59个抗日后援分会，直至1945年8月中国抗日战争胜利后才结束工作。古巴华侨抗战捐款240万美元，数额居美洲第三位，其中朱先生贡献至伟。他还曾主持中国航空建设协会及支会工作，筹集资金慰劳空军航空会员，受到空军官兵和上海市民赞赏，并被任命为上海荣誉市长。

合家喜聚荔枝湾

1979—1980 年，我们一家人陆续从中山回到广州，后又入住暨大。良好的学习环境，为孩子们的成长创造了有利条件。

38. 关于华侨财产继承

1973 年 7 月，寄到中山坦洲中学，航空信

六月四号由祖国发来手札和信稿一只，经收妥了，请勿在念。

关于信稿内说话，我曾经几次考虑，对于美国和加拿大适用，对于古巴，没有继承遗产之可言。须（虽）然中国政府准许独子出国继承父业，其中还有许多手续，要通过使馆调查属实，方能生效。须知自从一九六八年所有大小商业收归国有，甚至瓜菜园（也被）没收。我们侨胞除小部分年青（轻）的在政府商店做工外，其余倚赖六十元退休金维持生活。还有一部分侨胞旧时没有正当商业，无权领取退休金者大不乏人，后来政府给回廿元为养老费。有许多老侨因廿元养老费不够用，食粮太劣，自动入了老人院颐养晚年。就领到六十元计，每天只二元，有许多侨胞（有）烟酒两隐（瘾），当然不能够用。事因政府每先（星）期配给烟仔一包，大烟一支。照官价收（费），烟仔每包二毛，大烟一毛五。另有种官价自由发卖，烟仔每包一元六，大烟每寸八毛，烈酒每支二十二元或卅元不等。

话说中国低薪制度，是配合国内环境处理。比如中国粮食官价稳定，没有浮动，每个国民都有饭食，须（虽）然不甚丰富，可以过得去，是社会（主

220

义）国家的规律。

古巴工人每月可得一百五十元至二百元，最低限度八九十元。我常见到工人如果家庭有三四口人，就无法维持下去。在古巴有小部分侨胞尚存留三五千元，但一逝世，被政府发觉（就会）全数没收，古巴法律除父母子女外没有（其他）继承人。我敢信，过三五年对于侨汇无法寄付，因入息少、耗费大之故。

我在会馆当主席是迫不得已，因无法得到相当人材（才），而且是义务的。

我以为写来信稿对于古巴环境不会适合用，你再行参考一下。话说将来儿女长大，（他们会）设法寻求出路，你勿忧心。你们二人有学识有技术，耐心指导教育孩子，无虑将来没有出处。

今年侨汇仍未有通告，迟下如何再行报告。

对对（于）老侨出国少之又少，我将来处境不知如何收场。幸赖康健如常，请勿远念。

顺祝

合家安好

卓才吾儿、素梅媳妇收看

父宝世上言

一九七三年七月四号

航空信信封

1973 年 7 月，寄到中山坦洲中学。本信及信封原件由北京中国华侨博物馆收藏。

原件尺寸：信纸 170mm×210mm，信封 68mm×148mm。

航空信

这封信近780字，写满两张信纸，是父亲少有的一封长信。父亲跟我讨论的，是古巴华侨财产继承问题。

由于父亲回国遥遥无期，加上当时家庭生活上的困难，我的团聚情结加重了。在去信中，我曾经试探以"继承父业"为由申请移民古巴的可能性。

父亲在回信中详细说明了古巴对华侨的政策和老侨的艰难处境，并认为"中国低薪制度，是配合国内环境处理""粮食官价稳定，没有浮动，每个国民都有饭食，虽然不甚丰富，可以过得去，是社会（主义）国家的规律"。循循善诱地劝导我放弃移民去古巴继承父业的想法。

古巴华侨为什么后继乏人，哈瓦那华人街到了21世纪初为什么成了几乎没有华侨的唐人街，父亲在30多年前写的这封信，已经给了答案。

在20世纪70年代，中国大陆移民古巴之所以行不通，最根本的一条，是古巴革命后实际上施行封闭锁国，不肯接受移民，也没有能力接受。而且，对华侨施行那么严酷的政策，也把人吓怕了。如将华侨的商店甚至连瓜菜园也收归国有，限制华侨汇款和使用外汇到国外旅行，华侨去世后遗产全部没收等。有的华侨虽然按形势要求加入了古巴国籍，也不能幸免。据中国曾驻古巴的外交官员邱小琪回忆："受中苏、中美关系影响牵制，中古关系从（20世纪）60年代中期就开始处于紧张状态。一直到80年代初期，这种僵持状况没有任何松动。那时，两国除了没有断交以外，其他关系基本'冻结'。甚至双方往来中只称'先生'，不称'同志'。直到1980年12月，卡斯特罗在古巴共产党'二大'抨击中国内外政策的同时仍然声言：古中'没有任何政治关系'。"而在"文化大革命"如火如荼的中国，虽然政策上没有明文禁止向海外移民，但实际上，在极"左"思潮中，"出国""移民"这些字眼也是政治讳忌。在这种状态下，移民古巴自然是天方夜谭！

当时古巴的老侨处境艰难，更是父亲不主张我们去古巴的重要原因。父亲信中回顾历史，分析现状，说明"大小商业收归国有，甚至瓜菜园（也）没收"之后，老侨无以为生，只好孤独在家，或进入老人院的凄凉情景，读来令人唏嘘。特别是当时古巴物质奇缺，物价高昂，"每先（星）期配给烟仔一包，大烟一支。照官价收（费），烟仔每包二毛，大烟一毛五。另有种官价自由发卖，烟仔每包一元六，大烟每支八毛，烈酒每支二十二元或卅元不等"。大烟就是雪茄，烈酒就是用甘蔗酿造的朗姆酒。古巴雪茄和朗姆酒闻名世界。一个原来是世界上最著名的烟草、甘蔗生产国和雪茄、朗姆酒产地，如今竟沦落到连香烟、雪茄、朗姆酒也要限量配给，实在不可思议！

我虽然当时的确有过移民古巴的冲动，但如果真的能去，恐怕还要慎重考虑，就像后来我的同学被批准移民去某个落后国家，临行前却踌躇再三那样。因为古巴与中国大陆，当时可以说是一条瓜藤上的两个苦瓜。整个大环境，包括社会制度的不完善、经济建设计划的盲目性、日常生活用品的缺乏、不能选择职业、个人发展受到掣肘等各个方面，大体相同。当时我和妻子虽然已经参加工作近十年，但工资一直没有提升过，两人相加只有99元；而"古巴工人每月可得150元至200元，最低限度八九十元"。我按照当时侨汇古币值与美元相等计算，误以为古巴人的收入比我们高得多。后来才知道不能这样简单计算。正如父亲所说的："我常见到（古巴）工人如果家庭有三四口人，就无法维持下去。"中国大陆与古巴，只不过是"五十步"与"一百步"之比。人往高处走，水往低处流，我们为什么要从一个穷地方到另一个穷地方去呢？

父亲信中谈到他"在会馆当主席是迫不得已，因无法得到相当人材（才），而且是义务的"。他连任多届主席，为侨胞服务数十载，长期以会馆为家。现在眼看老侨越来越老、越来越少，会馆门前车马渐稀、后继乏人，是很令人伤感的。当我去信中提到何晃钊先生1968年给我的复函里说过的话："令尊连任大沙华埠中华会馆主席，论声望地位胜过许多人……"也就引发了他的无限感慨。

年过古稀，物质条件差，又无亲人照顾，父亲自知时日无多。他虽然生性开朗、豁达，有时也免不了想到如何终老的问题。"我将来处境不知如何收场。"读到这句话，我不禁潸然泪下。父亲若能像他的伍于炳岳父那样，落叶归根，长

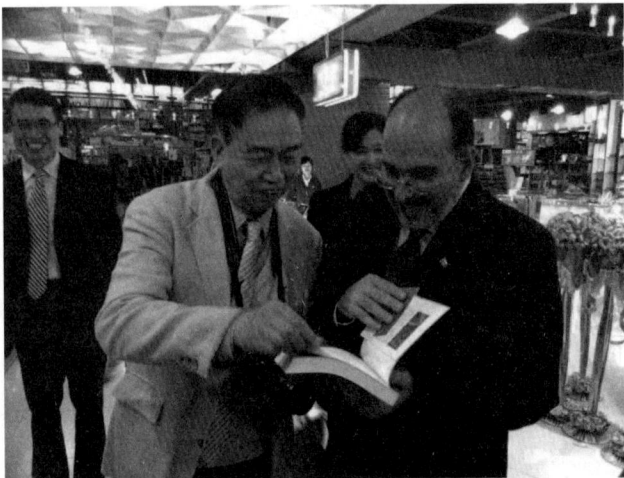

古巴驻华大使白诗德先生莅临中山市，笔者赠送他《鸿雁飞越加勒比》（第二版） 小飞鱼 摄（2012）

眠故土，是他最希望的。记得妈妈跟我说过，1937年父亲回来时，讲过一个打算：再出去熬它十年八载，最多一二十年，赚了钱就回来，到家乡附近的瓶身山开金矿，在家里种果树、养鸡……回国再创辉煌，或者晚年过上陶渊明式"采菊东篱下，悠然见南山"的休闲生活，这是他的理想。但现在，这个愿望恐怕也不能达到了。古人有言："鱼游于沸鼎之中，燕巢于飞幕之上"——鱼游在煮沸的鼎水之中，离死不远了；燕子做巢在飘动的帐幕之上，随时会被倾覆。有什么办法呢？居安思危，父亲为迷茫的前路担忧，流露于字里行间。

就在这样的境况下，父亲依然在鼓励我们。他说："将来儿女长大，（他们会）设法寻求出路，你勿忧心。你们二人有学识有技术，耐心指导教育孩子，无虑将来没有出处。"后来的事实证明老人家的话非常正确。三年后，大儿子雅凡进入黄圃中学初中部。读了两年，凭着户口在广州之便，得贵人相助，转学到广州市名校第十六中学。我和妻子尚未调回广州，雅凡由外公、外婆照顾起居饮食。那时物质条件依然很差，生活清苦，但他很争气，以优异成绩直升高中。两年后，又顺利考取暨南大学生物系生物工程专业。那时候，国内的大学生物学科正由传统生物学向现代生物学转轨，他敏感地选择了后来被称为21世纪最有前途的新学科。四年后，他又从本科升读研究生，主攻分子生物学……

老大学习刻苦。每天晚自习，暨大图书馆孔子挂像下面那个座位，一定是他的，因为他总是到得最早。他的勤奋上进为妹妹、弟弟带了个好头，老二、老三随后也步其后尘，陆续在广州第十六中学完成中学的学业，然后升上大学。雅凡读的是理科，老二黄炼由于两次获得全国性中学生作文比赛大奖而引发了学习文科的兴趣，她考取的是暨南大学新闻系国际新闻专业；毕业后业余攻读经济管理硕士课程班。而老三却迷上汽车专业，考取的是华南理工大学机械一系。后来，老大、老二分赴加拿大、美国留学，1995年，黄雅凡在加拿大女王大学获博士学位，父母专程前往庆祝。随后与博士毕业的太太万江欣同往美国芝加哥大学从事博士后研究。老三却选择留在广州寻求发展。朋友和同事戏说我三个孩子学科、地域"分布合理"，其实作为家长，我们只是顺其自然，"耐心指导教育孩子"而已。他们真如爷爷所言，各自"设法寻求出路"，开始了一代新人的奋斗。

黄宝世孙辈都上了大学

黄雅凡 1995 年喜获加拿大皇后大学生物博士学位，父母应邀前往参加毕业典礼。

黄炼 1989 年在暨南大学新闻学本科毕业后继续攻读硕士，后移民美国。

黄鹄 1971 年考入华南理工大学。

与会馆共济时艰的主席周一飞

周一飞，西班牙文名字 Alfonso Chao。1941 年 4 月 21 日生于哈瓦那。父亲周耀庚（周廉）是 1912 年从广东斗门乾务镇东澳村去古巴谋生的华侨，在哈瓦那与有墨西哥血统的华裔女子赵颜结婚（20 世纪 70 年代离异）。周一飞 1959 年高中毕业后就进入侨团工作，通过自学掌握了普通话。1988 年当选中华总会馆主席，至 2004 年去世。1984 年中国国庆曾应邀到北京观礼，并返斗门探亲。古巴革命后，吕戈子、苏子伦、李巨元、段克诚、关绍坚等先后担任中华总会馆主席，他们都是华侨。周一飞是第一位当选主席的土生华裔。其时华侨已由革命前的五六万人锐减到 3700 人。在 1968 年国有化运动后，会馆与老华侨经济陷入困境。周一飞挑起主席重担，与会馆共济时艰。他努力做好会务工作。每逢古中两国重大节日，均举行庆祝活动；平时负责处理侨务，尽力维持中华药店、中华书店、《光华报》，管理中华义山、颐侨院免费老人餐和办理华侨汇款、回国等各种福利事务。在该馆厅堂上，高挂着一幅七言诗，反映了他和古巴华人的心路历程："问祖索裔远中华 / 转宗生根哈瓦那 / 丽岛山水哺吾辈 / 忠骨岂不献古巴。"

梁玲珠医生古巴探亲　颜咏堂 摄

2008 年、2010 年，梁玲珠医师（中）与丈夫颜咏堂教授两次从广州到古巴马坦萨斯市，探望四位同父异母（西裔）弟弟妹妹和他们的孩子。

39. 心系家乡

1973 年 9 月，寄到广州家中，航空邮简

七月初旬付上手札，料必收妥了，再过一先（星）期就看到报纸通告侨汇开始办理。今年比较去年能够寄多二十元，即一百七十元。我经向侨汇处办理手续付出，抵步照收，以应家用。你前信说及或回故乡一行，所见过本乡情况以及其他地方（情况），姨母生活和健康，我乡村旧日的房屋如何处置，来信略为报告。

我目前身体安好，勿念。

卓才、素梅收读

父宝世上言

1973 年九月十日付

航空邮简

1973 年 9 月，寄到
广州家中。

今年侨汇增加了20元，对我们这样正处于生活困难的侨属家庭，是一个好消息。但同时，它也说明古巴老侨越来越少，有能力寄钱回家的人已经不多了。而对于父亲，在他几近枯竭的微少积蓄中，还要分出相当大一部分来给我们，这是多么无私的奉献！

黄家第三代在成长

每逢假期，无论多么忙，我们都要尽量满足孩子们求知的欲望。这是暑假游广州东湖的留影。

我知道，父亲的支持不会是永远的，我们要居安思危。而在当时的社会环境之下，自己根本没有门路挣到工资收入以外的一分钱，唯一的办法就是节约。因此，在坦洲，我竟然重温了儿童时代上山打柴的生活。

坦洲虽然是富饶水乡，但有两样东西十分缺乏，一是食用水；二是柴草。

坦洲近海，河涌的水虽说是淡水，但由于海水和咸潮流入内河，令淡水有咸味，不能喝。坦洲镇水井不多，学校门前几十米处有一个，但出水量少得可怜。倘若用铁桶、木桶打水，都打不到水，当地人有个发明，把橡胶旧篮球割去2/5，做成特制的皮球水桶，才能连沙带水地刮到半桶，打上来之后要让沙子慢慢沉淀，然后净出水来。每天要花半个小时刮水，这是我当时的必修课。现在，坦洲自来水设备很好，打开龙头清水哗哗直流，回想当年，恍如隔世。

所谓"柴米油盐"，柴在日常生活中是放在首位的，坦洲偏偏紧缺。它有山，新塘、龙塘、月湾等大队是山区，但由于封山育林，加之交通不便，农民上山打柴多为自用，少量挑担到镇上来卖的，价钱较高，因此居民主要靠国家配给的蜂窝煤，不够就加点甘蔗叶、树枝等凑合。我们当教师的，只能靠买点硬柴（干木柴）补充。后来硬柴价钱越来越高，难以承受，校长就领着我们几个年轻力壮的教师上山打柴。那山在南溪大队，离学校三四公里，属于珠海县地头。用父亲的侨汇在香港买回来的永久26寸单车，本来不善载重，但这时也派上了用场。离开家乡农村20年，想起当年跟随母亲上山打柴的生活，我想，走出书斋，干点体力活，一方面去掉一些书生气，另一方面改善生活，的确是很有意义的。

一车多用的"26寸永久"

1962年，用父亲侨汇从香港买回来的中国出口26寸永久牌自行车质量很好，十多年来充分发挥了它的作用。无论从大学时代上学回家，参加工作之后从翠亨村返回广州，在坦洲、黄圃下乡调查、家访或是上山打柴，从中山到珠海去探望同学、购买咸鱼活虾，还是孩子们学习骑车，它都是很好的帮手。特别是与同事从中山翠亨村骑回广州，单程100多公里，中途经过5个渡口，要乘船过河，像自行车比赛那样快跑也需要7个小时，而我们有时竟是一天内来回。而在坦洲、黄圃，又经常用于下乡家访、联系工作，要走称为"和尚头"的凹凸不平、泥泞溜滑的围基路。正因为这样长途跋涉、运输，粗使粗用，磨坏过几个轮胎、几条闸线、车链，我已经记不清了。1979年，我临调回广州工作时，在黄圃镇做建筑的年轻朋友买不到单车，要求我转让给他。其时正值改革开放，我这部轻便"座驾"又成了农民朋友创业致富的工具。一部自行车，也记录着时代和家庭的历史。

我家第一车

父亲心系家乡，信中惦念着亲人和他亲手建成的房子。他知道我们暑假回过故乡，就要我把"所见过本乡以及其他地方情况，姨母生活和健康，我乡村旧日的房屋如何处置，来信略为报告"。这种思乡情结和落叶归根情结是互相缠绕的。我详细汇报了有关情况和见闻。

在这次回乡中，姨母讲了附近农村一个姓甄的农民上山挖出大水晶的事，我也告诉了父亲，因为对于家乡的矿藏，他是一直关心着的。这位农民后来挖到了更多、更大的水晶，轰动一时。直到2004年，我才把故事完整地记录下来，写成散文《水晶梦》。

家乡山里有水晶，早已不是什么秘密。连绵山脉上最高那座山，地图上标为古兜山，我们的乡亲却习惯叫作"瓶身山"，它的样子的确像个大瓶子呢。小时候，每当我站在老屋的阳台上，面对着远处山腰瀑布"飞流直下三千尺"的美景，背诵着大诗人李白的《望庐山瀑布》，我就会想，如果李白有缘到台山来游览，他也许会把这首诗改成"日照瓶身生白烟，遥看瀑布挂前川"吧。之所以把"紫烟"改成"白烟"，是因为缭绕在瓶身山间的云雾是白色的。那时候，山上还没有截流建发电站，瀑布气势磅礴，不时有七色彩虹横贯，比李白所描写的"飞流直下三千尺"奇观有过之而无不及，完全切合"疑是银河落九天"的意境。

而最令人心驰神往的，是山上山下丰富的矿藏。古兜山脉除了水晶矿随处可见之外，钨矿也露出了地面，你只要懂一点常识，拿个筲箕或者铁镬到山溪去淘，说不定一天就能淘出个半斤几两来。你知道，钨可用于制造枪管，在抗日战争时期，我们家乡的钨矿还为打日本鬼子作出过贡献呢！而锡矿，就更多了，解放后，国家的矿产部门就曾在我们家乡设厂开采过锡矿。嗬，山里还有金矿，我爸爸在20世纪30年代从古巴回来探亲时曾经说过："你不要以为金山（美国）才有金矿，我们这座瓶身山也有，只不过还未成熟，等它成熟了，我就回来掘金。"父亲言之凿凿，据说还有地质工程师的话为证呢。

正因为这样，古兜山脉成了人们寻宝之地，寻宝传奇时有所闻。而在这些传奇中，最引人入胜，也最能给人以深刻哲理启迪的，又是水晶王甄伯的故事——他找到过四窝水晶矿！

（陈照平主编 . 情牵五邑 [M]. 广州：岭南美术出版社，2006：370.）

如果父亲能读到我的《水晶梦》，他一定会记起他曾做过的古兜山黄金梦。

古巴华裔新会探亲记

黄卓才

　　了却数十年的思念，克服重重困难，古巴华裔 Luis Mitzi（路易斯·米兹）女士终于回到爷爷吕番象的故乡江门市新会区大泽镇吕村东兴里探望亲人。

　　这是一次不同寻常的探亲，许多细节感人至深！

　　Mitzi 是来广州开学术会议顺带探亲的。

　　不久，同居女友突然离家出走。不知其因，也不知踪——据说当年这样的事情在古巴时有发生，不少华侨与古巴女子同居而不婚，家庭并不稳定。吕番象是街头摆摊的小贩，女友出走后，他卖蔬菜水果，赚点小钱养家糊口，不但要养活身边的两个可爱的混血女儿，还要依时依候寄钱回家乡新会给老婆和两个女儿。到了 60 多岁的时候，吕番象无业，也没有退休金，四个女儿像嗷嗷待哺的燕儿，吕番象只能靠以前一点小小积蓄养育她们。

　　后来，四女儿吕月宝结了婚，生下 Luis Mitzi 姐妹俩。

　　吕番象十分钟爱这个小孙女，他尽心尽力照顾她，给她讲好多中国和新会家乡的故事，在她幼小的心灵中播下了爱中华、爱家乡、爱亲人的种子。1975 年，11 岁的 Mitzi 失去了吕番象爷爷，懂事的她悲痛不已。她慢慢长大，得益于古巴政府的免费教育政策，由小学、中学到大学，从边远小城到首都，她成了哈瓦那某图书馆的管理研究人员，档案专家。随着年龄的增长，她越来越觉得中国爷爷是世界上最好最好的人；她想象，爷爷的新会故乡一定是世界上最美最美的地方……

　　到中国去！一个迫切的愿望在心中不断升腾。终于，2007 年的一天，Mitzi 得到一个信息：一个海外华人研究和文献收藏机构的大型国际学术会议将在广州暨南大学召开。她按会议要求提交《古巴西恩富戈斯的华人商业组织初探：1888—1909》的论文，报了名。2000 美

吕美枝姐妹和他的华侨爷爷　今日的姐妹俩 刘博智 摄
吕番象 美枝提供

元的路费却没有着落。她每月的收入折算起来只有 10 多美元，日子过得紧紧巴巴的。美国布朗大学族裔研究中心主任华人教授胡其瑜得知情况后，马上伸出援手。会议组织者广州暨南大学也为她一一排除出国签证的障碍。终于，经过 36 小时的长途飞行，在荷兰阿姆斯特丹、北京两次转机，日夜兼程来到了广州。

会议结束后，次日早上，Mitzi 在胡其瑜教授、美国纽约城市大学罗凯娣教授（白人，女）、美国纽约康涅狄格学院韦德强教授（白人，男）和广州暨南大学黄卓才教授的陪同下，专程前往新会探亲。

新会方面，吕番象后人早已做好准备。手机信号不断在空中飞翔。一个多小时后，吕家的小车在共和出口顺利接到了广州来的商务车。表兄弟等和不远千里而来的表姐紧紧拥抱在一起，场面十分动人。新会话、广州话、英语、西班牙语，所有的表情和动作，都表达着同一个意思：高兴，太高兴了！美、中四位教授的兴奋程度不亚于主人，胡教授忙于翻译，黄教授忙于摄影，罗教授和韦教授忙于录像……

两台小车沿着平坦的新修水泥公路向吕村方向前进。下了高速，树木青葱，树枝偶尔轻抚车窗。多美的树枝啊！黄教授灵机一动，送给 Mitzi 一个中国名字：美枝。Mitzi 欣然接受。

来到吕家新屋，一座三层高的漂亮小洋楼气派十足。屋内布置简洁雅致，登上楼顶，四千多人的大村兴旺景象尽收眼底。在这里，沉浸在亲情和幸福中的美枝才想起带来的礼物。她给亲人送上爷爷生活过的城市的旅游指南、皮革制的古巴地图、特色餐巾，还有几张难得的《光华报》——古巴华侨社会历史最长、最具影响力的报纸。礼轻情义重，万里之外的加勒比亲人不忘中国的根，在场的人无不热泪盈眶！新会亲人给美枝的回礼，是崭新的人民币。改革开放让他们洗脚上田，吕番象孙辈办工厂、开公司，走上了致富路；重孙辈的年轻人一个个上了大学。面对一个个沉甸甸的"红包"、一沓沓的百元大钞，美枝笑得合不拢嘴，但婉言辞谢，家乡亲人则硬往她怀里塞。黄教授不禁赞叹："东兴里"，东方兴起哩，名副其实啊！

美枝回到中国故乡 笔者 摄

笔者与家属赴古巴访问，在洪门民治党餐厅宴请侨领后合影（2014）

40. 教育儿女长大自然有出路

1974 年 3 月，寄到中山师范学校，航空信

卓才吾儿：

前后两封信收到了，请勿念。未得及时答复，事因年事太高，精神上未免太差，执笔如负重担之故。

女孙阿炼染了急性肾炎症，日见好转。在西方医生打消炎针、服药，好快痊愈。对于食品需要讲究卫生，如辛辣刺激食品，对于人身不利。我在旧中国的时候见过医疗卫生方面的条件非常差，不如西方人日常家庭整理清洁地方，消除微菌，对于儿童保养大有裨益。

你近来几封信关于你个人前途未满理想愿望，常抱悲观。你我须知环境千变万化，全世界几乎催（趋）向社会主义即国家主义，（要求）领土完整、主权独立，使资金不能外流，截止外人入境，被（避）免争夺土人权利，你

航空信

本信及信封由中国华侨博物馆收藏。

原件尺寸：信笺 204mm×250mm，信封 148mm×90mm。

航空信封

1974年3月，寄到中山师范学校。

去到任何角落无法谋生。

我失业将近六年，所入不敷支出，所余不过一二千元。长期下去好容易用清。关于老侨一件，至月前未见半个人出口，对此非常失望。

今年侨汇未有消息，如果开始，可能再加多几十元，事因老侨死亡太多，又有一部分无能寄付。有小部分亲人由香港或美国付来美金、飞机票，返国事情亦不容易，起码要候二三年，然后轮到。

总之坚持忍耐，等候时机，教育儿女长大，自然有出路。

我目前身体如常，请勿远念。

顺祝

大小健康

父宝世字

一九七四年三月十二日

父亲身体不好，"精神上未免太差，执笔如负重担"。他说是这是"年事太高"之故，当时我才 30 多岁，父亲已经 74 岁，相比之下，我觉得父亲的确老了。但现在我重读此信，却觉得更主要的不是年龄问题，而是父亲精神上的苦闷和物质上的贫乏。

父亲"失业将近六年，所入不敷支出，所余不过一二千元。长期下去好容易用清"。而对于回国的事情，却越来越渺茫："关于老侨一件，至月前未见半个人出口，对此非常失望。"鉴于古巴老侨财力已经耗尽，有的侨胞家属从香港寄去美金和飞机票，古巴方面却迟迟不让他们出境，"返国事情亦不容易，起码要候二三年，然后轮到"。华侨乘搭中国货船回国无望，旅游观光回国无望，连亲人出钱出机票援助回国也那么难，似乎每一条路都被堵死了，古巴政府的做法令人不可理喻。缺衣少食，营养不能保证，身体衰老加快。眼看身边的老侨一个个故去，中华会馆里走动的人越来越少，父亲内心一定是压抑的，这对于健康自然非常不利。

以前我不懂事，现在年纪渐长，社会逐渐开放，两性观念的不断更新，我才为父亲设身处地想想：他在古巴还有妻儿吗？

在 19 世纪契约华工时期，古巴中国苦力是清一色的男性光棍族群。于是就有这样的趣闻：为了让解除契约束缚的华工继续安心在蔗园、糖厂卖力气，白人老板找来一批单身黑人妇女，用布袋罩住头部，让华工选作妻子。这无疑是一出闹剧，但它客观上打破了不同肤色通婚的界限，促进了华人与古巴其他民族的融合。到 20 世纪，虽然有华人女子到古巴，但为数极少。长期与国内眷属分离的男人，终于耐不住孤独，纷纷与古巴白人、黑人或混血女性结婚、同居。我的古巴友人吕美枝（Luis Mizti）的爷爷、江门市新会区大泽镇吕村东兴里华侨吕番象，就是一例。

吕番象，1918（18 岁）年到古巴中部的维亚克拉拉省一个偏远滨海小城西恩富戈斯（Cienfuegos）谋生，十年后第二次回国时娶妻，生女；1932 年第三次回乡，再添一女。返古巴后，知遇一位 15 岁的西班牙裔姑娘，同居，并生下二女。

我父亲也会是这样吗？

2000 年，南海九江人关碧英大姐从大沙华回广州探亲，见面时她告诉我那边有两个弟弟。我托她带去照片和名片，却没有下文。我将信将疑。2007年起，就有古巴华侨读者陶炎先生开始帮我调查。2009 年，古巴华侨华人研究专家 Mitzi 女士又在中华总会馆书记周卓明先生的帮助下，翻出父亲 1961 年填写的会员表格，证明他的确没有古巴妻子和儿女。这样，"两个弟弟"之说也就不成立了。

那么，父亲有没有女朋友呢？

美枝告诉我，她访问了好多大萨瓜人，得到一个信息：有。

这个古巴西裔女子叫 Ninfa（妮花），情人关系，断续秘密往来，没有同居。他们的关系保持了 20 年。Ninfa 在经济上得到黄宝世的帮助……

这个信息令我惊喜，愧疚的心得到了抚慰。但因缺乏确凿证据，只能算是传闻而已。

2014 年我首次访问大萨瓜，找到了父亲 1942 年开设在哥伦布路和卡里利奥将军街夹角处名为"沙瓜珍珠"的商店旧址。适逢两位老工人模样的古巴人骑自行车经过。他们一听到我们讲 Fernando Wang 的名字，立即下车，加入倾谈。我趁机问："我父亲在这里有太太吗？""没有。"他俩异口同声地说。我再问有没有男朋友，他们也说没有。我追问，为什么没有？一个说，他不能这样做，因为他是中华会馆主席。另一位说："Fernando Wang 是一个高尚的人。"他们反复说"是高尚的人"，争相回忆小时候上学路过我父亲的商店，Fernando 怎样疼爱他们。"买一分钱东西，他也卖。"他们想吃糖果饼干，身上没钱，就赊账，从不追账……

收到这封信前几个月，1973 年 11 月，我已经调往中山师范学校工作，妻子随调黄圃人民医院。为此我们一家五口也搬到了黄圃镇。

这次调动，并非我主动。当时我最希望的是返回广州，因为那毕竟是我读书长大的地方，有许多的牵挂，还要为孩子将来的学习环境着想。

"人怕出名猪怕壮"，当中山县教育局的调令下达到坦洲中学时，黄滚常校长这样感叹。"我们这间铺头仔留不住人才。"他很后悔让我"出了名"。

其实，人要出名，有时是在不经意间。公社文教办指定要我担任首期"赤脚教师"培训班的主讲教师和班主任。当时大沙田地区缺乏教师，而知青又正在苦寻出路，两者一拍即合，学员积极性很高。我根据他们的实际制订教学计划，自编教材，讲课很受欢迎。这批特殊学生是来自广州市执信女子中学和中山纪念中学、石岐一中等名校的知青，他们大多数是从具有高二或高三学历的知青中甄选出来的，文化知识基础好，学起来很容易上手。个别只有初中学历的则是知青中崭露头角者，后来当了广州一流名校执信中学副校长、退休后又任南海执信中学校长的黄晓江就是其中一个。这样一批高素质的学员，只要教给他们一些备课、讲课的技巧，他们就可以胜任小学、初中教师的工作。果然，经过短期培训，这批学员成了各个大队小学的教学骨干，个别还被挑选到公社的中心小学、中学任教。"黄老师教得好"之类的议论自然不绝于耳，我的成绩，也就很快传播开去。我常常骑着自行车，沿着围基泥泞小路到各个大队的小学去看望这批"赤脚教师"，听听课，为他们解答一些教学中碰到的问题。看到他们朝气蓬勃地把文化知识撒向大沙田，听到他们向学生和农民介绍说我是"老师的老师"，我觉得自己的确做了一件很有意义的工作。而之所以受到学员欢迎，其中重要的一条是我与他们心心相通。因为，我也从大城市来，也热爱教师的工作，与他们有许多共同的经历和感受。

最令黄校长耿耿于怀的，是我的一堂公开课。我当时担任语文科组长，在教学中，坚持自己一贯的做法——教书育人，向学生传授有用的文化知识，教给他们读、讲、写的基本技能。校长布置我准备一堂公开课，说有外校教师来听。我设计了一堂作文讲评课，并且预先做好前期准备工作，带学生到农村去访问农民、干部和知青，然后让他们写作文。公开课上，我让学生介绍自己的文章，谈采访和写作的体会。我不时跟学生交谈加以提点、评论，特别注意纠正当时流行的"假大空"（讲假话、大话、空话）的坏文风。课堂气氛轻松而活跃，听课的本校、外校老师深受感染。对这堂课，大家一致给予肯定。特别是中山师范学校的领导和语文教师，更给予很好的评价。

我想，提升了我们这间"铺头仔"学校的知名度，应当是我的一点贡献。谁知没过多久，黄校长就听到两个消息，一个是要把我调到中山师范，另一个是把我当班主任这个班的班长调入中山粤剧团。对于我的被调，黄校长自然知道"祸"因，大叫"失策"；而对于班长的抽调，则是满头雾水。原来，早两个星期，我带学生下乡采访，在晒谷场休息时，班长在水泥地上打着漂亮的筋斗，被在场的中山县粤剧团看见，一口咬定这就是他们踏破铁鞋寻找的武打小生。黄校长明白过来之后，既高兴又后悔，唯有感叹"赔了夫人又折兵"。

回顾我在坦洲工作仅四年，但有幸参与创办高中部，为落后的大沙田教育的飞跃尽了心，为当地培养第一代高中生尽了力。更令我庆幸的是，这批学生走上工作岗位不久，就遇上了改革开放。于是，不少人大展拳脚，在家乡、

黄圃腊味

黄圃腊味的历史悠久，早在100多年前，黄圃人就发明了腊味制品。相传，清光绪十二年（1886）冬季一天，黄圃一名叫王洪的卖粥档主，因天气奇冷，阴雨纷飞，准备好的猪肉、猪肝、粉肠等肉料因无人光顾而卖不出去。王

腊味飘香　笔者 摄（2016）

洪只好用盐、糖、酱油等调味料把肉料腌起来。谁料连续多天阴雨不晴，肉料始终无人问津，王洪尝试把粉肠掰衣，将肉料切成粒塞进肠衣内，再用水草分截绑好，悬挂在屋檐下，经数天风干日晒，便制成了今日的腊肠。由于腊肠吃起来香而不腻，别有一番风味，王洪便如法炮制，把腊肠作为一门生意经营，设档出售，购者日众。聪明能干的黄圃人，依照腌制腊肠的方法，后来又制成了腊肉、腊鸭等腊制品，并且不断研究改进生产工艺，由全手工生产发展到半机械化生产或全机械化生产，由风干日晒发展到木炭烘房烘烤，再发展到太阳能干燥技术。改革开放以来，特别是20世纪90年代以来，黄圃镇党委政府为了促进腊味行业的发展，积极采取用地、用电、用水、税收等优惠措施，大力扶持腊味行业，使腊味行业得到迅猛发展。一些本来在四川、湖南等地开设腊味生产厂的本地人纷纷把厂子搬回黄圃。伴随着腊味行业，其他食品行业在黄圃也逐渐发展起来，稻米蔬果加工、干果饮料、水产品加工、包装印刷等行业也加入到黄圃食品产业的发展行列，使黄圃以腊味为代表的食品产业越做越大，成为门类较齐全、具有一定发展规模、初步形成产业链条的区域特色产业。

在港澳、在海外得到很好的发展，有的当了镇长、局长、校长，有的成为香港和内地企业家，更多的是在平凡岗位上默默地为建设坦洲、改变沙田区的落后面貌作出了重大贡献。

坦洲的日子是美好的。用时下的流行语，就是"穷并快乐着"。"葡萄美酒夜光杯，欲饮琵琶马上催"，正当我还在栈恋坦洲时，要人单位和教育局却连发令牌，催得猴急了。

中山师范在黄圃镇，坦洲与其相隔七八十公里，学校没有任何交通工具可以为我送达。领导、同事、学生、家长、农民和知青朋友们热情送行，把我的行李搬到码头（当时全部家当就装进30多个纸皮箱），送上花尾渡"红星"轮——当年珠江上的一种载客机动木船。上午9点开航，下午6点才到石岐。此时开往黄圃的花尾渡早已不见踪影。我们就在石岐住下来。那天正是1973年的农历八月十五，中秋之夜，我们一家大小在美丽的岐江边赏月，留下难忘的一页。

黄圃镇当时是中山县的第三大镇。此镇名声在外，实际上也只有一条街，只不过比坦洲街长一些、商店多一些罢了。黄圃镇有一样东西出名，就是腊味。当年猪肉供应紧张，没有什么腊味可言，镇上自然也没有什么著名的腊味店。但后来一遇改革开放，黄圃腊味制作技术立即饮誉广州，腊味师傅走遍全国。在腊味行业，说起黄圃师傅，没有人不知道的。广州的"皇上皇""沧州"等名牌店，每到秋季腊味制作高峰期，都会雇用大量的黄圃师傅。改革开放为黄圃腊味的大发展提供枯木逢春的历史机遇。现在它已经成为中山市的一个特色产业。

中山师范学校受命从在职民办教师中抽调优秀分子进行两年培训，然后授予中专文凭，并吸收为公办教师。生源除来自本县外，还有不少来自附近的番禺、顺德、珠海、斗门四个县。此外，学校还担负起各个公社巡回教学的任务，与广东师院（现华南师范大学）的老师一起，共同辅导初中老师。这是中山师范的鼎盛时期，教学层次高，师生中人才济济，虽然仍然处于"教育革命"的大环境中，社会上"读书无用论"甚嚣尘上，但这里似乎是个例外。学员从教学实践中深知文化知识的重要性，教师上课认真，学员学习刻苦。校园处于小镇东郊，夏天蚊虫猖獗，学员要穿长袖衫，再加袖套和袜子，才能勉强抵挡住蚊子和"小咬"的侵袭。即使这样，大家还是坚持晚自修。前后两三届的学生，毕业后正逢改革开放，于是冒出了一大批人才，如优秀教师、

笔者与中山师范的学生聚会留影（2010）

书画家、校长、局长、市长、市委书记等，这是后话。

中山师范的校址，原来是省属中山农业学校的所在地，拥有大片大片的农田和鱼塘。按照当时的政治导向，知识分子属于资产阶级，所以大农场正好是知识分子改造思想的战场。实际上，大家心里明白，师生是最好的免费劳动力。锹泥、砍蔗、割禾、晒谷，一件件重活全靠师生承担。体力劳动成为检验师生政治表现的主要依据。而当时的伙食很差，早餐几乎每天都是长了虫子的面饼，又缺油少肉，营养得不到保证。在我的记忆中，那几年的日子是相当艰苦的。

到中山师范工作，我最高兴的是居住环境的改善。校舍依山而建。山脚下是办公楼、礼堂、饭堂，山腰上是课室、学生宿舍。大部分的教工宿舍都在山下，唯有一座旧平房坐落在山腰上，与学生宿舍相邻，听说以前是校长住过的，现在成了我的家。这儿背靠尖峰青山，面临圃江绿水，风景优美，是非常幽静的山间别墅。虽然没有自来水，井水要从山脚下挑上来，每天要多次爬数十级上山石梯，但当时年轻，倒是一种锻炼，没有觉得太苦。直到后来妻子挑水上山扭伤了腰，才感到这是一个问题，然后才搬到山下的宿舍去。

孩子逐渐长大，收入"雷打不动"，开支捉襟见肘。比如父亲信中提到的，女儿黄炼患了肾炎，带她到石岐住了一个多星期，在县人民医院就诊；痊愈后又带她到广州，在广州市第一人民医院找到钟南山医生（后来在迎战"非典"中十分出名的钟南山院士）割除扁桃体。遇到这样一类的事情，就更感阮囊羞涩。

有一次，我回到广州家中，无意中翻出母亲留下的一张 20 元、一张 5 元的美钞。那是传家宝啊，但当深感困难重重的时候，我还是狠心把其中 20 元的一张卖掉了，只留下 5 元那张做纪念。按当时汇率，卖得人民币 39.39 元，虽然比价低得有点离谱，但我还是忍痛兑换了，因为在当时，这笔钱无异于是久旱中的一瓢水，让我们又渡过一个难关。

父亲来信中说我"近来几封信关于你个人前途未满理想愿望，常抱悲观"。这是那一段时间我的思想的真实记录。我一向自视为乐观主义者，相信"车到山前必有路"。但那时知识分子还在忧国忧民的苦痛中煎熬。迷雾重重，令人看不到出路。自从 15 岁到广州，读高中、读大学，经过大都市的熏陶，我就认定大城市是一个大舞台，我一定要在那里寻求发展。但毕业分配到了农村。十多年过去了，什么时候才能够打回广州去？我探索着、活动着，反复寻找，似乎都没有机会，有时就不免有点焦灼，有点悲观……

父亲勉励我："坚持忍耐，等候时机，教育儿女长大，自然有出路。"他已经不止一次说过这样的话了。

果然，四五年后，他的预言就应验了。1978 年，暨南大学复办，母校即派人前来中山，要调我回去中文系任教。1979 年 2 月，调动成功。1980 年，暨南大学创办医学院，素梅也有机会调回来，加入了暨南大学医学院附属华侨医院的开拓者的队伍。

20 世纪 80 年代，改革开放，广东一马当先。我们一家各奔前程。我当了副教授、副系主任，妻子素梅成为主管护理师、护士长。老大雅凡、老二黄炼先后完成了中学、大学的学业，出国留学，老三黄鹄也进入华南理工大学读书。

"山重水复疑无路，柳暗花明又一村。"生活的经验告诉我们，每当苦无前路的时候，机会也许已经在招手了！

洋教授到我家

1987 年冬，加拿大著名生物学家爱尔兰教授来到我家，了解黄雅凡在暨大攻读硕士的情况，指导办理出国留学手续。

41. 古巴医疗、教育、技术发展迅速

1974年3月，与上信同寄，航空信

素梅嫂[①]：

久耐没有信问候，甚念。料必工作顺利愉快，为颂。你在医疗方面十多年来定想大有进步。

略谈古巴自革命以来，如医疗、教育、技术几方面进展非常迅速。新建了许多新医院，配备时代化，培育大量新医生，分派到各医院，对于病人非常便利。如重病在医院留医，赠医赠药，不收分文；如轻症，订单往药店自行购买。教育方面，免费入学，还有公费生食宿在校舍，赠送衣服。对于贫苦民众有了种种的方便。

顺祝

健康

宝世字

---

① 台山人父母称呼儿子的妻子（媳妇）为"嫂"。长子、次子之妻依次称为"大嫂""二嫂"，余类推。

父亲写给儿媳妇的这封信，在回答她的询问时，热情赞扬了古巴革命后的建设成就，特别是医疗、教育、技术方面的突出建树。父亲对古巴社会的一些方面并不满意，甚至非常失望。但该肯定的，他还是给予肯定。他爱祖国，也爱古巴。他十分理解社会主义国家的特点，理解古巴和中国在探索社会发展历程中所遇到的困难，理解这个历史进程中所经受到的曲折和失败。即使个人承受的苦痛是那么多，付出的代价是那么大，他也大肚能容。

父亲不愧是个深明大义的人、有气量的人。

2021年，古巴庆祝革命胜利62周年。回顾这段历程，应该说是有成就的。主要的成就是什么呢？能够得到国内外比较一致认可的，还是表现在父亲在这封信中说过的"教育、医疗、技术"三个方面。免费教育、免费医疗，这两件连发达国家都不一定能做到的事情，在这个被美国长期封锁的穷国，居然做到了。虽然由于美国封锁、药物缺乏，有点力不从心，不尽如人意，但毕竟是已经坚持了半个多世纪了，这实在不容易！扫盲运动将全国识字率从1959年的60%提高到1961年的96%。预期寿命比1959年延长了近20年，婴儿死亡率低于美国。自革命以来，古巴医生数量增加了15倍，医患比例世界最佳。成千上万的古巴医生和护士被派到40多个国家工作。技术上，主要体现是生物医药科技方面，达到世界先进水平。古巴生产的特色药物数十种。在抗击新冠病毒的战斗中，古巴是拉丁美洲唯一能自产疫苗的国家。

2015年，83岁的新会华裔长者吴帝胄应邀回国访问，回程经香港时摔了一跤，造成骨折。回到古巴马上住院治疗，全部免费。不久给我传来好消息，说他已经完全复康，行走如常了。

我是体育运动爱好者，觉得古巴的体育成绩也是很不错的。棒球是古巴国球，涌现许多名将。女子排球曾属世界一流。姑娘们健美的翘屁股好身材和超凡的弹跳力令人印象深刻。

古巴还有一大成就，是当时情势下父亲不可能预见的，那就是1991年以来旅游业的发展。

古巴旅游业百年前就已享有盛名，美国人把古巴当成后花园，加拿大人、欧洲人都喜欢前来古巴旅游，特别是冬季来避寒。1991年苏联解体后，古巴失去了近95%的出口市场和近85%的进口市场，古巴经济遭受重创。为创收外汇度过这一"特殊时期"，古巴政府采取了一系列的开放措施。在旅游业方面，当时的古巴改造了旧旅馆、整修了哈瓦那老街道，并在海滩旁建造了

古巴生物技术创新催生科技奇葩

古巴在生物技术领域已取得 500 多项具有自主知识产权的海外专利；古巴现有生物制品 160 多种，其中具有世界先进水平的有干扰素、生长素、PPG 药物、B 群脑膜炎双球菌疫苗和乙肝疫苗；已经研制出一种重组 INTERLEUKINA-Z 的抗癌药品；日前其第一支牲畜防虱疫苗在实验室研究中取得成功，这种疫苗的研制成功对畜牧业具有重要意义……

据悉，古巴已经有 38 种生物产品出口到包括英国和加拿大在内的近 50 个国家和地区；古巴生产的乙肝疫苗被世界卫生组织列入联合国采购名单；2006 年，古巴生物药品出口增长 23%。

除了出口生物产品外，古巴还向号称生物技术最先进的美国等国家转让生物技术。虽然美国与古巴长期以来没有经济往来，但 2006 年 7 月，美国却特批从古巴引进新型抗体药物尼妥珠单抗（Nimotuzumab），在美进行抗脑神经胶质瘤的临床研究。这说明在生物技术的某些方面，古巴要么比美国等发达国家更为先进，要么与美国等国家难分伯仲。

（《中国医药报》2008-07-10/ 李莫）

古巴庆祝革命胜利 52 周年取得巨大成就

人民网 2011 年 1 月 1 日讯　据西班牙《起义报》今天报道，古巴今天庆祝革命胜利 52 周年取得的巨大成就，尽管美国对这个岛国实施经济、金融和贸易封锁。

古巴取得的成就中突出的是公民免费得到教育、医疗和运动，全世界承认古巴国家的伦理和国际团结，因为古巴的医生、教师和技术顾问在世界上完成不同的国际使命。现在有 1200 多名古巴医生在海地的 40 个医疗中心工作，向受到地震破坏和发生霍乱的海地人民提供援助。从 10 月以来已经接诊 3 万多名霍乱病人，占海地全国霍乱病例的 40%。

卡斯特罗在 29 日的思考文章中说，古巴努力支持人的健康从革命胜利时就已经开始，2011 年将有 8000 名医学院学生在委内瑞拉毕业，他们是在古巴专家的合作下用他们的理论和实践培养出来的。今年世界卫生组织承认古巴在儿童领域取得的成就，古巴的新生儿死亡率为 4.8‰。古巴不是一个富有的国家，但是它的儿童死亡率低于世界上大多数国家。世界卫生组织与古巴公共卫生部一起工作，传播古巴的经验，使其他国家受益。

美国对古巴的封锁已经半个世纪。据古巴政府的估计，到 2009 年 12 月美国封锁对古巴造成的直接经济损失已达到 1181.54 亿美元，如果以美国零售价格的通货膨胀为基础计算则达到 2395.33 亿美元，如与黄金价格的演变比较，这一数字则超过 7000 亿美元。尽管存在美国的封锁，古巴预计 2011 年国内生产总值将增长 3.1%。古巴从 40 多年前已经成为镍的主要出口国之一，加上糖和烟草，成为重要的外汇收入来源。现在古巴每年接待 200 多万名旅游者，主要是德国人、加拿大人、意大利人、西班牙人和巴西人。

古巴开发先进的新技术，药品和疫苗的生产处在第三世界国家的前列，并根据互利的双边协议大量出口，与美洲大陆其他国家一起建立制药厂。

取得这些成就的基础是社会主义的社会经济结构和从儿童到青少年的综合教育，尽管受到美国封锁的限制，但是古巴人享有高效的教育机构和后勤支持。

（管彦忠）

度假村，吸引了大批来自加拿大和西欧的游客。

此后，旅游业对古巴的经济产生了重大影响，20 世纪 90 年代末，该国的旅游业产值超过了古巴传统出口产业——制糖业，成为支柱产业之一。

2011 年 4 月，古巴政府开始允许个人开设餐馆与家庭旅馆、从事个体运输。此后，古巴个体经营者的数量不断增加，古巴劳动部公布的数据显示，截至 2020 年 4 月底，古巴全国从事个体经营的人数已接近 38.6 万人。

2014 年 12 月，奥巴马与时任古巴国家元首兼政府首脑劳尔·卡斯特罗宣布结束冷战隔阂、建立外交关系，此后，古巴接待游客的生意变得越来越火爆。2016 年至 2019 年，这个岛国每年接待的游客超过 400 万人次。作为古巴重要的外汇来源，旅游业对该国经济发展起到了重要作用。

我 2014 年、2018 年两次访问古巴，亲见旅游业给古巴人带来的好处。出租车司机、私人旅馆（民宿）和导游这三类人先富起来。他们全都收取外汇，对外国游客价格也不便宜。一般民宿三四十美元 / 天，哈瓦那市内导游 100 美元 / 天，到外地去还要加收。我们租一位老司机的七座车前往大萨瓜，途

古巴海滨休闲旅游有吸引力　笔者 摄于巴拉德罗海滩（2018）

经老司机家的小镇。他带我们参观他们老两口的家。房子不大，大概 60 平方米，但有前后花园，种了不少花卉和足够自给的瓜菜。室内电视机、洗衣机、电饭锅等家用电器一应俱全。这样的生活水平显然是超前的。老司机载我们去大萨瓜一天一个来回，共约 340 公里，车费 250 美元。我还请他一起吃饭。事后我从旁了解一下，司机这一趟的纯收入，即除汽油费、管理费和税金外，估计不少于 150 美元。以其时古巴人一般月收入只有三四十美元计，他一天的收入等于一般人干四五个月了。

　　不过，2019 年起，美国特朗普政府加大封锁力度，尤其是 2020 年开始的新冠疫情，古巴旅游业备受打击。逆境中求生，古巴大力开拓欧洲、中国旅游市场，果然引来不少俄罗斯和中国游客。中国、古巴开通了直航，又为游客提供了方便。2024 年 5 月 17 日，古巴政府宣布，即日起，持有效普通护照的中国公民出入古巴国境、在古转机或停留，时间不超过 90 天（自入境之日起）享受免签政策。在古境内停留超过 90 天的中国公民仍需申请相应签证。此外，来古工作、学习、居住、进行新闻报道等的中国公民，须在入境古巴前申请相应签证。

248

古巴白人花旦到我家

黄卓才

难以置信，两位白人花旦真的到我家来了。

刘博智就是那么牛。他要办的事，总是要办到。

开始听他说要把两个年近八旬、从未出过远门的古巴老太太带来中国香港、广州、开平，我真为他捏一把汗。现在，他真的带来了！

二花旦年轻时剧照

这就是何秋兰，白皮肤，高鼻子，完全是白种人的长相，我在照片、录像上熟悉；这是黄美玉，初次见面。也是美人胚子，但皮肤黝黑，有点像非洲人。在餐桌旁，旅途劳顿已消，她俩都精神焕发，不太显老。

何秋兰未满一岁就被华侨方标收养。方标是广东开平富家子弟，因迷恋"大戏"粤剧被父母反对而于1923年出走古巴。他教秋兰讲台山话，又为她请来粤剧师傅董祥。董祥教秋兰读中文书、写汉字、唱功谱、做戏。八岁，秋兰就跟着师傅上台表演。她饰花旦，美玉扮丫鬟，因扮相唱功俱佳，很快走红中国城。方标继续以洗衣、洗碗、卖彩票为生，还组织了一个粤剧团。秋兰和美玉先后嫁人（分别是开平人、台山人），继续做戏。20世纪60年代起，古巴华人社会逐渐衰落，粤剧随之式微，她们只好改行。何秋兰改做酒店服务员，退休后在《光华报》报馆做排字工人。像所有吃大锅饭的古巴人一样，生活比较清苦。

何秋兰和黄美玉是好邻居，从年轻时起就是哈瓦那粤剧戏台上的搭档。几十年不做戏了，只是偶尔私下唱一唱，拜拜华光，做做粤剧梦。想不到前年偶遇美国华人摄影家刘博智教授，勾起了她们尘封的记忆和戏瘾；更想不到能得贵人资助，到中国来寻根——养父的根、夫君的根、大戏的根。

她们去了西关老城区的八和会馆。在广州这个粤剧老家，她们化了真正的粤剧妆，穿上了地道的戏服。八音齐鸣，锣鼓喧天，在花城"大戏"老行尊和发烧友面前，她们回到了少女时代。于是，兰花指、花旦步，"查

249

笃撑"，手舞足蹈，放声高歌……

在我家，她们要寻的根，是亲情，是四邑美食。有朋自远方来，不亦乐乎！我太太给她们做了药材炖鸡、猪骨淮山薏米肇实薯仔汤，还有清蒸大海鲈、石牌欧记烧鹅、清水芦笋等。还请她们尝了澳洲的红酒、美国的朱古力、泰国的榴梿糖……她们胃口大开，连连竖起大拇指，用台山话说："好吃！好吃！"她们怀旧，对久违的话梅情有独钟，吃了好几枚。临别，我们送了她们一罐最好的从化特产甜话梅。

笔者与古巴粤剧名宿合影留念　德仔 摄

这是 2011 年 5 月 8 日的事情。同来我家做客的，还有一位古巴留学生。他是华裔，名叫胡里奥·邓，广州老师给他起了个中文名字：邓思唐。

42.胡思乱想"马行田"

1974 年 10 月寄中山县黄圃镇中山师范学校，航空邮简

卓才吾儿：

昨接到由香港素媚姨转付来你手札，和她讲述偷渡过港的勇敢情形，一切收妥。

你的来信令我无法解决。此事上次已经谈论过一番，儿子来古接受父业，完全没有理由。古巴外侨毫无产业之可言，只给与（予）退休金维持生活。所谓伪造某人来港接你更无依据。我又不知向某部门写申请书较为妥善。你草备申请格式付来，俾得参考研究为要。

我昨写一封信给美国黄集全兄。他是水步圩井水凹村人，将你想出香港工作情况向他报告，嘱他认定你是他亲人，同时写给你在祖国地址，以备和他通信。此事不敢断定发生效力，如接答复，请与他通讯（信）为要。

前信料必收妥，毋容再述。侨汇尚未有消息，据友人接来湾京报告，可能月尾办理侨汇等语。

　　祝
合家安康

余宝世上

1974 十月十五日

父亲从收到我的信落笔，首先赞扬了素媚姨偷渡过香港的勇敢。

素媚姨即是我的妻妹，广州人。因"文革"，十四五岁只读了一年初中，就要下乡做"知青"，到英德茶场去采茶。歌舞里的《采茶扑蝶》诗意又浪漫，知青生活大相径庭，天蒙蒙亮就要出勤，劳累又单调，城里来的小姑娘吃不

航空邮筒内页
1974 年 10 月寄到中山县黄圃镇中山师范学校。

饱穿不暖，皮细肉嫩的手指肿了，爆裂了，怎么受得了！ 1970 年起，广州知青偷渡风起云涌，她也就加入这个危险的行列。我不知道她经过怎样的策划准备，不知道她从哪里出发经历过怎样的坎坷。突然有一天收到她一封从香港寄来的信，才知道她"平安到达"了，真是让我们大吃一惊！那是 1974 年夏天，我们在中山黄圃。

当时的偷渡风甚烈。重阳节 10 多万名知青白云山登高祈福，许愿"督卒"顺风顺水，就是发生在 1974 年。广州知青偷渡，叫作"督卒"。这是借用象棋的术语，十分生动传神：卒子过河，只能向前不得回头。偷渡者也一样，无论是爬铁丝网，还是游水过去，一旦踏上偷渡这条路就不能转身向后。因为偷渡曾被视为"叛国投敌"（后改称"非法越境"）。成功偷渡到香港的人都无法回来探亲（直到改革开放后才敢回来）。所以当时去偷渡的知青有一句话："湿开了头，就一定要湿到脚。"不少人只好一而再、再而三地偷渡。有些人经过十次、八次失败，最后才"督卒"成功。所以，偷渡者为了搏得一条改变命运的出路，都下定了把生命豁出去的决心。父亲信中称之为"勇敢"，的确不为过。

由偷渡者到成功人士的，大不乏人，我早期中山市的学生中就有几位。他们在港澳海外学了技术，赚了第一桶金，就回来投资办企业，给家乡建设捐款，为改革开放作出了贡献。他们是切切实实的爱国者。

父亲说"你的来信令我无法解决"。我去信说的是想到香港去工作的问题。我以为，父亲苦无回归之路，如果我能在香港工作，想办法去古巴，或者他回香港，说不定就有机会。当时我对古巴、对香港，都了解不多。我的想法也许太天真了，现在看来属于"事急马行田"一类。

高中时代，舅母和表兄要我去香港读书，我不去。现在想去，却又去不了。当然可以申请，但在改革开放之前，如果没有十分特殊的理由或后门，申请是不会被批准的。

于是，心生一"计"。到古巴去继承父亲产业，以此作为申请理由。

谁知，对这个理由，父亲亮了红灯："儿子来古接受父业，完全没有理由。古巴外侨毫无产业之可言，只给与（予）退休金维持生活。"虽然如此，父亲还是给我想办法。他想到了身边好友黄集兰先生在美国的弟弟黄集全，让我跟他联系。

我看了信，知难而退。

但直到现在，我对"外侨毫无产业之可言"的古巴政策，仍然难以释怀。我希望古巴吸取历史教训，完善法律，切实保障外国者的利益。

黄宝世的古巴友人　Mitzi 提供

"古自从 1968 年所有大小商业收归国有，甚至瓜菜园（也被）没收。"古巴的"国有化"是多么彻底！据史料载：当年古巴个体经济几乎消失。手工业、服务业、零售业、餐饮业等都成了"国有部门"，抱着"铁饭碗"吃"大锅饭"的人越来越多。在国有企业工作的劳动者月平均工资折算起来只有大约20美元，过低的报酬影响了员工的积极性。"国有化"的结果是经济的贫困化和物资的贫乏化。于是人心向外，移民的、偷渡的很多，人才流失严重。

也许有人会说，这不是在学中国吗？中国的私营工商业"社会主义改造"，即"公私合营"运动不就是这样吗？不对！古巴的"国有化"，不管是公民还是外侨，都一分钱不给，只给安排薪酬低微的工作，或只够糊口的退休金。而中国，对外国人、外籍华人、华侨、台港澳投资者的投资和其他资产并没有实行国有化。在特殊情况下，根据社会公共利益的需要，对外国人、外籍华人、华侨、台港澳同胞投资企业实行征收时，依照法律程序进行并给予相应的补偿。

在古巴"国有化"运动中，华侨毕生的劳动成果全部被剥夺一空，经济损失巨大。1957年台北海外文库出版社出版的宋锡人所著《古巴华侨史话》一书记载："根据公元1947年古巴外侨登记局的统计，华侨总数28832人，其中妇女81人；到1952年为29000人，其间以台山、新会、开平、中山人为主干，而台山人又最多。"经营类别："杂货零售1667家、蔬果720家、餐馆281家、洗衣馆591家、农庄20家"，五类"总计3259家；其他还有

一家被没收的华人店　梁玲珠供稿
广东南海九江梁照财先生在马坦萨斯市的这家杂货店，也在"国有化"运动中被古巴政府没收。

大沙华苏力斯街黄记商店对面商铺旧址　胡其瑜供稿

241 家，包括医生、律师、汽车司机、糖厂工人、木匠、泥水匠、理发师、电影院业、时花、成衣匠、皮鞋匠等 27 种职业"。"华侨经营农、商的总财富，据估计合美金 1000 万元左右。""其余尚有不少老侨，因为不会书写，不谙银行手续，而将数百元至数千元的现钞，终日藏在身边的总数无法计算在内。"

上述数据来自古巴官方，应当比较可靠。如此看来，在古巴革命后至"国有化"运动（1959—1968）期间，古巴华侨 3500 家经营者损失的财富，为 1000 万美元以上。按照黄金如今比 20 世纪 60 年代升 40 倍计算，现值为 4 亿美元以上。

老一代古巴华侨在国有化浪潮中的处境

延伸阅读

华侨华人对古巴的贡献，得到古巴人民的认可。在他们的心目中，"契诺"（中国人）的含义就是"好样的""可亲可敬的"。然而，光荣与声誉的背后，却是难以言说的苦难与辛酸。在西班牙殖民统治时代，早期中国"契约劳工"被拐骗、贩卖到古巴蔗园、糖厂和咖啡、烟草种植场当苦力，吃不饱，穿不暖，过着牛马不如的生活，甚至比"非洲黑奴"还惨。由于备受庄园主的欺凌与盘剥，劳累过度，多少人过早地夭折、惨死。在美国统治时期，古巴华侨也曾像美、加华侨一样受到排华法案的迫害。而现在还活着的这一批"最后的老侨"，以及比他们先见上帝的同胞叔伯兄弟，则是古巴国有化政策的牺牲品。众所周知，1959年卡斯特罗革命胜利后，华侨富商和许多华人因对前途缺乏信心而移居美国、加拿大等地。1968年，古巴政府发动"革命攻势"，把城市中小企业、商店一律无偿地收归国有，也不分业主是公民还是侨民，连街头小贩也难逃此劫。失去财产的华侨华人被转为收入低微的国家职工，或领取仅可勉强糊口的退休金，生活非常艰苦，于是再次涌现出走他国的移民潮。从20世纪60年代中后期至80年代中后期，中古关系紧张，华侨华人受到负累，在古巴社会上受到不同程度的歧视。古巴由于长期被美国封锁，而且实行"严格的"社会主义计划经济，不允许市场经济和私营企业发展，物资奇缺，整个国家经济陷入困境。华侨华人数量更是逐步减少。如今，"最后的老侨"只剩下百余人，他们都七老八十了，个个老态龙钟、体弱多病。可以预见，在他们身后，传统意义上的古巴华侨社会就会不复存在。

　　我父亲1925年去古巴谋生。先打工，后经营杂货店。经过多少年的胼手胝足，省吃俭用，好不容易开了一个小杂货店。他一直保持外侨身份，不加入古巴国籍。他爱祖国，也爱古巴。新政权建立后，他不但没有随大流移居美、加，反而更加用心经营他的小店，为居民群众和侨胞提供方便，还继续出任大沙华中华会馆主席，与古巴政府和中国大使馆保持着良好关系。但就是这样一个遵纪守法的侨民，其杂货店也被无偿没收。父亲的晚年是凄凉的，因为没有自己的房子，没有积蓄，在古巴没有亲属，只能孤独地栖宿于中华会馆，靠政府每月发给的40～60元退休金艰难度日。

雅凡兄弟回访母校

国际著名生物学家黄雅凡博士（中）、弟弟黄鹄（左起行尾，全球华人羽毛球联合会珠海俱乐部会长）和父母三十多年后回到母校，感谢老师培育之恩。

43. 小孙写的优秀文章

1974 年 12 月，寄到中山师范学校，航空信

接来十月廿七日的信函，经已收到，所讲各节，明白一切。同时知道你各人平安，以及小孙雅儿写得（的）优秀文章，并向我问候，我觉得无限快慰。

关于平姨到你处医病，经素梅施药打针，经已平安无事返回家乡。须知她老人家生活孤单，毫无乐趣之可言。尤其她封建思想浓厚，时刻怀念后代接班人事情，非常复杂。我以为单身过活还好过取外人承继，免至他日弄出许多麻烦。你前时提及过平姨想将财产许你接受，如法律许可，不妨接受她的建议。

我给你第二封信料必到步，我以为（回国）希望甚微。

今年侨汇特别改变，不同往时分等级寄付，每一侨胞一律限寄二百七十元。死亡与（以）及老侨回国者完全无权汇寄。如收到此款，请来函报告，留些后用。

古巴大沙華中華會館用箋
CASINO CHUNG WAH
Céspedes No. 273 Apartado 143 Sagua la Grandes Las Villas Cuba.

航空信封

1974 年 12 月，寄到中山师范学校。

本信和信封原件由中国华侨博物馆收藏。

广东省中山县
大黄圃镇
中山师范学校
黄卓才先生

Wong Chia Chey
Canton
Republica Popular
China

事因来年汇款手续非常烦难，你看信内报纸便知。或恐还有变更，未可料及。

我目前健康如常，祈勿远念。

顺祝

合家均安

卓才吾儿收读

父宝世上

一九七四年十二月十五号

1974年冬，雅凡在黄圃镇东方红小学（"文革"后恢复旧名对圃小学）读四年级。我鼓励他给爷爷写信，他写了，告诉爷爷他怎样上学，课余怎样学下棋、练武术、学游泳、打乒乓球，爸爸、妈妈怎样做启蒙教练，怎样带他去看鸦片战争时期的大炮，又说等爷爷回来……一口气写了好几百字，而且相当流利。这封信，得到爷爷的赞扬。

老师的培养和家庭的影响，潜移默化，孩子们的作文都不错。雅凡的高考作文95分，现常在国际顶尖学术刊物发表文章；黄炼高中阶段写的作文《昙花赋》和《小草》分别获得北京《中学生》杂志社和广州市举办的全国性征文比赛一等奖，后来，她在芝加哥中文报纸当记者、主编，以快笔手著称。《昙花赋》入选多家出版社的得奖作文选，直到现在还在课堂、网络流传，有的中学老师还拿来做训练例文或考试题。黄鹄的文章也能上报纸，还与我合作在香港出版供港、澳学生使用的《现代中学普通话（预科）》教材。

这就是黄炼的获奖作文之一。

昙花赋
黄炼

在众多的奇花秀卉中，我最喜爱的是昙花。

那是个灼热的夏夜。一片"看昙花啦！"的招呼声，把我从睡梦中惊醒。我急忙挤进人丛中去，一看：昙花开了！在海带状的绿叶掖口间，一枝娇嫩的花蕾正在微微颤动，筒裙似花托，拢不住丰腴的白玉般的花苞，渐渐地裂了开来；雪白的花瓣从花托中间轻轻地探了出来，一片、两片、三片……接着，成束成束的米黄色的花芯徐徐绽出，中间一根柱状的白芯高高翘起……美丽的昙花以惊人的速度奇迹般地怒放了；悄悄散发着清香。"真美啊"站在我身边的邻居大姐姐赞叹着。她的话，使我深思，我情不自禁地吟诵起冰心的诗句：

> 成功的花
>
> 人们只惊慕她现时的明艳！
>
> 然而当初她的芽儿，
>
> 浸透了奋斗的泪泉，
>
> 洒透了牺牲的血雨。

听说，昙花的故乡在墨西哥的大沙漠。远古的年代里，那儿雨量充沛，气候温和。昙花和其他植物一样，都无忧无虑地生长着。后来，由于地球上气候的剧变，昙花故乡的雨水越来越少，最后竟成了干旱的沙漠。许多美丽的花都悲哀地、无可奈何地从地面上消失了；而昙花不但顽强地生存下来，并且深深地扎根在那不毛之地，成为召唤春天的勇士。它在同大自然的抗争中，也发展了自己。它那些能够在大量贮藏水分的肥厚的肉质茎叶，和它那能够防止水分蒸发、仿佛涂了蜡的表皮，不就是它顽强品格的明证吗？然而，又有谁知道它曾在抗争中洒下了多少"牺牲的血雨"，才开出这样奇异的花朵啊！

"昙花虽好，可惜只是'一现'！"大姐姐感叹着，围观者也纷纷点头叹息。的确，昙花一会儿就凋谢了。望着它，不知怎的，我的眼前渐渐模糊起来，随后却似乎出现了一幅越来越清晰的图画：在浩瀚的沙漠中，一个又饥又渴的旅人倒在发烫的沙地上。深夜，一阵芳香把他从昏迷中唤醒。他睁开眼睛，却什么也没发现。他向香气袭来的地方执着地爬去。花香越来越浓，在不远的前方，月影下竟晃动着一溜儿白雪似的昙花！他激动地扑过去，小心地捧起这沙漠中的"雪"，贴在干裂的唇边，他虽然喉咙干燥得发不出声，心里却在说："感谢你，昙花！是你给了我生的勇气。"昙花像完成了一项重大的使命，含着欣慰的笑，凋谢了。旅人把启迪过自己的花朵珍藏在怀里，又捣碎它的叶片敷在被沙子烫伤的皮肤上，向着远方的绿洲前进、前进……

昙花乍看很柔弱，殊不知，它柔弱的外表掩盖着多么坚韧的素质。它不但在奋斗中不断完善自我，并且给人以生命的滋润和意志的鼓励。昙花是绚丽的，但它只愿在夜深人静时悄悄开放，没有人前炫耀之意，更不会与花的姐妹们竞妍斗艳。它送出的缕缕清香，使辛勤劳作了一天的建设者，在酷热的夏夜睡得更香甜。但它从不居功，当人们一觉醒来，它早已躲得无影无踪，它虽是百花丛中的匆匆过客，却像流星一样，为了照亮夜空，迸发出全部的热和光！

到现在，我看昙花，虽仅此一次，而它的美好形象却在我心中留下了永久的记忆。每逢假日，我总爱去园子里给它浇水、培土、除草，盼着它再开……

父亲一直关心着姨母的生活，我们也尽力给予照顾。不久前，姨母身体不适，我们把她从家乡接来，让她在黄圃人民医院看病。经过一段时间的疗养，元气得以恢复。姨母一直把我看作儿子，但我毕竟离疏隔远，关照不便，所以她总是想收养儿女，以便老来身边有个照应。"养儿防老，积谷防饥"的实际需要之外，"承继衣钵、传宗接代"的封建思想也是有的。正如父亲信上所说，"时刻怀念后代接班人事情"，心绪"非常复杂"。但多次收养儿女都不成功，有的养了多年，长大了一走了之，再无回头，对她是沉重的打击。父亲认为"单身过活还好过取外人承继，免至他日弄出许多麻烦"。这一点，姨母已经深有体会。

姨母放弃收养孩子的打算，有意让我继承她的遗产。父亲说："如法律许可，不妨接受她的建议。"但我觉得不妥，因为自己不能尽到近前照顾老人的责任，所以建议她把房子卖掉，用这笔钱来养老，并且建议她就近物色一个干女儿，以便有个照应。姨母采纳了我的意见，大概是 1976 年左右把仁德堂二楼一层，半卖半送给邻居好友，得款 3000 元。有了钱，她依然省吃俭用，至 1981 年去世时，竟仍有银行存款 1400 多元。姨母身后留下遗嘱，说明一切财产由我继承。我觉得，姨母所认的干女儿晚年给她带来了安慰，这笔钱，我就让给了她。我所继承的，是仁德堂一楼一层。但现在五十圩尚未兴旺，房子只有空置。

"今年侨汇特别改变，不同往时分等级寄付，每一侨胞一律限寄二百七十元。死亡与（以）及老侨回国者完全无权汇寄。如收到此款，请来函报告，留些后用。事因来年汇款手续非常烦难，你看信内报纸便知。或恐还有变更，未可料及。"汇款，是父亲家书中永久的主题。这一次，寄来的钱特别多，这是因为古巴政府政策改变的缘故。这种"不分等级"的方法改变，隐含着许多不利因素。其一是"死亡与（以）及老侨回国者完全无权汇寄"；其二是预示着"来年汇款手续非常烦难"，所以父亲嘱咐我做好思想准备，"留些后用"。

父亲夹寄的剪报已遗失。

信末，父亲说"我目前健康如常，祈勿远念"，但我从"留些后用"的话语中似乎有了一种不祥的预感，心中暗暗祝福父亲回来团圆心想事成！

体育家风代代相传

　　黄宝世先生的后裔都是体育爱好者，积极锻炼身体的家风代代传承。儿子黄卓才7岁学打乒乓球，70岁学游泳，85岁再添一个项目——台球。中学、大学阶段，是学校排球队主力二传手，还进过广州市少年队。儿媳妇侯素梅是新中国第一代皮划艇运动员，广州划船队队长，多次横渡珠江的"水上蛟龙"。孙子黄雅凡从小展现乒乓球天赋，是暨南大学乒乓球、羽毛球队队员，曾获研究生省赛团体冠军。留学芝加哥爱上足球，应邀参加当地足球队的征战。后来在加拿大工作，业余又是儿女学校羽毛球队的义务教练。孙女黄炼从小爱好游泳，中年与女儿爱上滑雪。小孙黄鹄是羽毛球运动员兼教练，现任全球华人羽毛球联合会珠海俱乐部会长、珠海市华南理工大学校友会羽毛球俱乐部会长。长期参加国内外业余羽毛球比赛，屡获佳绩。指导过的学员有多人获得过全国大中学生羽毛球赛冠军。重孙辈的侯德伦、黄杰森喜欢国际象棋、足球、冰球、羽毛球、长跑，在美、加两地的赛事中屡获奖项，黄杰娜更是全美高校网球强手。黄杰可9岁开始参加广州少年羽毛球队集训。2024年获得广东省锦标赛12岁组男团亚军、广州市锦标赛男单季军的。

黄鹄获广州市长杯青、中年组冠军十多次

黄杰可在比赛中

黄雅凡勤于锻炼，科学训练，一直保持良好的竞技状态

黄杰娜是美国高校强队的主力网球手

黄杰森组织的足球队，在多伦多的比赛中荣获冠军

黄炼和女儿小美爱上滑雪，小美还当上了滑雪教练

黄雅凡博士为中加合作干杯

2008 年，黄雅凡博士（右三）随加拿大高级农业科学家代表团访华时与中国专家学者举杯庆祝中加合作愉快。

44. 侨汇与回国：家书贯彻始终的主题

1975 年 4 月，寄中山师范学校，航空邮局

接到来信及女孙亚炼、素梅照片一齐妥收，请勿念。

略将去年侨汇报告：根据中古协定，多年来古政府每年提供一（十）万元为侨胞寄回祖国亲属应用，事因中古感情太差，去年迟到十月尾又经使馆交涉，然后宣布有了侨汇，还订出不利种种侨汇的条件，不外想断绝我们侨汇。由于多年来侨胞失业，因经济问题无法多寄，还有部分侨胞完全无寄，侨汇结束后尚余九万元。往年还可以汇些少（给）先侨家属和回祖国的老侨为生活，今后完全失了希望。

关于你所说可以往使馆办理手续，将侨胞存款汇返祖国。我没有听过，

航空邮简内页
　　1975 年 4 月，寄中山师范学校。

料系一种理想。随后办理侨汇全由古巴银行指示，不比往时由总会馆安排。随后侨汇通告，对于今年所订条件或可能简单一些，到时再行报告。

　　我目前身体安好，勿远念。

卓才吾儿收看

父　宝世　字

　　近来老侨回国的消息甚少，亦因中国货物来古不似往时多，如大米、电器配件、针线等几乎绝迹。关于老侨回祖（国）事，我经给信本堂主席文兢先生询问，据报中国来古船只少，而且手续多。

　　这是父亲写给我的最后一封信，漏写发信时间，但邮戳日期清楚：1975年 4 月 22 日。

　　这封信所谈的两个主要问题：侨汇与回国，是父亲终生的心愿，也是 40多封家书一以贯之的主题。

　　侨汇，在战争、饥荒等经济困难时期被称为救命钱，不但救家属的命，

266

也救国家、民族的命。在改革开放、建设小康社会的阶段，它是一种巨大的助力。无论何时，无论对个人、对国家，侨汇都有十分重要的意义。

与当代新移民"落地开花""落地生根"的新观念不同，归国，对于老一代华侨，特别是近代五邑、珠三角先侨，也是从踏出家门和国门时就一直萦回脑际的心事。在他们心目中，侨居国终究不是久留之地，不论有钱没钱，也不论年纪多大，他们最终都是要回国的。因为只有祖国才有他们渴望的家。故乡的"家"对他们不仅是一个心理上的寄托，更是一个实实在在的追求；"落叶归根"对他们不仅是一个传统观念，更是一个看得见摸得着的具体目标和行动。"中国文化中的'落叶归根'意识，更强化了他们这种观念和行为。"而五邑华侨，比之粤东潮汕梅和闽南等地的华侨，与家乡的联系更为紧密，"根"的意识更为浓厚。

进入 21 世纪，海外华侨社会已经发生了很大变化。国务院侨办原主任陈玉杰在"2003 年世界华侨华人社团联谊大会"上指出，进入 21 世纪，国际国内环境为华侨华人的生存发展提供了难得的历史机遇，海外华侨华人社会呈现出许多新的特点和发展趋势。原广东省政协侨委主任吕伟雄也曾著文纵论海外侨情新变化，其一就是华人心态的变化。他认为由第一代的"落叶归根"到第二代的"落地生根"再到第三代的"脚到便是家"的"地球村""世界公民"心态转变，是带根本性的。

明白了这一点，我们就可以理解"回国"为什么是老侨共同的执着意念。

本信谈及侨汇，虽然中古协定已经规定古巴政府每年提供十万元华侨侨汇，但古巴政府没有主动执行协定，要经中国大使馆交涉，然后拨给。而同时又定出种种不利华侨的条件。父亲指出，其目的，"不外想断绝我们侨汇"。古巴政府之所以这样做，首先是"事因中古感情太差"；其次我想也有古巴经济不景气、外汇紧缺的

黄宝世与大萨瓜青年朋友
中立者为黄宝世，其义子兄弟在场。本照片约为 1958 年摄。2009 年谭艳萍在尤西比奥家翻拍。

因素。而实际上，古巴老侨陆续去世，没有中国的新移民进来，华侨日见减少。他们的商店、餐馆等私人财产早已收归国有，最多只能靠每月 40 ～ 60 元退休金或 20 元救济金勒紧裤带过日子。在这种困境下，有能力继续寄钱回中国家乡的华侨，更是凤毛麟角。所以，10 万元的侨汇拨款，竟然"尚余 9 万"。多么令人痛惜的数字！

鉴于侨汇寄出越来越难，我也曾打听有什么办法可想。当时不知从什么渠道得到一个信息，说可以往使馆办理手续，将侨胞存款汇返祖国。我把这个信息告诉父亲，他说："我没有听过，料系一种理想。"而且指出，"随后办理侨汇全由古巴银行指示，不比往时由总会馆安排。"

控制外汇流出，是所有封闭国家的自我保护措施，中国在 20 世纪下半叶的 40 多年中也是这样。古巴没有什么工业，当年除了用蔗糖、雪茄赚取外汇之外，拿不出更多值钱的东西可供出口。而在美国封锁、苏联控制的环境之下，也不可能有更多的生路。美国封锁和自我封闭，丰富的旅游资源竟无用武之地。从干瘪的外汇储备中拨出 10 万美元做华侨侨汇，这无异于从瘦削的大腿上割掉一块肉，古巴怎能不心疼呢？但是，我们不要忘记，这块肉是靠华侨的血汗苦泪长出来的，而且绝不止这么多，所以，理所当然地应该归还给华侨。

父亲身为中华会馆主席，他考虑问题常常是"先天下之忧而忧"，时刻没有忘记那些苦难的侨胞，以及他们在祖国的家属；更没有忘记那些已经逝去，把最后一口气、最后一分钱留给了古巴的先侨。他在信中谈道："由于多年来侨胞失业，因经济问题无法多寄，还有部分侨胞完全无寄……往年还可以汇些少（给）先侨家属和回祖国的老侨为生活，今后完全失了希望。"这些话，看似平淡道出，实际上字字是血，句句是泪，是发自肺腑的哭诉！是主持公义的呼声！

关于回国问题，父亲再次提到"近来老侨回国的消息甚少"，原因是中古关系疏远，古巴 80% 以上的贸易成了苏联的独家生意。虽然中古贸易还在进行，《中华人民共和国和古巴共和国一九七五年贸易议定书》还是照常签订。但"中国货物来古不似往时多"。市面上不见中国货，"如大米、电器配件、针线等几乎绝迹"。老侨免费乘搭中国外贸轮船回祖国的事情，也就没有希望了。父亲写信给文崶主席询问，当然也就没有什么实质的答复了。

华侨是祖国的赤子，祖国是华侨的靠山。有这座靠山，华侨无论在天涯还是海角，都不会成为孤儿。在"文革"之前，我一直坚信父亲能够回来。

我多次梦中出现迎接父亲的情景。为了容易辨认，我上衣的口袋插着家乡最多的番石榴叶子，父亲的西装口袋上插着红色的手绢。这是我们约定的暗号。一见面，父亲就迅跑过来，紧紧把我抱在怀里……

可惜，父亲和他同辈的先侨生不逢时，祖国无暇兼顾亟待回国的古巴老侨，无暇修好被恶化了的中、古外交关系。如果是现在，情况将完全不同。看吧，2011年，利比亚骚乱，中国采取果断措施，中央统一指挥，海陆空一齐迅速出动，

延伸阅读

中国撤侨往事

归来吧，归来哟，浪迹天涯的游子

曾从印度尼西亚撤侨近10万人

20世纪60年代初，印度尼西亚反华排华的状况不断升级，形势日趋紧张。1965年，印度尼西亚发生政变，当地华人受到大规模排挤。中国时任副总理兼外交部部长的陈毅公开宣布准备从印度尼西亚接侨60万人。到1967年10月30日中国同印度尼西亚断绝外交关系为止，我国共接回难侨9万多人。为了安置侨民，我国在云南、广东和广西等地专门成立了华人农场。从印度尼西亚如此大规模接侨是我国历史上前所未有的举措，也是震撼世界各国的重大行动，其声势之浩大、影响之深远，是空前的，甚至是绝后的。

政治因素的延伸，而排华事件的主体也是所在国政府。这种情况在1998年，印度尼西亚民众由于对苏哈托政权不满，再次发生骚乱，进而殃及华侨华人的暴力事件，之后很少出现。

所罗门骚乱撤侨三百人

随着世界格局向多极化转变，中国综合国力不断提升，今后以政府为主导的、以政治因素为主的侵害侨胞合法权益事件虽有可能再次发生，但已不构成侵害侨胞合法权益事件的主体；取而代之的将是由于经济摩擦、竞争加剧或地区不稳定因素造成的突发冲突引发的部分普通民众针对华人的暴力事件。

2006 年 4 月 18 日，所罗门群岛首都霍尼亚拉发生骚乱，波及当地华人的人身、财产安全，60 多家华侨华人店铺被焚。因为中国政府与所罗门并未建交，后经多方努力，中方包机将侨胞分四批从所罗门群岛撤至巴布亚新几内亚，再由国内起飞的政府包机专程将 310 名侨胞撤回广东。

本次撤侨可以说是对中国政府的一个考验，最后证明政府确实有很好的应变措施。有记者称，中国政府在所罗门撤侨事件中的表现，展示的是一种新的外交自信。对于非本国国民的保护，因为都是华人，所以感觉有一种义务。中国政府不担心其他国家的非议，在外交做法上是重要的改变，让人有大国的感觉。

加大维护侨民权益力度

撤侨这个词，我们已经不是第一次看到，从中华人民共和国成立至今，中国政府已经数次采取"护侨"行动。撤侨，不是派几架飞机接些人回来这么简单的事，它其实是一个国家行为，它是在用行动向世界表明，中国"以人为本"的执政理念已延伸到生命财产受到威胁的海外华人身上；只要海外华人有难，祖国就会张开坚强的臂弯。

对各国内政，中国政府一向秉持不干涉和相互尊重的原则，但是对于侨居各国侨民的权益，中国政府始终给予高度关注。近些年，为保证侨民人身和财产安全，中国政府动用各种外交资源，不断加大维护海外侨民权益的力度。在所罗门群岛骚乱、东帝汶局势动荡、黎以武装冲突、汤加大规模骚乱中，中国政府包机撤侨很好地验证了这一点。

（《三晋都市报》2011-03-01）

甚至动用战舰、军机，几天内撤回侨胞 3 万多人。多么爽快！

"归来吧，归来哟，浪迹天涯的游子！"如果父亲和他的同伴活在今天，就那么一千几百个人的问题，有何难哉！何须望眼欲穿，何须"完全失了希望"！

父亲在绝望中苦度余生，他不但期待儿子和儿媳健康成长，还把希望寄托在孙辈身上。

好在后辈都很争气，各有所成。长孙黄雅凡经过艰苦努力攻克一个个科研和经营难关，以世界领先的生物技术研究成果为人类做出了重要贡献。

据公司介绍：

黄雅凡博士（Dr. Yafan Huang），加拿大波夫曼斯植物科技公司总裁，加拿大籍华人，国际著名生物学家。

黄雅凡 1985 年暨南大学生物系本科毕业，以优异成绩考入本系分子遗传学研究生。1989 年赴加拿大新不伦瑞克 Mount Allison University 深造，1991 年获生物学硕士学位。1995 年获得加拿大女王大学（Queen's University）生物系基因工程博士学位。随后到美国伊利斯诺大学（University of Illinois at Chicago）做博士后研究。1998 年，与在芝加哥大学生物系（University of Chicago）做博士后研究的夫人万江欣博士应邀一同加盟加拿大波夫曼斯植物科技公司（Performance Plants, Inc，PPI）专事研究工作。从 2010 年开始任该公司首席科学家，总裁。

黄雅凡博士的植物基因研究硕果累累，在世界植物生物学主要专业刊物上发表了一批高质量的论文，如 *Plant Journal, Plant Physiology, Plant Molecular Biology, Molecular Plant, Crop Science, European Journal of Biochemistry* 等，同时发明 80 多项国际专利。其代表性研究成果之一，是运用基因工程理论和技术使农作物抗旱保收。2006 年，在华盛顿美国国家科学院院本部举行的全球植物基因研究高峰会议上，其学术报告题为"基因技术与作物的抗旱保收"。报告阐述了他主持研发的新一代抗旱基因的原理。该基因对植物需水起"开关"作用，如果植物受旱，可令植物关闭毛孔保存水分。其创新理论被编入现代生物学教科书，专利成果则与美国等跨国大公司合作，在全球各地推广，使它直接运用到从油籽到玉米、大豆、棉花、油菜、花草树木及其他饲料作物的种植中。此项技术的应用，将使全人类受益。他领导的实验室目前还在从事多项重要研究，包括对全球气候变暖的农业对策和生物燃料方面的研究等，也将会对现代农业科技发展产生重大影响。

黄雅凡博士在植物基因工程研究领先，连续十多年应邀出席全球各地植物生物学家会议作为主题报告人。加拿大、美国、英国、法国、中国等多家报刊对他的事迹进行了采访报道。他先后应邀到美国国家科学院、中国科学院和多伦多大学、北京大学、暨南大学、内蒙古农业大学等高校及美洲、欧洲、亚洲多个研究机构、种业公司讲学。从 2010 年开始，美国芝加哥科学博物馆遗传学馆开始长期展出他们的研究成果。

黄雅凡博士领导的加拿大植物生物工程公司在加拿大农业部的支持下，加强了与中国的合作，与西安国家农业试验基地、北京大北农科技集团公司（上市公司）和深圳创世纪公司等现代生物企业均有合作项目。

2009年、2011年，他三次参加加拿大农业部高级科学家代表团访华。连续十多年应邀出席美国生物学家年会。在2012年的年会上，他被大会聘请为主题报告人。

2014年11月6日，黄雅凡博士应邀代表公司前往荷兰阿姆斯特丹，在隆重的颁奖仪式上，捧回"Agrow 2014最佳工业合作奖"奖杯。

2014—2018年，黄雅凡博士被推选为加拿大植物工程家学会（Canadian Institute of plan tengineers）主席。现为金斯顿市经济发展委员会副董事长。

在抗击新冠病毒期间，黄雅凡带领的科技公司照常运作，该公司至今已拥有80多项专利，其中大部分是他和万江欣博士的科研发明。

黄宝世先生的重孙辈正在茁壮成长，已有两位从美国华盛顿大学和加拿大多伦多大学毕业参加工作，三位正在大学学习。

我和素梅爱好体育运动，而且数十年来一直坚持锻炼健身，潜移默化，黄宝世后裔都是体育爱好者，积极锻炼身体的家风代代传承。孙子黄雅凡学生时代是暨大乒乓球、羽毛球队队员，在芝加哥爱上足球，参加当地足球队的征战。他业余是金斯顿市中小学校羽毛球队的义务教练。孙女黄炼从小爱好游泳。小孙黄鹄是羽毛球运动员兼教练，广东省业余羽毛球联谊会会长，在广州市长杯等赛事中多次捧杯。重孙辈的德伦、杰森、黄杰娜、小美爱好广泛，涉及国际象棋、足球、冰球、羽毛球、网球、滑雪等项目，在美、加两地的赛事中屡获奖项。年龄最小的杰可，也通过竞争进入广州羽毛球少年队集训。

这一切，都感恩黄宝世艰苦奋斗为家族发展打下的基础。

黄雅凡总裁在展品前留影
芝加哥科学技术博物馆展出黄雅凡和他公司的研究成果，展期一年。

大沙华老居民称赞黄宝世先生是一个高尚的人　黄炼　摄

45. 永远飞扬的余波

1975年6月，寄中山黄圃中山师范学校，航空邮简

　　贤弟启者，并付金银二百七十大元，祈查妥收。因你父亲一时血上脑症，吾车往医院不能挽回，六月二日逝世，寿七十六岁。付回最（近）照片一只，留纪念。

舜传

黄集兰字

达璇

一千九百七十五年六月十三日

黄宝世遗照

噩耗

晴天霹雳、地动山摇，父亲不幸去世了！

来信报告噩耗的，是父亲的好友，三位黄姓老侨兄弟，其中有一位是村人黄舜传，我的堂兄，另一位黄集兰先生，也是父亲以前来信介绍过的。

父亲的去世令我悲恸欲绝。特别是他至死未能实现回国的愿望，更令我惘然若失。稍为冷静下来后，我复信三位老侨，谢谢他们帮助料理家父的后事，并请他们尽可能寄些家父遗物，让我留作纪念。当时的信稿，我现在还保留着，行文如下：

舜传、集兰、达璇诸兄及会馆各兄长：

顷接来信，惊闻吾父噩耗。悲痛异常，心如刀割。忆吾父离乡背井，飘零海外50多年，劳碌艰辛，竟不能与儿孙面别，乃何等凄伤！想吾父兢兢业业，把一生精力献给古巴人民，同古巴兄弟结下深情厚谊，至老却遭种种阻挠，不能返回日夜思念的祖国，乃是何等悲愤！所慰者，得各兄长关怀照料，殊深感激。望将吾父生平及后事详情告知，并将骨灰及遗物付回，永志纪念。有劳各位……

信即时寄出，直到翌年元月才得答复。两信一去一回，相隔足足半年，可见当年通信的艰难。

航空邮简
1976 年 1 月，寄中山县黄圃镇中山师范学校。

卓才弟：启者，去年付金银二百七元收妥否？你父亲去世，所以各物古巴政府所有，无容问及。现下并付金银一百大元，祈查收妥，早日回复，至紧。此请。

一千九百七十六年元月十二日
舜传
黄集兰付
达璇

父兄回信中告诉我，"你父亲去世，所以各物古巴政府所有，无容问及"。

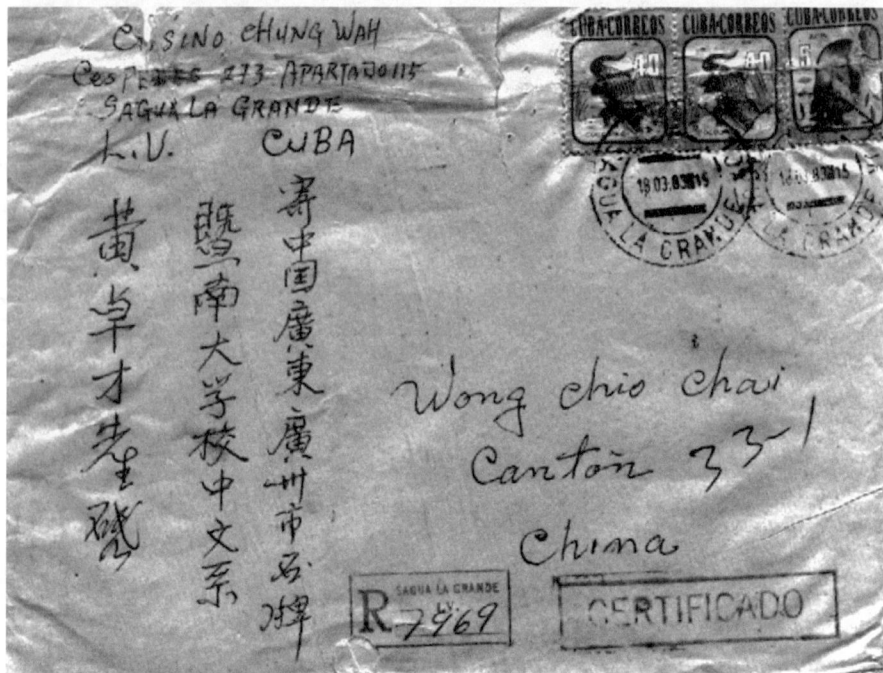

大沙华中华会馆回信与证明

　　大沙华中华会馆主席的回信中说到，1975 年写信向我报告噩耗的黄集兰、黄达璇先生均已去世多年，令人无限感慨！

看来，遗产固然无望，就是想要一点日常生活的普通遗物，也不可能了。因为，一切的一切，已经尽归"古巴政府所有"，连"问及"都"不容"。

父亲遗产一无所有了，三位父兄却两次给我寄钱。这些钱哪里来？也许是来自好多位老侨的退休金。我知道，中华会馆有抚恤侨眷的优良传统。但是其时会馆恐怕也没有什么经费了。我想，只有"夹钱"一途了。两笔汇款，都是无言的关爱，也是古巴老侨同舟共济精神的表现。

父亲去年（1974）信中说过，"在古巴有小部分侨胞尚存留三五千元，但一逝世被政府发觉（就会）全数没收。古巴法律除父母子女外没有（其他）继承人"。父亲也许还没说清楚，既然古巴法律还承认父母子女的继承权，那又怎么可以全数没收呢？虽然父母子女不在古巴国内，而在中国家乡，他们毕竟有人健在啊！不过在当时，甚至现在，提出这样的问题似乎不合时宜。但我相信，总有一天，历史将被重新审视，后人将会对当年的政策和做法进行反思。

关于骨灰，未得回复。最近我才知道，古巴没有火葬风俗。
我想起了古巴中华总会馆厅堂上高挂着的七言诗：

> 问祖索裔远中华，
> 转宗生根哈瓦那。
> 丽岛山水哺吾辈，
> 忠骨岂不献古巴！

这是古巴中华总会馆已故前任主席周一飞先生的作品，他与许多古巴华侨先辈一样，以自己的生命实践了自己的箴言。

父亲在古巴工作、生活半个世纪，不但为祖国、为古巴华侨、为家庭，也为侨居国古巴做出了重大贡献。情愿也好，不情愿也好，他终于在那里落地生根了，把忠骨献给古巴了。这首诗不也就是父亲一生经历和精神世界的写照吗？

饮水思源，我希望我家子孙后代能够记住黄宝世老祖宗的功绩，学习他勇闯天下、自强自立、勤劳节俭、爱国爱家、乐于助人、无私奉献的优秀品质。

父亲去世后，怎样保持与古巴的联系是我一直在考虑的问题。

1983 年，为了办理广州母亲遗产继承手续，我致信大沙华中华会馆，请求开个证明。时任会馆主席的曾炳彝先生及时给我回了信，附有证明和有关照片，证明书上还有旁证人林安先生和黄舜传宗兄的落款。

从 1995 年起，我和太太多次到加拿大、美国探亲，很想顺道到古巴去给父亲扫墓。我们详细了解了古巴旅游的情况。由于条件尚未成熟，愿望未能实现。

1998 年 12 月 1 日，我从加拿大金斯顿儿子家寄出了一封信，是写给大沙华中华会馆的，查询有关父亲的资料。

相隔一年多，这封信却由返广州探亲的关碧英大姐交回给我。她说，信件在会馆放了好久，无人收读。因为那里已经没有华侨打理会务，20 世纪 90 年代起更没有华侨继任主席了。常在会馆玩耍的，是一些混血儿，即华侨与古巴妇女生下的后代，他们不懂中文。

关大姐告诉我，20 世纪 60 年代，她与丈夫由香港移民古巴，现在身边的老侨胞相继去世，他们一家已是当地硕果仅存的华侨了。中华会馆已经没有华侨管理了，她家离会馆很近，有时会去走走，有一次发现这封信，就拆看

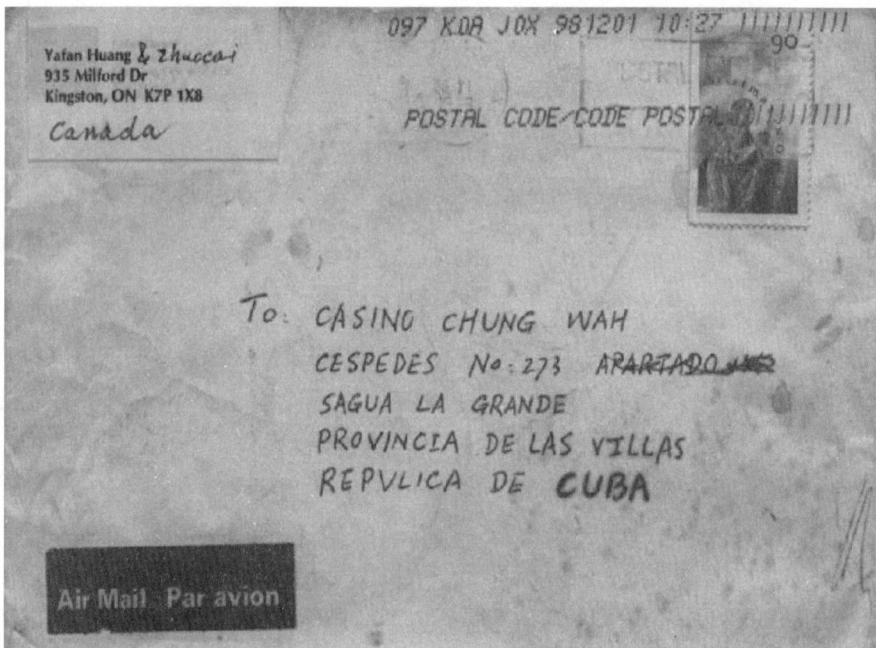

两度飞过加勒比海的鸿雁

这封信，我从加拿大金斯顿寄出，到了古巴大萨瓜，再回到广州我的手里。独特的经历，令它显得特别珍贵。

了。但她和丈夫中文都很差，无法给我复信。见信上有我的广州地址、电话，就带回来给我，口头回答我的查询。

在广州黄沙和天河，两次会面，关大姐还给我带来了一个我意想不到的信息："你在古巴有两个弟弟！"

我非常惊讶。这毕竟是我曾经假设过、求证过但没有答案的问题啊！

关大姐说，这两个弟弟是我父亲和古巴女人生的。她掏出一张小纸条，上面用铅笔写着两人的中文和西班牙文名字，还有他们的住宅电话。她问我是否想与他们联系，我觉得可以试试。我知道，因为语言不通，会有很多困难。而且，其真实程度如何，她有没有搞错，还有待考证。

我立即把这个消息通报了在金斯顿、芝加哥和广州的儿女。我太太当时正在波士顿探望侄女凤慈，我也打了越洋电话。

过了几天，我即把自己的照片和名片当面交给关大姐，让她带去古巴。

奇怪的是，几年过去了，没有下文。后来，我与关大姐也失去了联系（后得知已去世）。于是，我们家族在古巴是否有后续成了一个谜。

直到 2009 年，谜底才终于揭开。

2007 年，侨居哈瓦那的新一代古巴华人移民、本书初版的热心读者陶炎先生开始帮我寻查。2008 年，又有古巴的华裔华侨研究专家吕美枝（路易斯·米兹，Luis Mitzi）女士加入。2009 年美籍华人教授刘博智先生和古巴海归谭艳萍小姐随后飞

黄保（宝）世的中华总会馆华侨登记表

　　这是在总书记周卓明先生帮助下从哈瓦那古巴中华总会馆从会员档案中扫描的表格，它不但证明黄宝世在古巴没有妻小，还可以说明不少问题，具有宝贵的文物价值。

赴大萨瓜实地调查访问。其中刘教授去了两次。

调查结果是："两个弟弟"是有的，但不是关大姐说的那两个，而是上文说过的 Revulta（列沃达）一家，即父亲的义子、革命烈士依达贝尔托（塔蒂）一家。

我不懂西班牙文，英文也很差，高中、大学阶段学过的俄文都忘光了，"对外交流"颇感困难。但得到国内外多位贵人相助，现在已经基本上弄清楚，与我父亲成为挚友的塔蒂一家，是西班牙裔人，当年至少有母亲和孩子共六口人：母亲 Yeya（叶娅），长子塔蒂，二子 Eusehbio（尤西比奥），大女 Luisa（路易莎），二女 Nereida（尼丽依达），幺女 Mercedes（梅赛德斯）。其中除两个儿子曾在父亲的商店居住、工作过　之外，妹妹路易莎照顾了父亲的晚年。是她，当先父孤老无依的时候，细心照料，为他洗衣服，搞清洁……

2009 年 8 月，刘教授和谭小姐在吕美枝女士的陪同下来到大萨瓜时，病中的尤西比奥拿出了他们保留了几十年的我父亲的照片，以及我九年前托关大姐带去的照片和名片，然后带病引领他们拜祭了烈士墓，又到家族墓地给我父亲扫墓。当我从传来的照片上看到那动人的场景，我甚为震撼，激动得热泪盈眶！

母亲叶娅　　　　　　　　　　路易莎和她的儿子（1984，大沙华）　　Mitzi 供

黄宝世后人首次到大沙华公墓拜祭（2014）

这是多么感人肺腑的友情、亲情！跨越加勒比海，跨越太平洋，跨越种族与血缘，跨越数十年的时光，千言万语汇合成一句话：情深义重！同时，从父亲诸多的兄弟好友中，也反观平凡父亲的伟大人格，有着多么的巨大感召力！

啊！每当想起父亲的劳绩，想起他生活过、工作过的侨居地，还有健在的朋友、故去的老侨和古巴兄弟姐妹，我心里就有绵绵不尽的情思。我的心，也就充满了美好的向往。2014年，我终于克服重重困难，联系生活在中国、加拿大、美国的家属，组成一个"跨国家庭访问团"到大萨瓜为父亲扫墓。2018年，带领家属、朋友和古巴华侨研究团队成员再去寻根，进一步了解、核实有关事情，继续寻访父亲和前辈华侨华人的足迹。后来得知，2013年6月，美国布朗大学拉美族裔研究中心主任、著名古巴华侨研究专家胡其瑜教授率领三位教授和一位博士生前来大沙华调查华侨史和黄宝世先生事迹。2015年，一群中国留学生从哈瓦那来大沙华参观，给黄宝世先生扫墓。又有一位古巴记者前来访问，向公墓管理员询问家属、学者扫墓的情况。

如今，父亲的生平事迹、优秀品德和精神魅力，已经通过本书的中西文版和中外多种媒体的大量报道，传遍五湖四海。

我相信古巴华侨的事迹和他们的美德将会传扬下去，融入了古巴文化的中华民族优良传统将会不断发扬光大。父亲这些飞越加勒比、飞越太平洋的家书，以及它那映照着历史华彩、闪耀着人格光辉的余波也会继续飞扬，飞扬，直到永远！

左图：2013 年 6 月，美国布朗大学拉美族裔研究中心的五位教授和博士生在主任胡其瑜教授（右图左一）率领下，前来大沙华做田野调查，并为黄宝世先生扫墓
右图：胡其瑜教授（左一）与黄宝世义子的婶母尤西比奥夫人（中）和哈瓦那华裔学者吕美枝（右一）合影

参考文献

1. 徐世澄. 古巴 [M]. 北京：社会科学文献出版社，2003.

2. 肖枫，王志先. 古巴社会主义 [M]. 北京：人民出版社，2004.

3. 毛相麟. 寡不敌众社会主义研究 [M]. 北京：社会科学文献出版社，2005.

4. 庞炳庵. 亲历古巴 [M]. 北京：新华出版社，2000.

5. ［古］梅塞德斯·克雷斯波·德格拉. 从苦力到主人翁 [M]. 刘真理，等，译. 北京：世界知识出版社，1997.

6. ［古］梅塞德斯·克雷斯波·比利亚特. 华人在蔗糖之国——古巴 [M]. 刘真理，译. 上海：复旦大学出版社，1998.

7. 黄仁夫. 台山古今五百年 [M]. 澳门：澳门出版社，2000.

8. 梅伟强，张国雄. 五邑华侨华人史 [M]. 广州：广东高等教育出版社，2001.

9. 龚伯洪. 广府华侨华人史 [M]. 广州：广东高等教育出版社，2003.

10. 黄卓才，等. 华侨华人大观 [M]. 广州：暨南大学出版社，1990.

11. 新加坡 APA 出版有限公司. 古巴 [M]. 戴琳，等，译. 北京：中国水利水电出版社，2004.

12. ［法］奥亚斯，等. 百地福旅游指南：古巴 [M]. 何德刚，译. 北京：当代世界出版社，2001.

13. 古巴驻华使馆旅游代表处，中国旅游出版社. 古巴旅游指南 [M]. 北京：中国旅游出版社，2000.

14. 李松晨，等. "文革"档案（上册）[M]. 北京：当代中国出版社，2004.

15. 陈明显. 新中国五十年 [M]. 北京：北京理工大学出版社，1999.

16. 王斯德，等. 世界当代史 [M]. 北京：高等教育出版社，2005.

17. ［美］特伦斯·M. 汉弗莱. 美洲史 [M]. 王笑东，译. 北京：民主与建设出版社，2004.

18. 何沁. 中华人民共和国史 [M]. 北京：高等教育出版社，1997.

19. 宋锡人. 古巴华侨史话 [M]. 台北：海外文库出版社，1957.

20. 袁艳. 融合与疏离　华侨华人在古巴 [M]. 广州：暨南大学出版社，2013.

21. 黄卓才. 古巴随笔　追寻华人踪迹 [M]. 广州：广东高等教育出版社，2017.

22. 黄卓才，袁艳. 从契约华工到改革先锋 [M]. 北京：中国社会科学出版社，2017.

23. 黄卓才，吕雪梅. 媒体上的古巴家书 [M]，香港：书艺出版社，2024.